Annales 2023

Tle

Objectif BAC

Sujets & Corrigés

Spécialité

Histoire-Géographie Géopolitique Sciences politiques

Arnaud Léonard
Professeur agrégé d'histoire-géographie

hachette
ÉDUCATION

Mode d'emploi

Pour chaque partie de l'épreuve (dissertation et étude critique de documents), cet ouvrage vous propose des **sujets corrigés**, complétés de **fiches de cours** et de **fiches de méthode**.

30 sujets corrigés pour préparer l'écrit

Une couleur spécifique pour identifier chaque axe ou objet de travail du programme

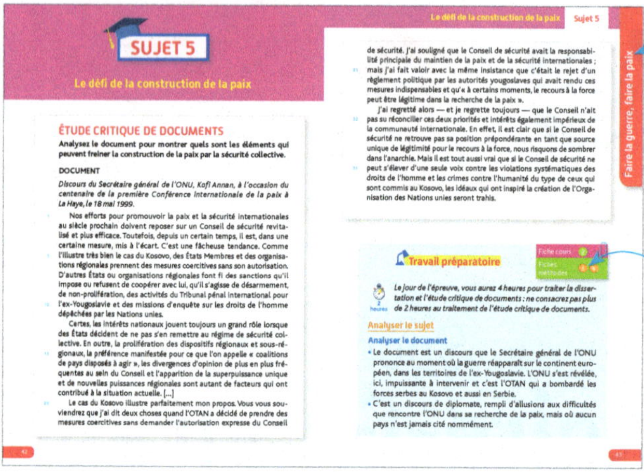

ÉTUDE CRITIQUE DE DOCUMENTS

Analysez le document pour montrer quels sont les éléments qui peuvent freiner la construction de la paix par la sécurité collective.

DOCUMENT

Discours du Secrétaire général de l'ONU, Kofi Annan, à l'occasion du centenaire de la première Conférence internationale de la paix à La Haye, le 18 mai 1999.

Nos efforts pour promouvoir la paix et la sécurité internationales au siècle prochain doivent reposer sur un Conseil de sécurité revitalisé et plus efficace. Toutefois, depuis un certain temps, il est, dans une certaine mesure, mis à l'écart. C'est une fâcheuse tendance. Comme l'illustre très bien le cas du Kosovo, des États Membres et des organisations régionales prennent des mesures coercitives sans son autorisation. D'autres États ou organisations régionales font fi des sanctions qu'il impose ou refusent de coopérer avec lui, qu'il s'agisse de désarmement, de non-prolifération, des activités du Tribunal pénal international pour l'ex-Yougoslavie et des missions d'enquête sur les droits de l'homme dépêchées par les Nations unies.

Certes, les intérêts nationaux jouent toujours un grand rôle lorsque des États décident de ne pas s'en remettre au régime de sécurité collective. En outre, la prolifération des dispositifs régionaux et sous-régionaux, la préférence manifestée pour ce que l'on appelle « coalitions de pays disposés à agir », les divergences d'opinion de plus en plus fréquentes au sein du Conseil et l'apparition de la superpuissance unique et de nouvelles puissances régionales sont autant de facteurs qui ont contribué à la situation actuelle. [...]

Le cas du Kosovo illustre parfaitement mon propos. Vous vous souviendrez que j'ai dit deux choses quand l'OTAN a décidé de prendre des mesures coercitives sans demander l'autorisation expresse du Conseil de sécurité. J'ai souligné que le Conseil de sécurité avait la responsabilité principale du maintien de la paix et de la sécurité internationales ; mais j'ai fait valoir avec la même insistance que c'était le rejet d'un règlement politique par les autorités yougoslaves qui avait rendu ces mesures indispensables et qu'« à certains moments, le recours à la force peut être légitime dans la recherche de la paix ».

J'ai regretté alors — et je regrette toujours — que le Conseil n'ait pas su réconcilier ces deux priorités et intérêts également impérieux de la communauté internationale. En effet, il est clair que si le Conseil de sécurité ne retrouve pas sa position prépondérante en tant que source unique de légitimité pour le recours à la force, nous risquons de sombrer dans l'anarchie. Mais il est tout aussi vrai que si le Conseil de sécurité ne peut s'élever d'une seule voix contre les violations systématiques des droits de l'homme et les crimes contre l'humanité du type de ceux qui sont commis au Kosovo, les idéaux qui ont inspiré la création de l'Organisation des Nations unies seront trahis.

Travail préparatoire

Le jour de l'épreuve, vous aurez 4 heures pour traiter la dissertation et l'étude critique de documents : ne consacrez pas plus de 2 heures au traitement de l'étude critique de documents.

Analyser le sujet

Analyser le document

- Le document est un discours que le Secrétaire général de l'ONU prononce au moment où la guerre réapparaît sur le continent européen, dans les territoires de l'ex-Yougoslavie. L'ONU s'est révélée, ici, impuissante à intervenir et c'est l'OTAN qui a bombardé les forces serbes au Kosovo et aussi en Serbie.
- C'est un discours de diplomate, rempli d'allusions aux difficultés que rencontre l'ONU dans sa recherche de la paix, mais où aucun pays n'est jamais cité nommément.

Des onglets par thème, pour se repérer rapidement dans l'ouvrage

Un renvoi aux fiches de cours et aux fiches de méthode à consulter pour vous aider à traiter le sujet

Des corrigés conformes à ce que l'on attend de vous à l'examen

Chaque corrigé est introduit par un travail préparatoire pour comprendre les points clés du sujet

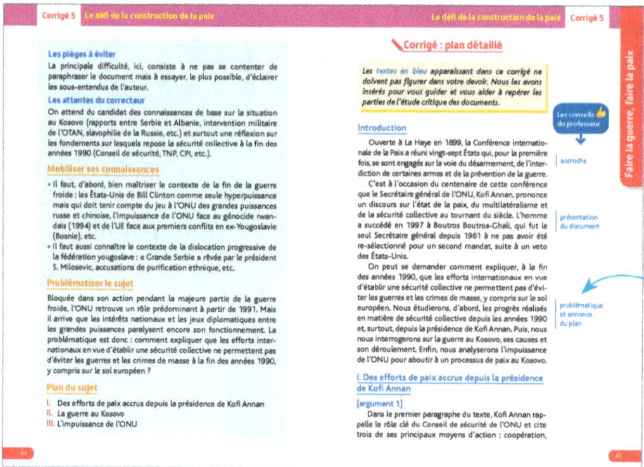

Les pièges à éviter

La principale difficulté, ici, consiste à ne pas se contenter de paraphraser le document mais à essayer, le plus possible, d'éclairer les sous-entendus de l'auteur.

Les attentes du correcteur

On attend du candidat des connaissances de base sur la situation au Kosovo (rapports entre Serbie et Albanie, intervention militaire de l'OTAN, slavophilie de la Russie, etc.) et surtout une réflexion sur les fondements sur lesquels repose la sécurité collective à la fin des années 1990 (Conseil de sécurité, TNP, CPI, etc.).

Mobiliser ses connaissances

- Il faut, d'abord, bien maîtriser le contexte de la fin de la guerre froide : les États-Unis de Bill Clinton comme seule hyperpuissance mais qui doit tenir compte du jeu à l'ONU des grandes puissances russe et chinoise, l'impuissance de l'ONU face au génocide rwandais (1994) et de l'UE face aux premiers conflits en ex-Yougoslavie (Bosnie), etc.
- Il faut aussi connaître le contexte de la dislocation progressive de la fédération yougoslave : « Grande Serbie » rêvée par le président S. Milosevic, accusations de purification ethnique, etc.

Problématiser le sujet

Bloquée dans son action pendant la majeure partie de la guerre froide, l'ONU retrouve un rôle prédominant à partir de 1991. Mais il arrive que les intérêts nationaux et les jeux diplomatiques entre les grandes puissances paralysent encore son fonctionnement. La problématique est donc : comment expliquer que les efforts internationaux en vue d'établir une sécurité collective ne permettent pas d'éviter les guerres et les crimes de masse à la fin des années 1990, y compris sur le sol européen ?

Plan du sujet

I. Des efforts de paix accrus depuis la présidence de Kofi Annan
II. La guerre au Kosovo
III. L'impuissance de l'ONU

Corrigé : plan détaillé

Les textes en bleu apparaissant dans ce corrigé ne doivent pas figurer dans votre devoir. Nous les avons insérés pour vous guider et vous aider à repérer les parties de l'étude critique des documents.

Introduction

Ouverte à La Haye en 1899, la Conférence internationale de la Paix a réuni vingt-sept États qui, pour la première fois, se sont engagés sur la voie du désarmement, de l'interdiction de certaines armes et de la prévention de la guerre.

C'est à l'occasion du centenaire de cette conférence que le Secrétaire général de l'ONU, Kofi Annan, prononce un discours sur l'état de la paix, du multilatéralisme et de la sécurité collective au tournant du siècle. L'homme a succédé en 1997 à Boutros Boutros-Ghali, qui fut le seul Secrétaire général depuis 1961 à ne pas avoir été re-sélectionné pour un second mandat, suite à un veto des États-Unis.

On peut se demander comment expliquer, à la fin des années 1990, que les efforts internationaux en vue d'établir une sécurité collective ne permettent pas d'éviter les guerres et les crimes de masse, y compris sur le sol européen. Nous étudierons, d'abord, les progrès réalisés en matière de sécurité collective depuis les années 1990 et, surtout, depuis la présidence de Kofi Annan. Puis, nous nous interrogerons sur la guerre au Kosovo, ses causes et son déroulement. Enfin, nous analyserons l'impuissance de l'ONU pour aboutir à un processus de paix au Kosovo.

I. Des efforts de paix accrus depuis la présidence de Kofi Annan

[argument 1]

Dans le premier paragraphe du texte, Kofi Annan rappelle le rôle clé du Conseil de sécurité de l'ONU et cite trois de ses principaux moyens d'action : coopération,

Les corrigés sous la forme d'un plan détaillé, avec les conseils du professeur en bleu

I.S.B.N. : 978-2-01-719428-6

www.parascolaire.hachette-education.com

Des fiches de cours et des fiches de méthode pour réviser l'essentiel

12 fiches de cours claires et synthétiques

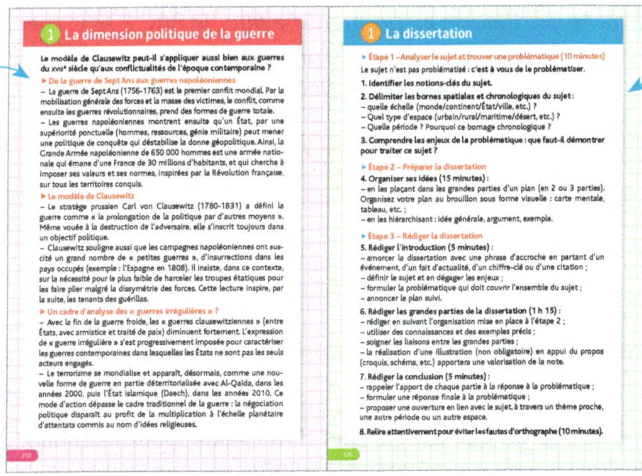

1 La dimension politique de la guerre

Le modèle de Clausewitz peut-il s'appliquer aussi bien aux guerres du XVIIIe siècle qu'aux conflictualités de l'époque contemporaine ?

▸ De la guerre de Sept Ans aux guerres napoléoniennes

– La guerre de Sept Ans (1756-1763) est le premier conflit mondial. Par la mobilisation générale des forces et la masse des victimes, le conflit, comme ensuite les guerres révolutionnaires, prend des formes de guerre totale.
– Les guerres napoléoniennes montrent ensuite qu'un État, par une supériorité ponctuelle (hommes, ressources, génie militaire) peut mener une politique de conquête qui déstabilise la donne géopolitique. Ainsi, la Grande Armée napoléonienne de 650 000 hommes est une armée nationale qui émane d'une France de 30 millions d'habitants, et qui cherche à imposer ses valeurs et ses normes, inspirées par la Révolution française, sur tous les territoires conquis.

▸ Le modèle de Clausewitz

– Le stratège prussien Carl von Clausewitz (1780-1831) a défini la guerre comme « la prolongation de la politique par d'autres moyens ». Même vouée à la destruction de l'adversaire, elle s'inscrit toujours dans un objectif politique.
– Clausewitz souligne aussi que les campagnes napoléoniennes ont suscité un grand nombre de « petites guerres », d'insurrections dans les pays occupés (exemple : l'Espagne en 1808). Il insiste, dans ce contexte, sur la nécessité pour le plus faible de harceler les troupes étatiques pour les faire plier malgré la dissymétrie des forces. Cette lecture inspire, par la suite, les tenants des guérillas.

▸ Un cadre d'analyse des « guerres irrégulières » ?

– Avec la fin de la guerre froide, les « guerres clausewitziennes » (entre États, avec armistice et traité de paix) diminuent fortement. L'expression de « guerre irrégulière » s'est progressivement imposée pour caractériser les guerres contemporaines dans lesquelles les États ne sont pas les seuls acteurs engagés.
– Le terrorisme se mondialise et apparaît, désormais, comme une nouvelle forme de guerre en partie déterritorialisée avec Al-Qaida, dans les années 2000, puis l'État islamique (Daech), dans les années 2010. Ce mode d'action dépasse le cadre traditionnel de la guerre : la négociation politique disparaît au profit de la multiplication à l'échelle planétaire d'attentats commis au nom d'idées religieuses.

1 La dissertation

▸ Étape 1 – Analyser le sujet et trouver une problématique (10 minutes)

Le sujet n'est pas problématisé : c'est à vous de le problématiser.

1. Identifier les notions-clés du sujet.

2. Délimiter les bornes spatiales et chronologiques du sujet :
– quelle échelle (monde/continent/État/ville, etc.) ?
– Quel type d'espace (urbain/rural/maritime/désert, etc.) ?
– Quelle période ? Pourquoi ce bornage chronologique ?

3. Comprendre les enjeux de la problématique : que faut-il démontrer pour traiter ce sujet ?

▸ Étape 2 – Préparer la dissertation

4. Organiser ses idées (15 minutes) :
– en les plaçant dans les grandes parties d'un plan (en 2 ou 3 parties). Organisez votre plan au brouillon sous forme visuelle : carte mentale, tableau, etc. ;
– en les hiérarchisant : idée générale, argument, exemple.

▸ Étape 3 – Rédiger la dissertation

5. Rédiger l'introduction (5 minutes) :
– amorcer la dissertation avec une phrase d'accroche en partant d'un événement, d'un fait d'actualité, d'un chiffre-clé ou d'une citation ;
– définir le sujet et en dégager les enjeux ;
– formuler la problématique qui doit couvrir l'ensemble du sujet ;
– annoncer le plan suivi.

6. Rédiger les grandes parties de la dissertation (1 h 15) :
– rédiger en suivant l'organisation mise en place à l'étape 2 ;
– utiliser des connaissances et des exemples précis ;
– soigner les liaisons entre les grandes parties ;
– la réalisation d'une illustration (non obligatoire) en appui du propos (croquis, schéma, etc.) apportera une valorisation de la note.

7. Rédiger la conclusion (5 minutes) :
– rappeler l'apport de chaque partie à la réponse à la problématique ;
– formuler une réponse finale à la problématique ;
– proposer une ouverture en lien avec le sujet, à travers un thème proche, une autre période ou un autre espace.

8. Relire attentivement pour éviter les fautes d'orthographe (10 minutes).

Les méthodes-clés associées à chaque temps de l'épreuve

La préparation du Grand oral

Tout savoir de A à Z pour se préparer au mieux durant l'année

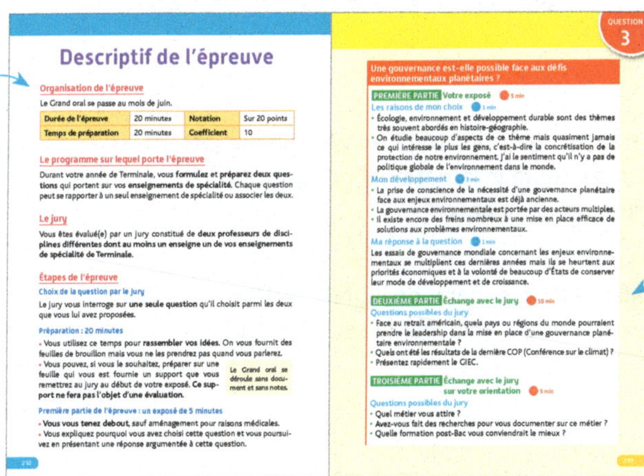

Descriptif de l'épreuve

Organisation de l'épreuve

Le Grand oral se passe au mois de juin.

Durée de l'épreuve	20 minutes	Notation	Sur 20 points
Temps de préparation	20 minutes	Coefficient	10

Le programme sur lequel porte l'épreuve

Durant votre année de Terminale, vous **formulez et préparez deux questions** qui portent sur vos **enseignements de spécialité**. Chaque question peut se rapporter à un seul enseignement de spécialité ou associer les deux.

Le jury

Vous êtes évalué(e) par un jury constitué de **deux professeurs de disciplines différentes dont au moins un enseigne un de vos enseignements de spécialité de Terminale.**

Étapes de l'épreuve

Choix de la question par le jury

Le jury vous interroge sur **une seule question** qu'il choisit parmi les deux que vous lui avez proposées.

Préparation : 20 minutes

• Vous utilisez ce temps pour **rassembler vos idées**. On vous fournit des feuilles de brouillon mais vous ne les prendrez pas quand vous parlerez.
• Vous pouvez, si vous le souhaitez, préparer sur une feuille qui vous est fournie un support que vous remettrez au jury au début de votre exposé. **Ce support ne fera pas l'objet d'une évaluation.**

Le Grand oral se déroule sans document et sans notes.

Première partie de l'épreuve : un exposé de 5 minutes

• **Vous vous tenez debout**, sauf aménagement pour raisons médicales.
• Vous expliquez pourquoi vous avez choisi cette question et vous poursuivez en présentant une réponse argumentée à cette question.

QUESTION 3

Une gouvernance est-elle possible face aux défis environnementaux planétaires ?

PREMIÈRE PARTIE Votre exposé 5 min

Les raisons de mon choix 1 min
• Écologie, environnement et développement durable sont des thèmes très souvent abordés en histoire-géographie.
• On étudie beaucoup d'aspects de ce thème mais quasiment jamais ce qui intéresse le plus les gens, c'est-à-dire la concrétisation de la protection de notre environnement. J'ai le sentiment qu'il n'y a pas de politique globale de l'environnement dans le monde.

Mon développement 3 min
• La prise de conscience de la nécessité d'une gouvernance planétaire face aux enjeux environnementaux est déjà ancienne.
• La gouvernance environnementale est portée par des acteurs multiples.
• Il existe encore des freins nombreux à une mise en place efficace de solutions aux problèmes environnementaux.

Ma réponse à la question 1 min

Les essais de gouvernance mondiale concernant les enjeux environnementaux se multiplient ces dernières années mais ils se heurtent aux priorités économiques et à la volonté de beaucoup d'États de conserver leur mode de développement et de croissance.

DEUXIÈME PARTIE Échange avec le jury 10 min

Questions possibles du jury
• Face au retrait américain, quels pays ou régions du monde pourraient prendre le leadership dans la mise en place d'une gouvernance planétaire environnementale ?
• Quels ont été les résultats de la dernière COP (Conférence sur le climat) ?
• Présentez rapidement le GIEC.

TROISIÈME PARTIE Échange avec le jury sur votre orientation 5 min

Questions possibles du jury
• Quel métier vous attire ?
• Avez-vous fait des recherches pour vous documenter sur ce métier ?
• Quelle formation post-Bac vous conviendrait le mieux ?

4 exemples de questions sur les 4 thèmes du programme

Conception graphique
Couverture : Audrey Izern
Intérieur : Alicia Dassonville

Réalisation
Couverture : Audrey Izern
Intérieur : Médiamax

Édition : Sophie Zeegers

Crédits iconographiques : p. 13 : © ID1974/Shutterstock.com ; p. 71 : © Philippe Desmazes/AFP/Getty Images ; p. 73 : © Superstock/Leemage ; p. 74 : © DeAgostini/Leemage ; p. 133 : © Alexandros Michailidis/Shutterstock.com ; p. 141 : © AFP Images ; p. 185 : © Darren Baker/Shutterstock.com ; p. 227 : © Shutterstock.com ; p. 241 : © Shutterstock.com ; p. 247 : © Shutterstock.com.

Sommaire

Cet ouvrage traite des thèmes au programme pour le BAC 2023 : thèmes 2, 4, 5 et 6.
Retrouvez le détail du programme en page 11.
Bonne préparation et tous nos vœux de réussite !

Thème 2 Faire la guerre, faire la paix

Thème 4 Identifier, protéger et valoriser le patrimoine : enjeux géopolitiques

Axe 1 Usages sociaux et politiques du patrimoine

Axe 2 Patrimoine, la préservation entre tensions et concurrences

Objet de travail conclusif La France et le patrimoine, des actions majeures de valorisation et de protection

Thème 5 L'environnement, entre exploitation et protection : un enjeu planétaire

Thème 6 L'enjeu de la connaissance

Fiches de cours

Fiches de méthode

Le Grand oral

Présentation du programme

Axes et objets de travail conclusifs des quatre thèmes de l'année 2022-2023

L'épreuve porte, en 2022-2023, sur les thèmes 2, 4, 5 et 6 de la partie du programme de l'enseignement de spécialité histoire-géographie, géopolitique et sciences politiques de Terminale.

Thème 2 – Faire la guerre, faire la paix : formes de conflits et modes de résolution

Axe 1 La dimension politique de la guerre : des conflits interétatiques aux enjeux transnationaux	– La guerre, « continuation de la politique par d'autres moyens » (Clausewitz) : de la guerre de Sept Ans aux guerres napoléoniennes. – Le modèle de Clausewitz à l'épreuve des « guerres irrégulières » : d'Al-Qaïda à Daech.
Axe 2 Le défi de la construction de la paix	– Faire la paix par les traités : les traités de Westphalie (1648). – Faire la paix par la sécurité collective : les actions de l'ONU sous les mandats de Kofi Annan (1997-2006).
Objet de travail conclusif Le Moyen-Orient : conflits régionaux et tentatives de paix impliquant des acteurs internationaux (étatiques et non étatiques)	– Du conflit israélo-arabe au conflit israélo-palestinien : les tentatives de résolution, de la création de l'État d'Israël à nos jours. – Les deux guerres du Golfe (1991 et 2003) et leurs prolongements : d'une guerre interétatique à un conflit asymétrique.

Thème 4 – Identifier, protéger et valoriser le patrimoine : enjeux géopolitiques

Axe 1 Usages sociaux et politiques du patrimoine	– Réaménager la mémoire. Les usages de Versailles de l'Empire à nos jours. – Conflits de patrimoine. Les frises du Parthénon depuis le XIXe siècle.
Axe 2 Patrimoine, la préservation entre tensions et concurrences	– Urbanisation, développement économique et préservation du patrimoine. Paris entre protection et nouvel urbanisme… – La destruction, la protection et la restauration du patrimoine, enjeu géopolitique. La question patrimoniale au Mali. – Le tourisme culturel, entre valorisation et protection. Venise, entre valorisation touristique et protection du patrimoine.
Objet de travail conclusif La France et le patrimoine, des actions majeures de valorisation et de protection	– La gestion du patrimoine français : évolutions d'une politique publique. – La patrimonialisation, entre héritage culturel et reconversion. Le bassin minier du Nord-Pas-de-Calais. – Le patrimoine, facteur de rayonnement culturel de la France dans le monde et objet d'action diplomatique (un exemple du patrimoine immatériel : le repas gastronomique des Français).

Thème 5 – L'environnement, entre exploitation et protection : un enjeu planétaire

Axe 1 Exploiter, préserver et protéger	– Exploiter et protéger une ressource « naturelle » : la forêt française depuis Colbert. – Le rôle des individus et des sociétés dans l'évolution des milieux : « révolution néolithique » et « révolution industrielle », deux ruptures ?
Axe 2 Le changement climatique : approches historique et géopolitique	– Les fluctuations climatiques et leurs effets : l'évolution du climat en Europe, du Moyen Âge au XIXe siècle. – Le climat, enjeu des relations internationales : les accords internationaux (Sommets de la Terre, COP...).
Objet de travail conclusif Les États-Unis et la question environnementale : tensions et contrastes	– L'environnement aux États-Unis : entre protection de la nature, exploitation des ressources et transformation des milieux depuis le XIXe siècle ; les rôles respectifs de l'État fédéral et des États fédérés. – Les États-Unis et l'environnement à l'échelle internationale (État, firmes transnationales, ONG...).

Thème 6 – L'enjeu de la connaissance

Axe 1 Produire et diffuser des connaissances	– Donner accès à la connaissance : grandes étapes de l'alphabétisation des femmes du XVIe siècle à nos jours dans le monde. – Produire de la connaissance scientifique : recherche et échanges des hommes et des femmes de science sur la question de la radioactivité de 1896 aux années 1950.
Axe 2 La connaissance, enjeu politique et géopolitique	– Le renseignement au service des États : les services secrets soviétiques et américains durant la guerre froide. – Circulation et formation des étudiants, transferts de technologie et puissance économique : l'exemple de l'Inde.
Objet de travail conclusif Le cyberespace : conflictualité et coopération entre les acteurs	– Le cyberespace, entre réseaux et territoires (infrastructures, acteurs, liberté ou contrôle des données...). – Cyberdéfense, entre coopération européenne et souveraineté nationale : le cas français.

Définition de l'épreuve

L'épreuve écrite

Organisation

- L'épreuve dure **4 heures**.
- L'épreuve porte, en 2022-2023, sur les thèmes 2, 4, 5 et 6 de la partie du programme de l'enseignement de spécialité histoire-géographie, géopolitique et sciences politiques de Terminale. Les notions rencontrées en classe de Première, mais non approfondies en classe de Terminale, doivent être connues et mobilisables. Cependant, elles ne peuvent pas donner lieu spécifiquement à un sujet.
- L'épreuve est composée de **deux exercices**, notés chacun sur 10 points :

– **une dissertation** ;
– **une étude critique d'un (ou deux) document(s)**.

- Les deux exercices ne peuvent porter sur le même thème.

Objectifs

- L'épreuve a pour objectif d'évaluer votre aptitude à :

– mobiliser des connaissances acquises dans différents contextes et cadres ;
– construire une problématique ;
– rédiger des réponses construites et argumentées ;
– exploiter, organiser et confronter des informations ;
– analyser des documents de sources et de natures diverses et à en faire une étude critique ;
– faire preuve de capacités de réflexion en les étayant sur des connaissances.

La dissertation

- La dissertation est le traitement d'un sujet donné, **avec une introduction, un développement en plusieurs parties et une conclusion**.
- Vous devez montrer que :

– vous maîtrisez des connaissances et savez les sélectionner ;
– vous savez organiser les connaissances de manière à traiter le sujet ;
– vous avez acquis des capacités d'analyse et de réflexion.

- Pour traiter le sujet :

– vous l'analysez et élaborez une problématique ;
– vous rédigez un texte pertinent comportant une introduction (dégageant les enjeux du sujet et un fil conducteur en énonçant une problématique), plusieurs parties structurées et une conclusion (qui répond à la problématique).

• La réalisation d'une illustration en appui du propos (croquis, schéma, etc.) amènera une valorisation de la note ; un fond de carte pourra être fourni si cela est adapté au sujet. La réalisation de cette production graphique n'a aucun caractère obligatoire, et son absence ne peut aucunement vous pénaliser.
• La méthode et les conseils relatifs à la dissertation sont donnés pages 242-244.

L'étude critique de document(s)

• Il s'agit d'une **étude critique d'un ou deux documents de nature différente. Le sujet se compose d'un titre et d'un ou deux documents accompagnés d'une consigne**, qui vise à orienter votre travail. Un nombre limité de notes explicatives peut également figurer.
• Vous devez montrer que :
– vous êtes capable de construire une problématique à partir du sujet indiqué par le titre et abordé par le (ou les) document(s) ;
– vous comprenez le sens général du (ou des deux) document(s) ;
– vous êtes capable de sélectionner les informations, de les hiérarchiser, de les expliciter ;
– vous savez prendre un recul critique en réponse à sa problématique, en vous appuyant, d'une part, sur le contenu du document et, d'autre part, sur vos connaissances personnelles.
• Pour traiter le sujet :
– vous analysez de manière critique les documents en prenant appui sur la consigne et vous élaborez une problématique ;
– vous rédigez une introduction comportant une problématique ;
– vous organisez votre propos en plusieurs paragraphes ;
– vous rédigez une conclusion qui comporte une réponse à la problématique.
• La méthode et les conseils relatifs à l'étude critique de document(s) sont donnés pages 245-246.

Thème 2

Faire la guerre, faire la paix

Célébration du « Jour de la Victoire » le 9 mai à Moscou, Russie (2014).

SUJET 1

La dimension politique de la guerre : des conflits interétatiques aux enjeux transnationaux

ÉTUDE CRITIQUE DE DOCUMENTS

Analysez les documents pour montrer les changements survenus dans la nature de la guerre à partir des guerres révolutionnaires et de la mise en place de la levée en masse en 1793.

DOCUMENT 1

Deux décrets de la Convention inspirés par les motions et rapports du député Bertrand Barère

Décret du 23 août 1793 : « Tous les Français sont en réquisition permanente pour le service des armées. Les jeunes gens iront au combat ; les hommes mariés forgeront des armes et transporteront les subsistances ; les femmes feront des tentes, des habits et serviront dans les hôpitaux ; les enfants mettront de vieux linges en charpie ; les vieillards se feront porter sur les places publiques pour exciter le courage des guerriers, prêcher la haine des rois et l'unité de la République. »

Décret du 26 mai 1794 : « Il ne sera fait aucun prisonnier anglais ou hanovrien[1]. »

1. Alliés allemands des Anglais.

DOCUMENT 2

L'analyse de Clausewitz sur les changements dans la nature de la guerre

L'année 1793 vit tout à coup surgir la puissance militaire la plus formidable qu'on pût imaginer, celle d'un peuple de 30 millions d'habitants dont tous les hommes se considéraient comme citoyens de l'État et prenaient part à la guerre ! [...] Ce n'était plus comme autrefois le Cabinet avec son armée mais bien la nation elle-même qui pesait de tout son poids dans le plateau de la balance. [...] La guerre devint un intérêt national et, changeant de nature ou pour mieux dire revenant à sa vraie nature, se rapprocha beaucoup de son concept absolu. [...]

Le renversement de l'adversaire devint le but unique de la lutte et, la guerre une fois commencée, on ne s'arrêta plus pour traiter qu'après avoir réduit l'ennemi à l'impuissance. [...]

Maintenant qu'on les a dépassées, on ne reviendra pas facilement aux limites dans lesquelles on ne s'est si longtemps renfermé que par ignorance du moyen puissant qu'on avait à sa disposition, et que, par suite et pour le moins chaque fois qu'il s'agira d'un grand intérêt, le principe d'hostilité se manifestera de part et d'autre avec la violence qu'on lui a déjà vu prendre.

Carl von Clausewitz, *De la guerre*, Livre VIII, Chapitre III. B, « Le plan de guerre. De la grandeur du but et des efforts », Librairie militaire Baudoin, 1886 (première édition en allemand entre 1832 et 1835).

Travail préparatoire

Fiche cours 1

Fiches méthodes 3 4

2 heures

Le jour de l'épreuve, vous aurez 4 heures pour traiter la dissertation et l'étude critique de documents : ne consacrez pas plus de 2 heures au traitement de l'étude critique de documents.

Analyser le sujet

Analyser les documents

- Les documents se centrent autour de la fameuse levée en masse de l'an II en France (février 1793 à septembre 1794) : la Convention décide, par décret, l'enrôlement dans l'armée par désignation ou tirage au sort de plusieurs centaines de milliers d'hommes, pris parmi les célibataires ou veufs sans enfants de 18 à 25 ans.
- Le document 2 est extrait du livre *De la guerre* du théoricien militaire prussien Carl von Clausewitz (1780-1831). Celui-ci est contemporain des guerres napoléoniennes, où la France reprend sa levée en masse grâce à la conscription (loi Jourdan-Delbrel de 1798).

Les pièges à éviter

L'analyse doit montrer comment la nature de la guerre change considérablement à partir de 1793 : on passe de guerres « de Cabinet », au caractère limité, à des « guerres nationales », au caractère absolu. Attention à se centrer sur les guerres révolutionnaires et à ne pas faire de trop longues digressions sur les guerres d'Ancien Régime (avant 1789) ou sur les guerres du XXe siècle.

Les attentes du correcteur

On attend du candidat à la fois des connaissances de base sur les guerres révolutionnaires (levée en masse, Convention nationale, Comité de salut public, Montagnards) et sur la pensée de Clausewitz (opposition entre guerre limitée et guerre absolue, entre principe de modération et principe d'anéantissement, primat du politique sur l'armée et le peuple).

Mobiliser ses connaissances

- Il faut d'abord maîtriser la chronologie des guerres à la fin du XVIIIe siècle : si la guerre de Sept Ans (1756-1763) est souvent considérée comme une première forme de « guerre mondiale », elle reste encore une guerre « de Cabinet », une affaire menée selon les valeurs et les idéaux de la haute aristocratie et confiée à des professionnels.
- En sens inverse, il ne faut pas faire preuve d'un trop grand anachronisme : si les décrets de 1793 et 1794 sonnent comme les prémisses de ce que le XXe siècle va baptiser des « guerres totales », voire des « guerres d'anéantissement », il faut se demander jusqu'à quel point ces décrets ont bien été appliqués.

Problématiser le sujet

Clausewitz a bien perçu l'apparition d'une forme nouvelle de la guerre, la « guerre nationale », qui a pris toute sa force au XXe siècle avec les guerres mondiales et les guerres d'indépendance et de décolonisation. Comme il l'écrit lui-même, « la guerre de ce temps est une guerre de tous contre tous. Ce n'est pas le roi qui fait la guerre au roi, ni l'armée qui en combat une autre, c'est un peuple qui fait la guerre à un autre peuple et, dans ce peuple, le roi et l'armée sont inclus ». La problématique est donc : jusqu'à quel point l'émergence en France d'une armée de soldats citoyens en 1793 et 1794 change-t-elle la nature de la guerre ?

Plan du sujet

I. La levée en masse
II. Effort de guerre et mobilisation générale
III. De la haine des rois à la haine des peuples ?

Corrigé : plan détaillé

Les textes en bleu apparaissant dans ce corrigé ne doivent pas figurer dans votre devoir. Nous les avons insérés pour vous guider et vous aider à repérer les parties de l'étude critique des documents.

Les conseils du professeur

Introduction

Le 26 mai 1794, le citoyen Barère, du Comité du Salut public, prononce un discours enflammé contre les Anglais à la Convention. Ses mots sont terribles : cette « peuplade étrangère de l'Europe, étrangère à l'humanité : il faut qu'elle disparaisse ».

accroche

Nous avons, ici, deux décrets de la Convention inspirés de ce même Barère : le premier poursuit et étend la levée en masse commencée en février 1793 ; le second prévoit de ne pas faire de prisonnier de guerre. La France révolutionnaire est, alors, confrontée à une coalition de monarques qui veulent étouffer la République. Les mesures exceptionnelles prises dans ce contexte sont analysées par le théoricien Clausewitz (document 2), qui s'interroge sur les changements profonds dans la nature de la guerre.

présentation du document

On peut, ainsi, se demander jusqu'à quel point l'émergence en France d'une armée de soldats citoyens en 1793 et 1794 change la nature de la guerre. Après avoir étudié la question de la levée en masse et de la mobilisation générale, nous nous interrogerons sur la réalité des aspects idéologiques et politiques mis en avant dans le programme militaire de la Convention.

problématique et annonce du plan

I. La levée en masse

[argument 1]

Comme l'indique le décret de 1793, « Tous les Français sont en réquisition permanente » pour le service militaire. Le texte précise qu'il s'agit des « jeunes gens » à l'exception des « hommes mariés ». Mais le texte ne précise pas le mode de désignation, ni l'âge des soldats réquisitionnés.

[argument 2]

Clausewitz ne nous est pas d'un grand secours ici puisqu'il se contente lui aussi d'affirmer que « tous les hommes [...] prenaient part à la guerre » (1re phrase). Mais le penseur prussien voit bien ici le changement : le conflit n'est plus mené par « le Cabinet avec son armée », c'est-à-dire des professionnels, mais par les nouveaux soldats citoyens.

[argument 3]

En fait, la levée en masse s'est faite progressivement (500 000 hommes en juillet, 800 000 en décembre 1793). Elle a aussi suscité un fort mécontentement paysan et provoqué des soulèvements populaires, surtout dans la partie Nord-Ouest de la France, avec le début de la guerre de Vendée.

[transition]

L'effort de guerre n'est pas porté seulement par les soldats : c'est toute la nation qui est appelée à lutter.

Faites bien attention ici à porter un regard critique sur le mythe de l'élan patriotique et égalitaire des soldats de l'an II. Le réquisitionnement est obligatoire (visite médicale, tirage au sort ou bien désignation par les autorités municipales) et de nombreux cas d'exemption sont prévus. De plus, les décrets s'appliquent à un pays en guerre ; ce sont des mesures exceptionnelles et il n'est pas prévu qu'elles soient poursuivies en temps de paix.

II. Effort de guerre et mobilisation générale

[argument 1]

Dans le décret de 1793, la main-d'œuvre est mobilisée entièrement pour l'approvisionnement en armes et en nourriture (« les hommes mariés »), pour les toiles d'uniformes et de campements et l'infirmerie militaire (« les femmes ») et la confection de pansements (« les enfants »).

[argument 2]

Comme le souligne Clausewitz, « la nation elle-même [...] pesait de tout son poids dans le plateau de la balance ». Pour Clausewitz, il s'agit donc d'une « guerre nationale », à la différence des conflits précédents.

[argument 3]

Ce soutien populaire apparaît clairement dans la définition clausewitzienne de la guerre. Pour le penseur prussien, il y a, en effet, trois dimensions dans les conflits armés : une dimension politique, une dimension militaire et une dimension populaire. Avec les guerres révolutionnaires, la dimension populaire prend une importance inédite dans l'histoire.

[transition]

Jusqu'à quel point ces « guerres nationales » ont-elles un caractère absolu et total ?

Attention ici à ne pas exagérer les comparaisons avec la Première Guerre mondiale. Si on peut utiliser les concepts de « mobilisation générale » et d'« effort de guerre », nous ne sommes pas encore entrés en 1793 dans l'âge industriel. L'agriculture tient un rôle essentiel et la raison pour laquelle les pères de famille ne sont pas appelés à combattre, c'est parce qu'ils doivent s'occuper des champs.

III. De la haine des rois à la haine des peuples ?

[argument 1]

La dimension idéologique de la guerre apparaît dans le décret de 1793 : les personnes les plus âgées, celles qui sont les plus écoutées, doivent « prêcher la haine des rois et l'unité de la République ». On retrouve ici les idéaux révolutionnaires d'indivisibilité de la nation et de supériorité du régime républicain sur les régimes monarchiques de toute sorte.

[argument 2]

Mais cette lutte contre les États monarchiques en guerre contre la France, et en premier lieu la monarchie britannique, se transforme dans le décret de 1794 en projet d'extermination des soldats anglais et de leurs alliés. Pour Clausewitz, cette « violence » est la principale nouveauté de ces guerres révolutionnaires : la passion meurtrière se déchaîne et le but est de « rédui[re] l'ennemi à l'impuissance ».

[argument 3]

On reste loin, cependant, de la « guerre d'extermination ». Premièrement, parce que le décret ne parle pas d'anéantir tous les Anglais mais de « ne faire aucun prisonnier » parmi les soldats ennemis. Deuxièmement, parce que ce décret, voté dans un contexte de guerre à outrance, n'a finalement pas été appliqué et a été aboli le 30 décembre 1794.

C'est le célèbre orateur Barère de Vieuzac qui est à l'origine des deux décrets sur la guerre. Ces décisions font suite à de grands discours et rapports à la Convention, comme celui sur les « crimes de l'Angleterre envers le peuple français » le 26 mai 1794. C'est aussi lui qui étend ce décret aux Espagnols le 11 août suivant.

Conclusion

La levée en masse de 1793 est bien une première forme de « guerre nationale ». Des centaines de milliers de soldats-citoyens viennent s'ajouter aux militaires professionnels de l'armée d'Ancien Régime. Clausewitz a bien conscience de ce changement. Mais pour le penseur prussien, il s'agit avant tout d'un nouveau « moyen puissant » : « revenant à sa vraie nature », la guerre sous la Révolution est donc d'abord une « montée aux extrêmes » en termes de violence et de volonté d'anéantissement de l'ennemi.

bilan

On pourrait se demander jusqu'à quel point, pour Clausewitz, la violence serait liée au peuple, le hasard à l'armée et la raison au gouvernement. L'exemple de Barère permet de douter de ces associations rapides.

ouverture

SUJET 2

La dimension politique de la guerre : des conflits interétatiques aux enjeux transnationaux

ÉTUDE CRITIQUE DE DOCUMENTS

Analysez le document pour montrer les changements survenus dans la nature de la guerre avec les projets d'attentats élaborés par l'organisation terroriste islamique Al-Qaïda.

DOCUMENT

Déclaration du Front islamique mondial pour le djihad contre les Juifs et les croisés (23 février 1998)
Ce document a été signé par Oussama Ben Laden, chef d'Al-Qaïda, par Ayman al-Zawahiri, chef du djihad en Égypte, ainsi que par plusieurs autres responsables de groupes terroristes islamiques en Égypte, au Bangladesh et au Pakistan.

Premièrement, les États-Unis occupent depuis plus de sept ans la terre de l'Islam en son lieu le plus sacré, la péninsule arabique, pillant ses richesses, dictant leur conduite à ses souverains, humiliant son peuple, terrorisant ses voisins et transformant ses bases dans la péninsule en fer de lance pour combattre les peuples musulmans des environs. […]

Deuxièmement, malgré les immenses dégâts causés sur le peuple irakien par l'alliance des croisés et des sionistes, et malgré le grand nombre de morts, qui dépasse le million…, malgré cela, les Américains perpétuent leur embargo, imposé après leur guerre féroce, cause de fragmentation et de dévastation. Ils sont ici pour annihiler ce qui reste de ce peuple et pour humilier ses voisins musulmans.

Troisièmement, si les véritables buts américains derrière ces guerres sont économiques et religieux, leur but est également de servir le minuscule État juif et de détourner l'attention de l'occupation de Jérusalem et du meurtre des musulmans qui s'y produit. […]

Tous ces crimes et ces péchés commis par les Américains sont une déclaration de guerre ouverte à Dieu, à son messager et aux musulmans.

L'Ouléma[1] a toujours considéré, au cours de l'histoire de l'Islam, que le djihad est un devoir individuel lorsque l'ennemi détruit les pays musulmans. [...]

Sur cette base, et conformément à la volonté de Dieu, nous lançons la fatwa suivante à tous les musulmans :

Tuer les Américains et leurs alliés, civils et militaires, est un devoir individuel pour chaque musulman qui peut le faire dans tous les pays où cela est possible, afin de libérer la mosquée d'Al-Aqsa et la sainte mosquée de La Mecque de leur emprise et pour obliger leurs armées à quitter la terre sainte de l'Islam, vaincues et incapables de menacer un musulman. [...]

Nous, avec l'aide de Dieu, appelons tous les musulmans croyant en Dieu et voulant être récompensés pour avoir obéi à l'ordre de Dieu, à tuer les Américains et à piller leurs richesses, en tout endroit et à tout instant.

1. Religieux habilité à prononcer un jugement sur les droits et les devoirs des fidèles.

Travail préparatoire

Fiche cours 1
Fiches méthodes 3 4

2 heures — *Le jour de l'épreuve, vous aurez 4 heures pour traiter la dissertation et l'étude critique de documents : ne consacrez pas plus de 2 heures au traitement de l'étude critique de documents.*

Analyser le sujet

Analyser le document

- Le document est censé être une fatwa, c'est-à-dire, dans le cadre du droit civil et du droit pénal d'un pays musulman, un avis juridique donné par une autorité religieuse (un spécialiste appelé « ouléma » ou « mufti ») pouvant donner lieu à une condamnation. À noter qu'une condamnation à mort relève en général d'un tribunal spécial.

- Ici, ce sont tous les « Américains et leurs alliés, civils et militaires » qui sont condamnés à mort par le « Front islamique mondial pour le djihad contre les Juifs et les croisés », dominé par le mouvement Al-Qaïda et la figure d'Oussama Ben Laden. On a donc dans ce document l'annonce de la poursuite et de l'extension des attentats revendiqués par Al-Qaïda.

Les pièges à éviter

Il faut faire attention ici à ne pas trop se perdre dans le contexte géopolitique du Proche et du Moyen-Orient. Si le document évoque bien la guerre en Irak et les liens des États-Unis avec Israël et l'Arabie Saoudite, le thème central est celui de la nouvelle forme de guerre ou d'action armée voulue par Al-Qaïda.

Les attentes du correcteur

On attend du candidat des connaissances de base sur le Proche et le Moyen-Orient (croisades médiévales, situation de Jérusalem, ressources en hydrocarbures, etc.) et surtout une réflexion sur le type de « guerre irrégulière » que promeut Ben Laden.

Mobiliser ses connaissances

- Il faut d'abord maîtriser la chronologie des attentats attribués à Al-Qaïda : si l'organisation terroriste est fondée en 1987, il faut attendre le 29 décembre 1992 pour que ses membres commettent un premier attentat au Yémen contre des soldats américains rejoignant la Somalie. À l'époque où Ben Laden fait cette déclaration, en février 1998, il est fort probable que soient déjà prévues les attaques simultanées contre les ambassades américaines de Nairobi et de Dar es Salaam (Kenya et Tanzanie), qui auront lieu le 7 août suivant.
- Il faut aussi garder à l'esprit que le caractère transnational des organisations terroristes ne signifie pas qu'elles ne disposent pas de réseaux nationaux : les signataires de cette déclaration sont des responsables en place en Égypte, au Bangladesh et au Pakistan. La plupart des attentats commis par Al-Qaïda vont, d'ailleurs, frapper des civils ne vivant pas en Occident.

Problématiser le sujet

Les États-Unis et leurs alliés sont donc confrontés aux menaces d'un « front islamique mondial ». Il ne s'agit plus alors d'une guerre entre États mais d'un conflit opposant un État à une organisation clandestine planétaire, accusant son adversaire de mener une « croisade », une guerre sainte contre les musulmans. La problématique est donc : faut-il voir dans les menaces d'attentats terroristes une nouvelle forme de guerre, dans un contexte de « choc des civilisations » ?

Plan du sujet

I. La présence américaine au Proche et au Moyen-Orient
II. Un « front islamique mondial » ?
III. Djihad et terrorisme

Corrigé : plan détaillé

Les textes en bleu apparaissant dans ce corrigé ne doivent pas figurer dans votre devoir. Nous les avons insérés pour vous guider et vous aider à repérer les parties de l'étude critique des documents.

Les conseils du professeur

Introduction

Al-Qaïda signifie « la base » en arabe. Comment une nébuleuse terroriste tentaculaire peut-elle disposer d'une base ? Peut-être est-ce en Afghanistan que tout commence.

accroche

Recherchés pour terrorisme par les services secrets américains, Oussama Ben Laden et Ayman al-Zawahiri s'exilent, en effet, en Afghanistan et décident de proclamer solennellement, en février 1998, la création du « Front islamique mondial pour le djihad contre les Juifs et les croisés ». C'est ce texte fondateur qui est à analyser. Le réseau Al-Qaïda et ses soutiens y déclarent une « guerre sainte » contre les États-Unis et leurs alliés.

présentation du document

On peut se demander s'il faut voir dans les menaces d'attentats terroristes une nouvelle forme de guerre, dans un contexte de « choc des civilisations ». Nous étudierons, d'abord, les reproches et accusations qui sont portées par Al-Qaïda contre les États-Unis. Puis, nous nous interrogerons sur la représentativité de ces responsables terroristes dans le monde musulman. Enfin, nous analyserons les moyens d'action proposés par Al-Qaïda.

problématique et annonce du plan

I. La présence américaine au Proche et au Moyen-Orient

[argument 1]

La déclaration commence par une évocation des conséquences de la guerre du Golfe qui a opposé, d'août 1990 à février 1991, l'Irak à une coalition de 35 États, dirigée par les États-Unis à la suite de l'invasion et l'annexion du Koweït par l'Irak. Parmi les sanctions prises contre l'Irak, un embargo est mis en place, qui cause plusieurs centaines de milliers de victimes (le chiffre de un million, avancé dans le second paragraphe par Ben Laden, est remis en cause).

[argument 2]

Le texte évoque aussi la présence américaine en Arabie Saoudite, et leur « emprise » sur « la sainte mosquée de La Mecque », depuis le pacte du Quincy en 1945. Pour rappel, la monarchie saoudienne, principal fournisseur de pétrole pour l'U.S. Navy, a fait partie de la coalition contre l'Irak.

[argument 3]

Enfin, la déclaration souligne l'alliance étroite entre les États-Unis et l'« État juif » d'Israël et la volonté des islamistes de mettre fin à « l'occupation de Jérusalem » et de « libérer la mosquée d'Al-Aqsa » (avant-dernier paragraphe). C'est, en effet, à la suite de la guerre des Six Jours, en 1967, que Jérusalem-Est est occupée et administrée par Israël. On peut rappeler, cependant, le rôle de Washington dans le processus de paix entre Israéliens et

On peut préciser que l'année 1996 marque un tournant, avec le lancement par l'ONU en Irak du programme « Pétrole contre nourriture » et la reprise des bombardements en Irak par les États-Unis et le Royaume-Uni. De même, c'est en 1996 que les Israéliens élisent comme Premier ministre Benyamin Netanyahu, chef de la droite nationaliste, opposé aux accords d'Oslo prévoyant la mise en place d'une autonomie palestinienne.

Palestiniens, notamment dans les accords de septembre 1993 entre Yitzhak Rabin et Yasser Arafat.

[transition]

Le texte accuse donc les États-Unis d'islamophobie. Quels sont les musulmans qui partageraient cette opinion selon le document ?

II. Un « front islamique mondial » ?

[argument 1]

C'est surtout Al-Qaïda qui est l'organisation terroriste la plus connue et la plus active depuis 1992. Mais le texte mentionne d'autres responsables d'associations qui lui ont fait allégeance comme l'organisation paramilitaire du Djihad islamique égyptien ou des organisations du Bangladesh et du Pakistan.

[argument 2]

Ses responsables sont issus de différents milieux : Oussama Ben Laden est l'héritier d'une des plus grandes entreprises de construction au monde (le Saudi Binladen Group), Ayman al-Zawahiri est médecin. En tous cas, ces hommes ne sont pas des oulémas ou des muftis, et n'ont donc pas normalement, selon la tradition musulmane, de légitimité pour prononcer une fatwa, ici une condamnation à mort.

[argument 3]

Pourtant, la déclaration ne cesse de faire référence à la tradition et aux considérations de l'« Ouléma », c'est-à-dire des théologiens de l'Islam. Il s'agit, en fait, du courant néo-fondamentaliste salafiste, qui revendique un retour aux pratiques qui avaient cours dans la communauté musulmane à l'époque du prophète Mahomet et de ses premiers disciples. La rupture au sein du salafisme a lieu justement avec la guerre du Golfe, lorsque des fatwas prononcées par Riyad autorisent les États-Unis à déployer leur armée sur le sol saoudien.

Après la mort d'Oussama Ben Laden le 2 mai 2011, c'est Ayman al-Zawahiri qui est devenu le chef d'Al-Qaïda. Parmi les branches les plus connues, on trouve Al-Qaïda au Maghreb islamique (AQMI). Encore en décembre 2019, un attentat dans une base aéronavale des États-Unis est revendiqué par Al-Qaïda dans la péninsule arabique (AQPA).

[transition]

Le salafisme « djihadiste » se développe alors et fait du terrorisme son mode privilégié d'action.

III. Djihad et terrorisme

[argument 1]

Le message principal est clair : puisque les Américains « tuent », « pillent » et « terrorisent » les musulmans de la péninsule arabique, il faut les tuer, les piller et les terroriser « dans tous les pays où cela est possible ». On note donc, à la fois, une forme de « loi du talion », « œil pour œil, dent pour dent », mais aussi l'idée que les attentats peuvent être commis n'importe où dans le monde.

On voit bien ici la différence entre Al-Qaïda et Daech. Si l'État islamique (EI) a réussi à former un proto-État califal en Irak et en Syrie entre 2014 et 2019, ce ne fut jamais le cas d'Al-Qaïda.

[argument 2]

L'habileté de la déclaration est de faire passer les attentats suicides comme la poursuite du djihad médiéval, qui avait eu lieu dans le contexte des croisades européennes en Orient. Or, cette « guerre sainte » opposait des royaumes et des empires, c'est-à-dire toujours des États. Le califat des djihadistes d'Al-Qaïda n'est pourtant qu'une illusion.

[argument 3]

Première organisation dédiée au djihad global, Al-Qaïda diffuse à partir de 1996, depuis l'Afghanistan, sa propagande par le biais de cassettes vidéo ou d'entretiens pré-enregistrés relayés par les chaînes satellitaires. C'est la raison pour laquelle la première opération menée par les forces internationales contre l'organisation après les attentats du 11 septembre se déroule en Afghanistan.

Conclusion

Depuis le lancement de la guerre du Golfe, une nouvelle forme d'islamisme, que l'on nomme le « salafisme », se développe dans des milieux intégristes. Il a une dimension politique dans la mesure où il veut, par tous les moyens, imposer une lecture strictement religieuse des règles sociales, mais pas dans le cadre d'une nation ou d'un État. C'est un mouvement à échelle mondiale, organisé en réseaux, cherchant à prendre appui sur les différentes communautés musulmanes. L'idée de « choc des civilisations » est largement critiquable, notamment du fait des menaces proférées par Al-Qaïda contre « l'ennemi proche » (les régimes arabes « infidèles » et « apostats »). Mais les menaces d'attentats terroristes ne constituent pas, à proprement parler, une nouvelle forme de guerre : le but des djihadistes est bien de créer un État, un nouveau califat, mais ils ne disposent pas d'un soutien suffisant de la part des nations musulmanes.

bilan

On pourrait se demander jusqu'à quel point le changement stratégique représenté par les attentats de masse commis par des organisations transnationales a pour corollaire la forme inédite de « guerre préventive » menée, notamment, en Irak pour renverser Saddam Hussein, soupçonné de détenir des armes de destruction massives et de s'allier à Al-Qaïda.

ouverture

SUJET 3

La dimension politique de la guerre : des conflits interétatiques aux enjeux transnationaux

DISSERTATION

La définition de la guerre par Clausewitz peut-elle s'appliquer au terrorisme ?

Travail préparatoire

Fiche cours 1

Fiches méthodes 1 2

2 heures *Le jour de l'épreuve, vous aurez 4 heures pour traiter la dissertation et l'étude critique de documents : ne consacrez pas plus de 2 heures au traitement de la dissertation.*

Analyser le sujet

Définir les mots du sujet

Le programme ne parle pas explicitement du « terrorisme » mais des « guerres irrégulières » et des conflits transnationaux. La période à étudier va « d'Al-Qaïda à Daech », c'est-à-dire que l'étude commence soit en 1987, quand l'organisation terroriste islamiste Al-Qaïda est fondée par le cheikh Abdullah Yusuf Azzam et son élève Oussama Ben Laden, soit en août 1998, avec les attentats simultanés des ambassades américaines en Tanzanie et au Kenya qui ont fait 224 morts, et plus de 4 000 blessés.

Les pièges à éviter

Il est difficile en introduction de définir précisément ce qu'est la guerre puisque le sujet porte justement sur l'évolution des concepts utilisés pour décrire et expliquer le fait guerrier. On peut se contenter de dire que la guerre est une situation conflictuelle entre États ou groupes d'individus, avec ou sans lutte armée.

Les attentes du correcteur

On attend ici que le candidat expose les différents éléments qui constituent la définition de la guerre par Clausewitz et qu'il confronte ces éléments aux caractéristiques des attaques terroristes islamistes et des réponses militaires des États touchés par ces attentats. Plusieurs penseurs et chercheurs peuvent être mobilisés (Sir Basil Liddell Hart, John Keegan, Raymond Aron, Mary Kaldor, etc.).

Mobiliser ses connaissances

Il faut se souvenir qu'avec la fin de la guerre froide, les « guerres clausewitziennes » (entre États, avec armistice et traité de paix) diminuent fortement. L'expression de « guerre irrégulière » s'est progressivement imposé pour caractériser les guerres contemporaines dans lesquelles les États ne sont pas les seuls acteurs engagés. La guerre irrégulière est, à la fois, une guerre « sans front » et une guerre « sans frontière ».

Il est nécessaire de montrer que le terrorisme se mondialise et apparaît désormais comme une nouvelle forme de guerre, en partie, déterritorialisée : Al-Qaïda, dans les années 2000, puis l'État islamique (Daech), dans les années 2010. Ce mode d'action dépasse le cadre traditionnel de la guerre : la négociation politique disparaît au profit de la multiplication à l'échelle planétaire d'attentats justifiés par des idées religieuses.

Problématiser le sujet

Il s'agit, ici, de se demander si les attaques terroristes menées par des organisations clandestines et transnationales contre des États et des civils peuvent être considérées comme des formes de « continuation de la politique par d'autres moyens », selon l'expression célèbre de Clausewitz.

Plan du sujet

I. La définition de la guerre par Clausewitz s'applique-t-elle aux grands conflits du XXe siècle ?
II. Pour les penseurs des « nouvelles guerres », Clausewitz est dépassé
III. Les concepts de Clausewitz sont encore opératoires pour comprendre le terrorisme

Corrigé : plan détaillé

Les textes en bleu apparaissant dans ce corrigé ne doivent pas figurer dans votre devoir. Nous les avons insérés pour vous guider et vous aider à repérer les parties de la dissertation.

Les conseils du professeur

Introduction

À la fin de la bataille de Tora Bora, en Afghanistan, en décembre 2001, un journaliste occidental découvre dans les grottes occupées par des membres d'Al-Qaïda un exemplaire annoté d'une édition anglaise du livre *De la guerre* du théoricien militaire prussien Carl von Clausewitz (1780-1831).

accroche

Publié pour la première fois en Allemagne entre 1832 et 1835, *De la guerre*, composé de huit livres de plus de sept cents pages, est toujours un ouvrage de référence pour ceux qui s'intéressent au phénomène de la guerre et des conflits armés. L'ouvrage est basé sur une analyse rigoureuse des guerres du XVIIIe et du début du XIXe siècles, ayant surtout pour caractéristiques d'opposer des États-nations entre eux. Avec la montée des conflits intra-étatiques, des guerres civiles et du terrorisme au cours des deux dernières décennies, certains penseurs considèrent *De la guerre* comme une relique du passé.

analyse du sujet

De la guerre est-il toujours pertinent dans le monde des « guerres irrégulières » actuelles ? La définition de la guerre par Clausewitz peut-elle s'appliquer au terrorisme ? Pour répondre à ces questions, nous verrons d'abord si la définition clausewitzienne de la guerre peut s'appliquer aux grands conflits du XXe siècle. Puis, nous analyserons le point de vue des penseurs des « nouvelles guerres », pour qui Clausewitz est dépassé. Enfin, nous montrerons que les concepts de Clausewitz sont encore opératoires pour comprendre le terrorisme.

problématique et annonce du plan

I. La définition de la guerre par Clausewitz s'applique-t-elle aux grands conflits du XXe siècle ?

[argument 1]

Trois livres sont considérés encore aujourd'hui comme des lectures de base dans toutes les écoles militaires et les centres de réflexion stratégique : *L'Art de la guerre* du Chinois Sun Tzu (VIe siècle av. J.-C.), *La Guerre du Péloponnèse* du Grec Thucydide (Ve s. av. J.-C.) et l'ouvrage *De la guerre* du Prussien Clausewitz. En partant du nouveau type de guerre introduit par la Révolution française et les guerres napoléoniennes, Clausewitz élabore le concept de « guerre absolue », qui vise à la destruction de la force adverse et à l'obtention d'une victoire politique totale par la force des armes.

[argument 2]

Certains critiques comme Sir Basil Liddell Hart ou John Keegan ont affirmé que les penseurs allemands s'étaient inspirés des écrits de Clausewitz pour arriver à la conclusion que la guerre totale et la guerre d'extermination étaient les seules formes de guerre appropriées à leurs objectifs. Raymond Aron s'est opposé à cette lecture de l'œuvre de Clausewitz. On pourrait se demander, d'ailleurs, si la guerre menée par l'administration Bush contre le terrorisme n'est pas aussi une guerre totale.

[argument 3]

À travers les exemples de la guerre de Vendée, de la rébellion du Tyrol et de la guerrilla espagnole, Clausewitz s'est aussi intéressé aux « petites guerres » (dites aujourd'hui « asymétriques ») où les plus faibles peuvent manquer de force tactique mais peuvent, néanmoins, obtenir des effets stratégiques par des actions limitées : avantages de la défense par rapport à l'attaque, usure de l'ennemi. Il aurait, ainsi, grandement influencé des hommes comme Lénine, T. E. Lawrence ou Mao Zedong.

Il est important, dans cette première partie, de rappeler que la vision de la guerre par Clausewitz est très marquée par sa propre expérience des guerres révolutionnaires et napoléoniennes.

[transition]

Pour beaucoup de penseurs, les guerres du XXe siècle (guerres mondiales, guerre froide, guerres d'indépendance) restent des guerres où le rôle de l'État et du territoire est central. Ce ne serait plus le cas après 1991.

II. Pour les penseurs des « nouvelles guerres », Clausewitz est dépassé

[argument 1]

Mary Kaldor, qui illustre la pensée des « nouvelles guerres », affirme que la nature des guerres a changé. Les conflits violents ont tendance à être plus longs, plus envahissants, moins décisifs, fragmentés et avec plus d'acteurs non étatiques qui revendiquent le pouvoir par l'identité plutôt que par le territoire.

[argument 2]

D'autres penseurs, comme Martin van Creveld, considèrent que, si « la guerre est la continuation de la politique par d'autres moyens », c'est que l'État est au cœur de la définition de la guerre, selon Clausewitz. Or, au XXIe siècle, l'État devenant moins acteur, la pensée exprimée par Clausewitz deviendrait donc obsolète.

[argument 3]

Enfin, les développements technologiques, tels que la révolution dans les affaires militaires (RMA), auraient modifié la nature de la guerre en supprimant ou en réduisant les facteurs perturbateurs jugés essentiels par Clausewitz (le danger, l'incertitude, le courage, la peur, la chance et les frictions).

[transition]

Ces critiques ne sont pas partagées par tous les penseurs du fait guerrier.

Après la première partie, sous forme de thèse, on entre ici dans l'antithèse dont l'objectif est de réfuter les arguments avancés précédemment. Peut-être la pensée de Clausewitz permettrait-elle d'éclairer les conflits du XXe siècle, mais pas les « nouvelles guerres » de l'après-guerre froide.

III. Les concepts de Clausewitz sont encore opératoires pour comprendre le terrorisme

[argument 1]

Selon Clausewitz, la guerre aurait trois natures (politique, militaire et populaire) et le politique prendrait toujours le dessus sur les autres. Il est difficile de penser que les attentats islamistes n'ont aucune dimension politique, surtout lorsqu'ils frappent les symboles d'un État.

[argument 2]

Une autre trinité dans la nature de la guerre est mise en avant par Clausewitz : un mélange de passion, de hasard et de raison. A ce niveau-là aussi, l'approche de Clausewitz peut permettre d'analyser les actes terroristes.

[argument 3]

Les attentats du 11 septembre sont un bon exemple de la validité du modèle clausewitzien : primat d'un objectif politique conçu comme raisonnable par la « nation islamiste » (contraindre les États-Unis à mettre fin à leur ingérence au Moyen-Orient), passion meurtrière et usage de la violence terroriste contre des milliers de civils, réduction de la part du hasard et prise en compte de toutes les probabilités par les kamikazes.

Cette dernière partie est, en quelque sorte, la synthèse de votre dissertation. Un des points de divergence chez les analystes de Clausewitz est la définition du mot « politique » : s'agit-il de la politique (celle d'un État ou de son gouvernement) ou du politique au sens large (le pouvoir) ?

Conclusion

De la guerre peut être considéré comme un modèle conceptuel, un cadre permettant de comprendre les complexités de la guerre. Dans sa théorie générale, Clausewitz a inclus de nombreux types de guerre et d'acteurs non étatiques. Bien que la façon dont la guerre est menée puisse évoluer avec le temps, sa nature n'a pas encore fondamentalement changé.

bilan

On peut se demander si le rapprochement entre le terrorisme et la criminalité transnationale organisée ne risque pas de brouiller un peu plus la définition de la guerre contemporaine.

ouverture

SUJET 4

Le défi de la construction de la paix

DISSERTATION

En quoi les traités signés en 1648 en Westphalie jettent-ils les bases d'un système international de résolution des conflits et de construction de la paix ?

Travail préparatoire

Fiche cours 2

Fiches méthodes 1 2

2 heures

Le jour de l'épreuve, vous aurez 4 heures pour traiter la dissertation et l'étude critique de documents : ne consacrez pas plus de 2 heures au traitement de la dissertation.

Analyser le sujet

Définir les mots du sujet

Les traités de Westphalie désignent un ensemble de traités de paix signés entre mai et octobre 1648 dans les villes westphaliennes de Münster et d'Osnabrück. Ces traités ont mis fin à la guerre de Quatre-Vingts ans (1568-1648) entre l'Espagne et les Provinces-Unies. Ils ont surtout permis de conclure la guerre de Trente Ans (1618-1648) dans le Saint-Empire romain germanique, avec les Habsbourg (souverains d'Autriche et d'Espagne) et leurs alliés catholiques d'un côté, luttant contre les puissances protestantes (notamment la Suède et certaines principautés du Saint-Empire) alliées à la France (catholique mais anti-Habsbourg).

Les pièges à éviter

Il ne faut pas ici traiter de l'évolution du droit international en matière de résolution des conflits. Le sujet est bien centré sur les traités de Westphalie. De plus, on ne peut pas se passer d'une contextualisation précise pour comprendre les jeux diplomatiques à l'œuvre dans les négociations.

Les attentes du correcteur

Il convient de montrer comment on passe d'un ordre européen fondé sur les concepts d'« *imperium* » et de « *jus sacerdotium* » à un système basé sur l'équilibre des puissances et la sécularisation ou laïcisation des relations internationales.

Mobiliser ses connaissances

Il faut bien montrer que les deux traités de paix de Münster et Osnabrück, conçus pour apaiser une Europe ensanglantée par l'intolérance religieuse, proposent un rééquilibrage de l'Europe en empêchant la domination de vastes empires. Mais la stabilisation des frontières étatiques en Europe n'a pas du tout pacifié les relations internationales européennes, ni réduit les appétits de puissances territoriales.

Problématiser le sujet

Le jalon 1 de cet axe vise à s'interroger sur l'élaboration d'une sécurité collective au moyen de traités signés à l'issue de grands congrès diplomatiques. On peut donc garder à l'esprit cette question de la place des traités de 1648 dans la mise en place d'un nouveau système de paix généralisée.

Plan du sujet

I. Une remise en cause du système habsbourgeois et pontifical
II. Les nouvelles bases d'un ordre international
III. Les limites du système westphalien

Corrigé : plan détaillé

Les textes en bleu apparaissant dans ce corrigé ne doivent pas figurer dans votre devoir. Nous les avons insérés pour vous guider et vous aider à repérer les parties de la dissertation.

Les conseils du professeur

Introduction

En 1618 commence la guerre de Trente Ans, première guerre continentale qui voit s'affronter l'ensemble des puissances européennes dans le conflit entre le Saint-Empire romain germanique et ses États allemands protestants en rébellion.

accroche

À ce contexte guerrier exceptionnel correspond, dans les années 1640, une série d'actions non moins inédites en faveur d'une paix générale. La diplomatie prend une importance nouvelle et c'est par les traités que les belligérants souhaitent aboutir à une issue à ces conflits qui font plusieurs millions de morts. En 1648 sont signés les traités de Westphalie, qui mettent un terme aux principaux affrontements.

analyse du sujet

En quoi ces traités jettent-ils les bases d'un système international de résolution des conflits et de construction de la paix ? Nous verrons, dans un premier temps, comment la guerre de Trente Ans s'est accompagnée d'une remise en question de la suprématie des Habsbourg et du Saint-Siège, traditionnellement garants de l'ordre européen. Puis, nous étudierons les clauses de ces traités pour savoir en quoi ils constituent les fondements d'un nouvel ordre européen. Enfin, nous nous demanderons quelles sont les limites de ce nouveau système de sécurité collective.

problématique et annonce du plan

I. Une remise en cause du système habsbourgeois et pontifical

[argument 1]

Dans la première moitié du XVIIe siècle, les guerres de religion entre catholiques et protestants ont fragilisé l'« *imperium* », le rôle normalement stabilisateur du Saint-Empire romain germanique. Très affaiblis, les Habsbourg voulaient un règlement de paix complet et définitif et étaient prêts à faire des concessions religieuses et territoriales de grande envergure.

[argument 2]

La France, sous les cardinaux Richelieu puis Mazarin, ambitionnait une réduction considérable du pouvoir des Habsbourg, tant en Espagne que dans le Saint-Empire, mais ne souhaitait pas non plus que la Suède devienne trop puissante. La France voulait renforcer l'autonomie des différents princes mais savait que les États allemands préféraient un empereur limité dans son autorité plutôt qu'une fédération dominée par la France et la Suède.

On peut rappeler ici le contexte des premières expansions coloniales. La France (ainsi que l'Angleterre et les Pays-Bas) jalousait les possessions des Habsbourg et leur empire « sur lequel le soleil ne se couchait jamais ».

[argument 3]

Le Saint-Siège disposait traditionnellement du « *jus sacerdotium* » et était bien souvent en position d'arbitre dans les relations entre puissances. Mais avec la Réforme, la position de Rome et du pape s'est affaiblie et la Contre-Réforme n'a pas permis de renverser cette tendance.

[transition]

Rome et les Habsbourg sont donc contraints de faire un certain nombre de concessions concernant leur ancienne hégémonie.

II. Les nouvelles bases d'un ordre international

[argument 1]

Deux villes de Westphalie sont choisies à partir de 1643 pour discuter des traités. Les catholiques optent pour Münster : c'est là que les Provinces-Unies négocient avec l'Espagne et que la France négocie avec le Saint-Empire. Les protestants suédois préfèrent engager leurs pourparlers avec le Saint-Empire à Osnabrück. Chaque puissance a convié ses alliés.

[argument 2]

La Paix d'Augsbourg de 1555, dans laquelle chaque prince avait le droit de déterminer la religion de son propre État (principe du *cuius regio, eius religio*), était, à présent, reconnue par tous les signataires, mais interprétée comme ne concernant que la vie publique. Les options étaient le catholicisme, le luthéranisme et le calvinisme. Les Provinces-Unies et la Suisse obtenaient officiellement leur indépendance. La France, la Suède et les États protestants allemands gagnaient des territoires.

[argument 3]

Parmi les grands principes mis en avant dans les traités, on trouve l'idée de sécurité collective, d'équilibre des puissances, d'égalité des droits pour tous les États indépendamment de leur pouvoir réel et de souveraineté nationale et de non-ingérence religieuse et politique.

Les principales mesures concernaient surtout le Saint-Empire romain germanique : les différents États étaient reconnus comme des membres souverains de la Diète, libres de contrôler leurs propres affaires indépendamment les uns des autres et de l'empereur. On peut rappeler que l'Angleterre, la Pologne, la Russie et l'Empire ottoman étaient absents de ces traités.

[transition]

La paix générale – la *pax universalis* – de Münster et Osnabrück a contribué à la stabilité européenne, car les traités de paix ultérieurs, jusqu'à la Révolution française, se sont appuyés sur elle à plusieurs reprises. Mais ce système westphalien ne connaît-il pas de limites ?

III. Les limites du système westphalien

[argument 1]

Les traités n'ont pas entièrement mis fin à tous les conflits en cours en Europe. Les combats se sont poursuivis entre la France et l'Espagne jusqu'au traité des Pyrénées en 1659. La guerre entre les Pays-Bas et le Portugal a continué jusqu'en 1663.

[argument 2]

Les pertes territoriales ont aussi été parfois mal acceptées : c'est le cas du Sundgau (Sud-Alsace) pour la maison d'Autriche. De plus, si le traité de Westphalie a prononcé la dissolution de l'ancienne organisation impériale, il a facilité la croissance de nouvelles puissances, en particulier l'Autriche, la Bavière et le Brandebourg.

[argument 3]

Les principes des traités de Westphalie ne se sont pas basés sur la condamnation de la guerre. Ni Grotius, ni Richelieu, dont les idées politiques ont servi de bases aux négociations, ne remettent en cause l'idée de « guerre juste ». On peut, d'ailleurs, noter que le renforcement de l'État dans les traités entraîne de nouveaux problèmes en cas de querelles dynastiques (comme le montrent les guerres de succession au XVIIIe siècle).

Dans de nombreux domaines, les traités se voulaient plus une réaffirmation des anciens droits qu'une nouveauté. Une grande partie de ce qui existait déjà dans la pratique, comme l'autonomie des princes, était désormais *de jure* (juridique).

Conclusion

Avec les traités de Westphalie, ce sont les congrès diplomatiques qui s'imposent pour la première fois dans les questions de gestion des conflits. Un nouveau système d'ordre international apparaît, fondé sur la coexistence pacifique entre États souverains. L'agression interétatique est jugulée par un équilibre des puissances et une norme est établie concernant l'inviolabilité des frontières et la non-ingérence dans les affaires intérieures des États souverains.

bilan

Au fur et à mesure que l'influence européenne s'est étendue dans le monde, ces principes westphaliens, en particulier le concept d'États souverains, sont devenus les bases du droit international et de la sécurité collective. Il faut attendre la bipolarisation du monde pendant la guerre froide pour voir cet ordre remis en cause.

ouverture

SUJET 5

Le défi de la construction de la paix

ÉTUDE CRITIQUE DE DOCUMENTS

Analysez le document pour montrer quels sont les éléments qui peuvent freiner la construction de la paix par la sécurité collective.

DOCUMENT

Discours du Secrétaire général de l'ONU, Kofi Annan, à l'occasion du centenaire de la première Conférence internationale de la paix à La Haye, le 18 mai 1999.

Nos efforts pour promouvoir la paix et la sécurité internationales au siècle prochain doivent reposer sur un Conseil de sécurité revitalisé et plus efficace. Toutefois, depuis un certain temps, il est, dans une certaine mesure, mis à l'écart. C'est une fâcheuse tendance. Comme l'illustre très bien le cas du Kosovo, des États membres et des organisations régionales prennent des mesures coercitives sans son autorisation. D'autres États ou organisations régionales font fi des sanctions qu'il impose ou refusent de coopérer avec lui, qu'il s'agisse de désarmement, de non-prolifération, des activités du Tribunal pénal international pour l'ex-Yougoslavie et des missions d'enquête sur les droits de l'homme dépêchées par les Nations unies.

Certes, les intérêts nationaux jouent toujours un grand rôle lorsque des États décident de ne pas s'en remettre au régime de sécurité collective. En outre, la prolifération des dispositifs régionaux et sous-régionaux, la préférence manifestée pour ce que l'on appelle « coalitions de pays disposés à agir », les divergences d'opinion de plus en plus fréquentes au sein du Conseil et l'apparition de la superpuissance unique et de nouvelles puissances régionales sont autant de facteurs qui ont contribué à la situation actuelle. [...]

Le cas du Kosovo illustre parfaitement mon propos. Vous vous souviendrez que j'ai dit deux choses quand l'OTAN a décidé de prendre des mesures coercitives sans demander l'autorisation expresse du Conseil de sécurité. J'ai souligné que le Conseil de sécurité avait la responsabilité principale du maintien de la paix et de la sécurité internationales ; mais j'ai fait valoir avec la même insistance que c'était le rejet d'un règlement politique par les autorités yougoslaves qui avait rendu ces mesures indispensables et qu'« à certains moments, le recours à la force peut être légitime dans la recherche de la paix ».

J'ai regretté alors — et je regrette toujours — que le Conseil n'ait pas su réconcilier ces deux priorités et intérêts également impérieux de la communauté internationale. En effet, il est clair que si le Conseil de sécurité ne retrouve pas sa position prépondérante en tant que source unique de légitimité pour le recours à la force, nous risquons de sombrer dans l'anarchie. Mais il est tout aussi vrai que si le Conseil de sécurité ne peut s'élever d'une seule voix contre les violations systématiques des droits de l'homme et les crimes contre l'humanité du type de ceux qui sont commis au Kosovo, les idéaux qui ont inspiré la création de l'Organisation des Nations unies seront trahis.

Travail préparatoire

Fiche cours 2
Fiches méthodes 3 4

2 heures

Le jour de l'épreuve, vous aurez 4 heures pour traiter la dissertation et l'étude critique de documents : ne consacrez pas plus de 2 heures au traitement de l'étude critique de documents.

Analyser le sujet

Analyser le document

- Le document est un discours que le Secrétaire général de l'ONU prononce au moment où la guerre réapparaît sur le continent européen, dans les territoires de l'ex-Yougoslavie. L'ONU s'est révélée, ici, impuissante à intervenir et c'est l'OTAN qui a bombardé les forces serbes au Kosovo et aussi en Serbie.
- C'est un discours de diplomate, rempli d'allusions aux difficultés que rencontre l'ONU dans sa recherche de la paix, mais où aucun pays n'est jamais cité nommément.

Les pièges à éviter

La principale difficulté, ici, consiste à ne pas se contenter de paraphraser le document mais à essayer, le plus possible, d'éclairer les sous-entendus de l'auteur.

Les attentes du correcteur

On attend du candidat des connaissances de base sur la situation au Kosovo (rapports entre Serbie et Albanie, intervention militaire de l'OTAN, slavophilie de la Russie, etc.) et surtout une réflexion sur les fondements sur lesquels repose la sécurité collective à la fin des années 1990 (Conseil de sécurité, TNP, CPI, etc.).

Mobiliser ses connaissances

- Il faut, d'abord, bien maîtriser le contexte de la fin de la guerre froide : les États-Unis de Bill Clinton comme seule hyperpuissance mais qui doit tenir compte du jeu à l'ONU des grandes puissances russe et chinoise, l'impuissance de l'ONU face au génocide rwandais (1994) et de l'UE face aux premiers conflits en ex-Yougoslavie (Bosnie), etc.
- Il faut aussi connaître le contexte de la dislocation progressive de la fédération yougoslave : « Grande Serbie » rêvée par le président Slobodan Milošević, accusations de purification ethnique, etc.

Problématiser le sujet

Bloquée dans son action pendant la majeure partie de la guerre froide, l'ONU retrouve un rôle prédominant à partir de 1991. Mais il arrive que les intérêts nationaux et les jeux diplomatiques entre les grandes puissances paralysent encore son fonctionnement. La problématique est donc : comment expliquer que les efforts internationaux en vue d'établir une sécurité collective ne permettent pas d'éviter les guerres et les crimes de masse à la fin des années 1990, y compris sur le sol européen ?

Plan du sujet

I. Des efforts de paix accrus depuis la présidence de Kofi Annan
II. La guerre au Kosovo
III. L'impuissance de l'ONU

Corrigé : plan détaillé

Les textes en bleu apparaissant dans ce corrigé ne doivent pas figurer dans votre devoir. Nous les avons insérés pour vous guider et vous aider à repérer les parties de l'étude critique des documents.

Les conseils du professeur

Introduction

accroche

Ouverte à La Haye en 1899, la Conférence internationale de la Paix a réuni vingt-sept États qui, pour la première fois, se sont engagés sur la voie du désarmement, de l'interdiction de certaines armes et de la prévention de la guerre.

présentation du document

C'est à l'occasion du centenaire de cette conférence que le Secrétaire général de l'ONU, Kofi Annan, prononce un discours sur l'état de la paix, du multilatéralisme et de la sécurité collective au tournant du siècle. L'homme a succédé en 1997 à Boutros Boutros-Ghali, qui fut le seul Secrétaire général depuis 1961 à ne pas avoir été re-sélectionné pour un second mandat, suite à un veto des États-Unis.

problématique et annonce du plan

On peut se demander comment expliquer, à la fin des années 1990, que les efforts internationaux en vue d'établir une sécurité collective ne permettent pas d'éviter les guerres et les crimes de masse, y compris sur le sol européen. Nous étudierons, d'abord, les progrès réalisés en matière de sécurité collective depuis les années 1990 et, surtout, depuis la présidence de Kofi Annan. Puis, nous nous interrogerons sur la guerre au Kosovo, ses causes et son déroulement. Enfin, nous analyserons l'impuissance de l'ONU pour aboutir à un processus de paix au Kosovo.

I. Des efforts de paix accrus depuis la présidence de Kofi Annan

[argument 1]

Dans le premier paragraphe du texte, Kofi Annan rappelle le rôle clé du Conseil de sécurité de l'ONU et cite trois de ses principaux moyens d'action : coopération, mission et sanction. Le Conseil est composé de quinze membres, les cinq membres permanents avec droit de veto étant les grandes puissances victorieuses de la Seconde Guerre mondiale, à savoir la Russie, le Royaume-Uni, la France, la République populaire de Chine et les États-Unis.

[argument 2]

Le texte parle aussi « de désarmement, de non-prolifération ». Le traité sur la non-prolifération des armes nucléaires, communément appelé TNP, est entré en vigueur en 1970 et a été reconduit, pour vingt-cinq ans encore, en 1995. Quelques États membres des Nations unies n'ont jamais accepté le TNP. Parmi eux se trouvent l'Inde et le Pakistan, qui ont procédé à des essais nucléaires en mai 1998.

[argument 3]

Le texte évoque aussi les « activités du Tribunal pénal international pour l'ex-Yougoslavie ». Créé en 1993 par le Conseil de sécurité, le TPIY marque la volonté de la communauté internationale d'appliquer un droit international pénal aux conflits armés. C'est la première fois qu'un chef d'État en exercice (S. Milošević) est inculpé par une instance judiciaire internationale. On pourrait évoquer aussi la création en 1998 de la Cour pénale internationale (Statut de Rome), non reconnue par « la superpuissance unique » (les États-Unis) et par certaines « nouvelles puissances régionales » comme la Chine.

On peut préciser que les pouvoirs du Conseil de sécurité comprennent l'établissement d'opérations de maintien de la paix ainsi que l'autorisation d'actions militaires par le biais de résolutions. Ces résolutions sont, généralement, appliquées par les forces de maintien de la paix de l'ONU, des forces militaires fournies volontairement par les États membres et financées indépendamment du budget principal de l'ONU.

[transition]

De nombreuses avancées ont lieu dans les années 1990 pour mieux assurer la paix internationale. Mais elles ne peuvent éviter le retour de la guerre sur le sol européen.

II. La guerre au Kosovo

[argument 1]

Dans le dernier paragraphe, le Secrétaire général de l'ONU mentionne « les crimes contre l'humanité du type de ceux qui sont commis au Kosovo ». Il faut rappeler que le Kosovo, majoritairement peuplé d'Albanais musulmans en 1999, était considéré par Belgrade comme le berceau de la Serbie orthodoxe. Depuis que la Yougoslavie avait aboli son autonomie en 1989, de violents affrontements s'y déroulaient entre Serbes et Albanais, qui se sont transformés en véritables massacres dans certains cas.

[argument 2]

Le texte aborde les « mesures coercitives » de l'Organisation du traité de l'Atlantique Nord : entre le 24 mars et le 11 juin 1999, les forces kosovares ont reçu le soutien aérien de l'OTAN. La campagne de bombardement avait pour objectif de remplacer les troupes yougoslaves au Kosovo par des troupes de maintien de la paix mandatées par l'ONU.

On peut préciser que le président serbe Slobodan Milŏsević fut forcé de quitter le pouvoir en octobre 2000. Arrêté en 2001, puis accusé de crime contre l'humanité, il est mort en 2006 avant d'avoir été jugé par le Tribunal pénal international.

[argument 3]

Kofi Annan assume totalement les propos qu'il avait tenus le 24 mars, jour du début du bombardement par l'OTAN, regrettant qu'« à certains moments, le recours à la force peut être légitime dans la recherche de la paix ». L'action armée visait bien, selon lui, à faire stopper les massacres atroces commis au Kosovo. Elle était donc légitime.

[transition]

Mais légitime n'est pas synonyme de légal. La guerre au Kosovo souligne, en effet, toutes les entraves au droit onusien en matière de maintien de la paix.

III. L'impuissance de l'ONU

[argument 1]

Dès le début du texte, Kofi Annan émet le vœu de voir le Conseil de sécurité « revitalisé et plus efficace ». Comme il le rappelle, l'OTAN a agi « sans son autorisation », donc illégalement en vertu du droit international. Ce droit consiste aussi en la possibilité d'ingérence dans les affaires d'un État qui campe dans « le rejet d'un règlement politique », comme ce fut le cas de la Yougoslavie de Milošević.

[argument 2]

Kofi Annan regrette aussi que le Conseil de sécurité n'ait pas pu « s'élever d'une seule voix contre les violations systématiques des droits de l'homme et les crimes contre l'humanité ». Il évoque ici à demi-mot l'attitude des autorités russes et chinoises qui avaient laissé entendre qu'elles opposeraient leur veto à une action armée de l'ONU contre la Yougoslavie.

On peut rappeler que c'est bien la Résolution 1244, votée par le Conseil de sécurité le 10 juin 1999, qui a autorisé un déploiement militaire et civil dans la province serbe du Kosovo dans le cadre d'une opération de maintien de la paix. Mais la coopération entre troupes russes et troupes de l'OTAN ne s'est pas faite sans problèmes.

[argument 3]

Enfin, sans le dire explicitement, Kofi Annan souhaite une réforme du fonctionnement et de la composition du Conseil de sécurité de l'ONU, hérités des rapports de force de 1945 et, donc, en partie inadaptés au monde de l'après-guerre froide.

Conclusion

bilan

Les années 1990 sont marquées par un certain nombre d'avancées mais aussi par des formes d'impuissance en matière de sécurité collective. L'hyperpuissance américaine est alors prête, par exemple, à promouvoir le multilatéralisme. Mais elle refuse parallèlement de reconnaître l'existence de la Cour pénale internationale. La Chine, elle aussi, s'oppose à cette instance de justice internationale et à l'intervention de l'ONU au Kosovo. La Russie la rejoint sur ce dernier point, en soutien au régime yougoslave. Les trois grandes puissances d'après-guerre pèsent donc encore de tout leur poids dans le fonctionnement ou la paralysie de l'ONU durant cette période.

ouverture

La réaction aux attaques terroristes va encore renforcer ce que Kofi Annan appelle « la préférence manifestée pour ce que l'on appelle "coalitions de pays disposés à agir" » : l'intervention militaire en Irak en 2003 en est un parfait exemple.

SUJET 6

Le Moyen-Orient : conflits régionaux et tentatives de paix impliquant des acteurs internationaux

DISSERTATION

Du conflit israélo-arabe au conflit israélo-palestinien : quel processus de paix depuis 1947 ?

Travail préparatoire

Fiche cours 3
Fiches méthodes 1 2

2 heures

Le jour de l'épreuve, vous aurez 4 heures pour traiter la dissertation et l'étude critique de documents : ne consacrez pas plus de 2 heures au traitement de la dissertation.

Analyser le sujet

Définir les mots du sujet

Attardons-nous sur la date du sujet. Le 29 novembre 1947, l'Assemblée générale des Nations unies a adopté la résolution qui recommandait la création d'États arabe et juif indépendants et un régime international spécial pour la ville de Jérusalem. Si le plan a été accepté par l'Agence juive pour la Palestine, les dirigeants et les gouvernements arabes l'ont rejeté, arguant qu'il violait les principes d'autodétermination nationale de la Charte des Nations unies qui accorde aux peuples le droit de décider de leur propre destin.

Les pièges à éviter

Il ne faut pas se contenter d'expliquer dans cette dissertation les conflits successifs entre Israël et ses voisins depuis 1947 : le sujet porte sur les tentatives de résolution de ces affrontements et le rôle qu'ont tenu les acteurs nationaux et internationaux.

Les attentes du correcteur

On attend, d'abord, la maîtrise d'un certain nombre de connaissances et de notions (sionisme, diaspora, Intifada, Autorité palestinienne, Fatah, Hamas, Hezbollah, bande de Gaza et Cisjordanie, territoires occupés, résolutions 181 et 194, etc.). L'enjeu du sujet est de déterminer les acteurs (étatiques et non étatiques) et les modalités du processus de paix en fonction de l'évolution du contexte régional et planétaire.

Mobiliser ses connaissances

De 1947 à 1973, on assiste à un conflit israélo-arabe sans résolution, avec des guerres « classiques » (1948, guerre du Kippour) et une guerre « préventive » (1967). Depuis 1973, la situation se transforme en conflit israélo-palestinien sans solution définitive.

Problématiser le sujet

L'objet de travail conclusif porte sur le Moyen-Orient comme espace de conflits. Il s'agit, à travers l'exemple des affrontements entre Israël et ses voisins, de comprendre comment un conflit régional évolue au gré du concert des nations et des rapports de force entre puissances.

Plan du sujet

I. Les enjeux régionaux et mondiaux du conflit
II. L'impact de la guerre froide (1947-1991)
III. Depuis 1990, des tentatives de paix qui échouent

Corrigé : plan détaillé

Les textes en bleu apparaissant dans ce corrigé ne doivent pas figurer dans votre devoir. Nous les avons insérés pour vous guider et vous aider à repérer les parties de la dissertation.

Les conseils du professeur

Introduction

« Sur le conflit israélo-palestinien, la voix de la France s'est éteinte » déclarait au journal *Le Monde* un ancien diplomate le 17 février 2020. Paris avait donc voix au chapitre dans les guerres qui ont opposé Israël à ses voisins arabes et qui se sont, peu à peu, transformées en conflit israélo-palestinien.

accroche

La particularité de ces conflits est leur écho régional et mondial. Il n'y a donc pas que Paris qui soit concerné par les tensions dans cette région du Proche-Orient mais aussi la plupart des grandes puissances étatiques, des grandes organisations régionales et des acteurs transnationaux.

analyse du sujet

On peut se demander si c'est la multiplication des acteurs impliqués dans ce conflit qui explique l'échec des nombreuses tentatives pour établir la paix. Nous verrons, d'abord, quels sont les enjeux multiples de ces conflits. Puis, nous étudierons l'évolution du processus de paix, en séparant la période 1947-1991, marquée par la bipolarisation du monde, et la période d'après guerre froide.

problématique et annonce du plan

I. Les enjeux régionaux et mondiaux du conflit

[argument 1]

La région est d'abord le berceau du judaïsme (tombeaux des patriarches à Hébron), du christianisme (Saint-Sépulcre) et de l'Islam (mosquée Al-Aqsa). La présence dans de nombreux pays de diasporas issues de l'immigration musulmane et des communautés juives donne une dimension mondiale aux enjeux religieux.

On peut rappeler que les racines du conflit ont été attribuées à la montée simultanée du sionisme et du nationalisme arabe vers la fin du XIXe siècle, bien que les deux mouvements nationaux ne se soient pas affrontés avant les années 1920.

[argument 2]

Avec l'arrivée au pouvoir du nazisme dans les années 1930, l'immigration juive en Palestine s'intensifie (30 % de la population). Le génocide des Juifs d'Europe renforce dans l'opinion internationale la légitimité de l'aspiration à la création d'un État juif. En novembre 1947, la résolution 181 de l'ONU prévoit le partage de la Palestine en deux États, arabe et juif.

[argument 3]

Israël est aussi la seule puissance régionale à posséder l'arme atomique. Sa fabrication remonterait à la crise de 1956 : soucieuse d'endiguer le nationalisme arabe en pleine guerre d'Algérie, la France aurait proposé à l'État hébreu de partager ses recherches.

[transition]

Malgré la résolution de l'ONU, des conflits éclatent en 1948, 1956, 1967 et 1973.

II. L'impact de la guerre froide (1947-1991)

[argument 1]

Le 14 mai 1948, le mandat britannique expire et Israël déclare son indépendance. Les États arabes qui ont refusé le partage onusien décident alors d'entrer en guerre ; c'est un échec pour eux. Non seulement Israël est reconnu par les États-Unis, l'URSS et l'ONU, mais son territoire a augmenté d'un tiers par rapport au projet initial et près de 80 % des Arabes palestiniens qui y vivaient en sont partis. L'État arabo-palestinien disparaît, occupé par l'Égypte et la future Jordanie.

[argument 2]

Israël attaque ses voisins en 1956 (crise de Suez) et en 1967 (guerre des Six Jours). En 1956, dans un contexte mondial de décolonisation, les États-Unis et l'URSS veulent préserver leurs relations dans la région et somment Israël de stopper son intervention. En revanche, seule l'URSS condamne l'offensive de 1967. En 1973, Israël repousse une attaque égypto-syrienne. Pour forcer les Américains à stopper leur aide militaire à l'État hébreu, les pays arabes de l'OPEP décident d'augmenter fortement le prix du pétrole brut : c'est le début du premier choc pétrolier.

[argument 3]

Les accords de Camp David entre l'Égypte et Israël en 1978 marquent la première reconnaissance de l'État hébreu par un État arabe. En novembre 1974, l'OLP de Yasser Arafat entre à l'ONU en tant qu'observateur. En juin 1982, l'État hébreu envahit le Liban pour attaquer les bases de l'OLP. En décembre 1987, dans les territoires palestiniens occupés, commence la première Intifada.

[transition]

La fin du monde bipolaire et les espoirs de paix qui en découlent ont-ils permis d'enclencher concrètement le processus de paix ?

On peut rappeler que la guerre des Six Jours avait entraîné un nouvel exode d'environ 250 000 Palestiniens. Israël en a profité et est devenu maître des territoires palestiniens, du Sinaï, du plateau du Golan et de Jérusalem-Est. On doit aussi garder à l'esprit que la nature du conflit a évolué au fil des ans, passant d'un conflit israélo-arabe régional de grande ampleur à un conflit israélo-palestinien plus local, qui a atteint son apogée lors de la guerre du Liban de 1982.

III. Depuis 1990, des tentatives de paix qui échouent

[argument 1]

La fin de la guerre froide et la guerre du Golfe offrent aux États-Unis l'occasion de rééquilibrer à leur avantage les rapports de force régionaux. En 1993 sont signés les accords de Washington : Israël et l'OLP se reconnaissent mutuellement et une Autorité palestinienne est créée. Mais le programme de transfert progressif de souveraineté aux Palestiniens se heurte à l'hostilité d'une partie de la population israélienne (colons) et palestinienne (terrorisme du Hamas soutenu par l'Iran).

[argument 2]

En 2002, la Ligue arabe propose la reconnaissance d'Israël par les pays arabes, en échange d'un retrait complet d'Israël des territoires occupés (y compris Jérusalem-Est) et d'un « règlement juste » du problème des réfugiés palestiniens sur la base de la résolution 194 des Nations unies. L'Autorité palestinienne exerce aujourd'hui sa souveraineté sur un territoire discontinu et très morcelé, entrecoupé de nombreuses enclaves sous contrôle israélien.

On peut rappeler qu'en 2017, Israël et plusieurs États arabes sunnites dominés par l'Arabie saoudite ont formé une coalition semi-officielle pour faire face à l'Iran – un geste que certains ont qualifié de « suspension du conflit israélo-arabe ».

[argument 3]

En 2002 aussi, se forme le Quartet sur le Moyen-Orient, qui comprend les États-Unis, la Russie, l'Union européenne et les Nations unies, pour promouvoir le processus de paix. Mais aucune mesure concrète ne vient améliorer la situation.

Conclusion

bilan

Malgré un processus de paix à long terme et la réconciliation générale d'Israël avec l'Égypte et la Jordanie, les Israéliens et les Palestiniens ne sont pas parvenus à un accord de paix définitif. Les questions clés sont la reconnaissance mutuelle et la sécurité, les frontières, les droits sur l'eau, le contrôle de Jérusalem, les colonies israéliennes, la liberté de circulation des Palestiniens et le droit au retour des Palestiniens. Les acteurs mondiaux (ONU, États-Unis, URSS/Russie, Royaume-Uni, France) et régionaux (UE, Ligue arabe) ne sont pas parvenus à susciter un accord israélo-palestinien durable.

ouverture

La reconnaissance par les États-Unis de Donald Trump de Jérusalem comme capitale d'Israël en décembre 2017 va-t-elle constituer un tournant dans le processus de paix entre Israël et ses voisins ?

SUJET 7

Le Moyen-Orient : conflits régionaux et tentatives de paix impliquant des acteurs internationaux

ÉTUDE CRITIQUE DE DOCUMENTS

Analysez le document pour montrer que ce discours est une mise en garde contre le danger qu'une guerre préventive menée en Irak se transforme en guerre asymétrique.

DOCUMENT

Discours de Dominique de Villepin, ministre français des Affaires étrangères, devant le Conseil de sécurité de l'ONU à New York, le 14 février 2003, contre la guerre en Irak.

L'option de la guerre peut apparaître *a priori* la plus rapide. Mais n'oublions pas qu'après avoir gagné la guerre, il faut construire la paix. Et ne nous voilons pas la face : cela sera long et difficile, car il faudra préserver l'unité de l'Irak, rétablir de manière durable la stabilité dans un pays et une région durement affectés par l'intrusion de la force. [...]

Personne ne peut donc affirmer aujourd'hui que le chemin de la guerre sera plus court que celui des inspections. Personne ne peut affirmer non plus qu'il pourrait déboucher sur un monde plus sûr, plus juste et plus stable. Car la guerre est toujours la sanction d'un échec. Serait-ce notre seul recours face aux nombreux défis actuels ? Donnons par conséquent aux inspecteurs des Nations unies le temps nécessaire à la réussite de leur mission. [...]

L'autorité de notre action repose aujourd'hui sur l'unité de la communauté internationale. Une intervention militaire prématurée remettrait en cause cette unité, ce qui lui enlèverait sa légitimité et, dans la durée, son efficacité. Une telle intervention pourrait avoir des conséquences incalculables pour la stabilité de cette région meurtrie et fragile. Elle renforcerait le sentiment d'injustice, aggraverait les tensions et risquerait d'ouvrir la voie à d'autres conflits. [...]

Il y a dix jours, le Secrétaire d'État américain, M. Powell, a évoqué des liens supposés entre Al-Qaïda et le régime de Bagdad. En l'état actuel de nos recherches et informations menées en liaison avec nos alliés, rien ne nous permet d'établir de tels liens. En revanche, nous devons prendre la mesure de l'impact qu'aurait sur ce plan une action militaire contestée actuellement. Une telle intervention ne risquerait-elle pas d'aggraver les fractures entre les sociétés, entre les cultures, entre les peuples, fractures dont se nourrit le terrorisme ?

La France l'a toujours dit : nous n'excluons pas la possibilité qu'un jour il faille recourir à la force, si les rapports des inspecteurs concluaient à l'impossibilité pour les inspections de se poursuivre. Le Conseil devrait alors se prononcer et ses membres auraient à prendre toutes leurs responsabilités.

Travail préparatoire

Fiche cours 3
Fiches méthodes 3 4

2 heures

Le jour de l'épreuve, vous aurez 4 heures pour traiter la dissertation et l'étude critique de documents : ne consacrez pas plus de 2 heures au traitement de l'étude critique de documents.

Analyser le sujet

Analyser le document

- L'année 2003 voit apparaître une profonde divergence entre les États-Unis et la majorité de la communauté internationale, qui les avait soutenus lors de leur intervention en Afghanistan dans le cadre de la « guerre au terrorisme », à la suite des attentats du 11 septembre 2001.
- Les États-Unis comprennent que la France menace implicitement d'utiliser son droit de veto pour bloquer une intervention militaire jugée prématurée. L'Allemagne et la Russie ne soutiennent pas non plus Washington.
- L'attaque des États-Unis contre l'Irak, en compagnie de leurs alliés les plus fidèles (en particulier le Royaume-Uni), se fera donc en dehors de tout mandat des Nations unies. Elle commence le 20 mars 2003.

Les pièges à éviter

La guerre n'a pas encore commencé quand la France exprime sa réticence à soutenir l'usage immédiat de la force. Or, à travers le discours de D. de Villepin, se dessinent les enjeux et les risques d'une guerre menée à titre préventif et sa possible transformation en guerre asymétrique en cas de chaos politique. Il faut donc saisir ces mises en garde mais sans trop développer les événements à venir pour ne pas tomber dans l'anachronisme ou la prophétie.

Les attentes du correcteur

On attend du candidat des connaissances sur la situation en Irak depuis la guerre du Golfe (régime de Saddam Hussein, armes de destruction massive ou ADM, rôle de l'AIEA, essor de Daesh., etc.). On valoriserait les élèves qui fourniraient des informations sur l'auteur du discours. Dominique de Villepin (né en 1953) adhère au RPR en 1977. Diplomate, il devient directeur de cabinet d'Alain Juppé, ministre des Affaires étrangères dans la seconde cohabitation entre 1993 et 1995. En 1995, il est secrétaire général à la présidence de la République et, en 2002, il devient ministre des Affaires étrangères, avant de succéder au Premier ministre Jean-Pierre Raffarin, en 2005. Petite anecdote : c'est Jacques Chirac, souffrant, qui devait prononcer un discours à l'ONU.

Mobiliser ses connaissances

- Donner la chronologie depuis le 11 septembre : discours de G. W. Bush sur l'« Axe du Mal », vote au Congrès du soutien à une intervention militaire en Irak, résolution 1441 pour envisager l'usage de la force en cas de non-coopération de l'Irak au désarmement.
- Il faut aussi avoir des connaissances sur les divisions religieuses et ethniques de l'Irak et le rôle des États voisins et des groupes terroristes transnationaux dans l'ingérence dans les affaires irakiennes.

Problématiser le sujet

Le cas irakien montre qu'une guerre entre États éloignés peut déboucher, en cas de chaos politique dans l'État vaincu, sur une guerre asymétrique alimentée par les États voisins et les groupes terroristes.

Plan du sujet

I. L'Irak, un « État voyou » en 2003 ?
II. Une guerre qui pourrait déstabiliser tout le Moyen-Orient
III. Une guerre qui fragiliserait l'ONU et la sécurité collective

Corrigé : plan détaillé

Les textes en bleu apparaissant dans ce corrigé ne doivent pas figurer dans votre devoir. Nous les avons insérés pour vous guider et vous aider à repérer les parties de l'étude critique des documents.

Les conseils du professeur

Introduction

Le 5 février 2003, le Secrétaire d'État américain Colin Powell brandit à la tribune de l'ONU une fiole censée contenir de l'anthrax. Une preuve, selon lui, que le régime irakien détient des armes de destruction massive. Par la suite, en mai 2012, il reconnaîtra avoir menti. Un mensonge qui est celui de toute l'administration Bush.

accroche

Consciente très tôt de cette situation, la France, par la voix de son ministre des Affaires étrangères, exprime officiellement, dès février 2003, son refus de se placer aux côtés des États-Unis dans leur projet de guerre préventive en Irak.

présentation du document

En quoi ce discours constitue-t-il une mise en garde contre le danger qu'une guerre menée en Irak se transforme en conflit asymétrique et en crise généralisée au Proche et au Moyen-Orient ? Nous nous demanderons d'abord pourquoi la France ne partage pas le point de vue américain sur les risques que l'Irak fait courir à la paix dans le monde. Ensuite, nous verrons que c'est plutôt la fragilité de l'Irak que sa force qui inquiète D. de Villepin. Enfin, nous analyserons les risques d'une décision unilatérale sur la crédibilité des instances internationales de maintien de la sécurité collective.

problématique et annonce du plan

I. L'Irak, un « État voyou » en 2003 ?

[argument 1]

Comme le rappelle D. de Villepin, le 11 février « le Secrétaire d'État américain, M. Powell, a évoqué des liens supposés entre Al-Qaïda et le régime de Bagdad ». Il fait, ici, référence à son discours au Conseil de sécurité. Les États-Unis, par la voix de Colin Powell, envisagent un moment d'obtenir le vote d'une résolution leur permettant d'intervenir en Irak, en mettant en avant les liens entre Oussama Ben Laden et Saddam Hussein et la recherche par ce dernier de la possession d'armes de destruction massive.

On peut rappeler qu'en avril 1991, le Conseil de sécurité avait adopté la résolution 687 exigeant que l'Irak mette fin à ses programmes biologique, chimique et nucléaire, et détruise ses missiles balistiques d'une portée supérieure à 150 kilomètres.

[argument 2]

Dans le second paragraphe est mentionné le programme des « inspections » confiées à la Commission de contrôle, de vérification et d'inspection des Nations unies et à l'Agence internationale de l'énergie atomique.

[argument 3]

Dans son discours sur l'état de l'Union le 29 janvier 2002, George W. Bush explique que l'Irak fait partie, avec l'Iran et la Corée du Nord, d'un « Axe du Mal, armé pour menacer la paix du monde ». Conscient que Washington et Londres veulent la guerre, le gouvernement irakien accepte inconditionnellement le retour des inspecteurs.

[transition]

Mais quand débute l'année 2003, il est déjà trop tard. En octobre 2002, le Congrès a autorisé le président Bush à utiliser la force militaire contre l'Irak s'il le souhaitait. Les Américains sont déjà prêts à lancer l'offensive de façon « préventive », avec ou sans l'accord de l'ONU.

II. Une guerre qui pourrait déstabiliser tout le Moyen-Orient

[argument 1]

Ce qui inquiète D. de Villepin, ce n'est pas la guerre en elle-même. « Après avoir gagné la guerre, il faut construire la paix ».

On peut préciser ici que ces prévisions militaires se sont révélées exactes : après trois semaines de guerre, les troupes américaines parviennent à Bagdad.

[argument 2]

Le discours évoque la fragile « unité de l'Irak ». Contrairement à ses deux voisins, la Syrie et l'Iran dont l'histoire et l'identité nationales remontent à plusieurs millénaires, l'Irak n'a pratiquement pas de passé d'« État-nation ». En Irak, les divisions religieuses sont profondes entre chiites et sunnites. Les divisions ethniques ne le sont pas moins entre Kurdes et Arabes. Saddam Hussein a pratiqué, d'une main de fer, en massacrant kurdes et chiites par milliers, en commettant des crimes contre l'humanité, une politique d'union.

[argument 3]

Même avec le concours des Américains et de leurs alliés, les successeurs de Saddam Hussein auront du mal à éviter l'éclatement du pays. Le conflit s'est poursuivi pendant une grande partie de la décennie suivante, avec l'émergence d'une insurrection s'opposant aux forces d'occupation et au gouvernement irakien de l'après-invasion. Les troupes américaines ont été officiellement retirées en 2011.

On peut préciser que les États-Unis n'ont finalement pas été capables de contrôler militairement l'Irak, pas même sa capitale. Au contraire, leurs soldats sont devenus des cibles pour toutes sortes de groupes armés invisibles, difficiles à identifier, incontrôlables. D. de Villepin semblait pressentir ce futur enlisement militaire des États-Unis dans un conflit asymétrique.

[transition]

Les risques entrevus en 2003 par la France ne sont pas que des dangers régionaux. C'est toute la sécurité collective qui est mise en péril par l'unilatéralisme américain.

III. Une guerre qui fragiliserait l'ONU et la sécurité collective

[argument 1]

La France veut croire que l'ONU doit s'en tenir pour l'instant à la résolution 1441 du 8 novembre 2002 : tant que l'Irak ne peut pas être accusé de « non-coopération » envers les inspecteurs, le recours à la force doit être évité. Les inspections menées par Hans Blix et Mohamed El Baradei viennent démentir le discours américain. Il n'y a pas d'éléments probants permettant de considérer que l'Irak constitue une menace en termes d'armes de destruction massive.

[argument 2]

Bien que la France ne fasse pas directement allusion ici à l'usage de son droit de veto, D. de Villepin affirme clairement que les arguments américains ne sont pas recevables. Paris ne croit pas du tout à la vision néoconservatrice de l'administration Bush selon laquelle une intervention en Irak serait le prélude indispensable à un véritable processus de paix au Proche et au Moyen-Orient.

[argument 3]

Enfin, la crainte soulevée par la France est celle d'un affaiblissement de l'ONU en cas d'attaque illégale de l'Irak par les États-Unis. Finalement, on retrouve ici encore un des points qui sera mis en avant par la Commission Chilcot en 2016 : les États-Unis et le Royaume-Uni ont sapé l'autorité du Conseil de sécurité.

On peut rappeler que la Commission Chilcot a montré que le régime de Saddam Hussein n e représentait pas de menace immédiate, que le degré de certitude des renseignements concernant les armes de destruction massive avait été exagéré et que toutes les solutions diplomatiques n'avaient pas été épuisées avant le recours à la guerre.

Conclusion

bilan

Le régime de Saddam Hussein est renversé dans les premiers jours d'avril 2003. On croit alors le conflit terminé. Il ne fait que commencer. La guerre préventive menée par Washington se transforme en conflit asymétrique. La vacance du pouvoir à la suite de la disparition de Saddam Hussein et la mauvaise gestion de l'Autorité provisoire de la coalition ont conduit à une guerre civile généralisée entre chiites et sunnites, ainsi qu'à une longue insurrection contre les forces de la coalition. De nombreux groupes d'insurgés furent soutenus par l'Iran et le groupe Al-Qaïda en Irak. La déstabilisation que craignait toute la France a bien lieu affectant toute la région.

ouverture

À la suite de l'extension de la guerre civile syrienne et des gains territoriaux de l'État islamique d'Irak et du Levant (Daesh), l'administration Obama a même été obligée de redéployer les forces américaines en Irak en 2014.

SUJET 8

BAC 2022
Asie-Australie

Le Moyen-Orient : conflits régionaux et tentatives de paix impliquant des acteurs internationaux

ÉTUDE CRITIQUE DE DOCUMENTS

En analysant les documents, en les confrontant et en vous appuyant sur vos connaissances, répondez à la question suivante : Comment la diversité des acteurs contribue-t-elle à la permanence de la violence et de la guerre au Moyen-Orient ?

DOCUMENT 1

Les grands conflits depuis 1948

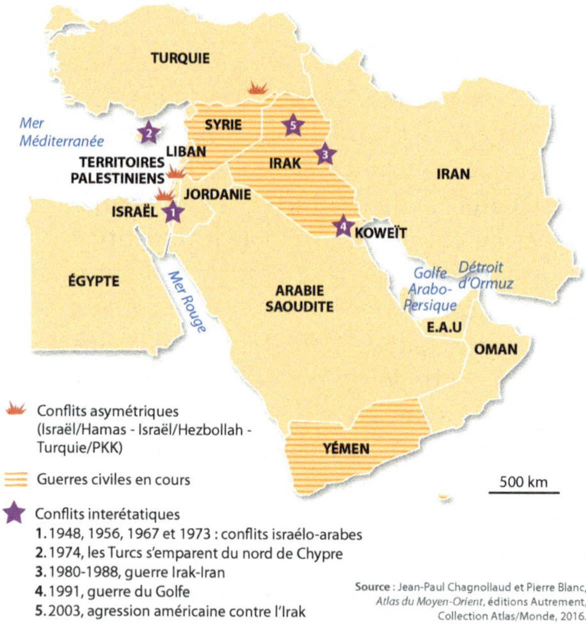

Source : Jean-Paul Chagnollaud et Pierre Blanc, *Atlas du Moyen-Orient*, éditions Autrement, Collection Atlas/Monde, 2016.

Le PKK, Parti des travailleurs du Kurdistan formé en 1978, est une organisation politique armée du peuple kurde considérée comme terroriste par une partie de la communauté internationale, dont la Turquie.

DOCUMENT 2

Le Moyen-Orient, carrefour des extrêmes

Tout se passe comme si on avait, au Moyen-Orient, un répertoire de la diversité des formes de violence interne et internationale, avec une créativité sans égale. Cela vaut aussi bien pour la diversité des conflits que pour la galaxie des combattants et pour la convergence des multiples facteurs qui conduisent à la violence. D'autres régions ont pu connaître des dérives comparables, l'ex-Yougoslavie, par exemple, mais pas de façon aussi durable, répétitive, cumulative.

Pour la diversité des formes de violence, sans prétendre à l'exhaustivité, peuvent être distingués les conflits entre États, les conflits interétatiques qui ont un impact extérieur, les interventions internationales, les actions meurtrières provenant d'entités non étatiques ou dirigées contre elles, voire contre des individus [...].

La galaxie des combattants correspond à cette diversité [...]. Aux armées régulières s'ajoutent la présence et l'action fréquente de milices, de forces paramilitaires curieusement dénommées « sociétés militaires privées » là où il ne s'agit que de mercenaires. On parle parfois de « privatisation » de la guerre là où il s'agit plutôt de gestion privée puisque ces groupes agissent à la demande et pour le compte d'États. Des forces spéciales interviennent souvent dans les conflits de façon semi clandestine. Les services de renseignement participent souvent de façon couverte aux diverses formes de violence, surtout pour la répression interne. De façon plus bénigne, les forces de la paix incarnées par les Casques bleus n'ont qu'un rôle tout à fait marginal, et la Force intérimaire des Nations unies au Liban (Finul)[1] fait exception. Quant au terrorisme, il semble être une spécialité de la région, qui est en outre une grande exportatrice. Cette galaxie conduit à relativiser fortement la distinction entre militaires et civils, et même entre combattants et non-combattants [...].

S'il est une région qui démontre concrètement l'échec historique de la guerre, c'est bien le Moyen-Orient. Tout se passe en outre comme si les facteurs belligènes convergeaient. Lorsque des conflits se développent, ils découlent le plus souvent d'un ensemble complexe de motifs [...].

Plus généralement, l'insécurité générale de la région est en elle-même un élément qui facilite le recours à la violence.

« Le Moyen-Orient, carrefour des extrêmes »,
Serge Sur, *Questions internationales*, n° 103-104, septembre-décembre 2020.
(Serge Sur est rédacteur en chef de la revue *Questions internationales*.)

1. La Force intérimaire des Nations unies au Liban a été établie en mars 1978 par le Conseil de sécurité pour s'interposer dans la guerre civile.

Travail préparatoire

Fiches cours 3
Fiches méthodes 3 4

2 heures

Le jour de l'épreuve, vous aurez 4 heures pour traiter la dissertation et l'étude critique de documents : ne consacrez pas plus de 2 heures au traitement de l'étude critique de documents.

Analyser le sujet

Analyser les documents

- Le sujet s'appuie sur l'OTC « Le Moyen-Orient : conflits régionaux et tentatives de paix », mais l'axe 1 « La dimension politique de la guerre » et l'axe 2 « Le défi de la construction de la paix » sont à mobiliser.
- Les auteurs des deux documents ne se rattachent pas aux mêmes domaines de recherche et d'enseignement. Serge Sur est un spécialiste du droit international et notamment des questions de sécurité et de désarmement. Jean-Paul Chagnollaud est professeur de sciences politiques, spécialiste du Moyen-Orient, et plus précisément de la question palestinienne. Pierre Blanc est docteur en géopolitique, spécialiste du Proche-Orient et de la Méditerranée.

Les pièges à éviter

- Il faudra être vigilant aux passages du document 2 qui évoquent les facteurs de conflit. Notamment : « Les facteurs belligènes… » On ne peut attendre des candidats un long paragraphe sur ce point puisque aucune précision supplémentaire n'est apportée dans le document. Toutefois, comme il s'agit d'un passage incontournable du cours, les élèves qui détaillent les causes économiques, sociales, religieuses, politiques, géopolitiques et ethniques ne seront pas pénalisés.

- Le texte proposé élargit la réflexion sur d'autres formes de violence et de guerre à l'échelle d'autres États (ex-Yougoslavie) et à l'échelle mondiale avec l'exportation du terrorisme. Or, ces exemples ne font pas partie du cadre géographique du sujet à traiter.

Les attentes du correcteur

- Les deux jalons de l'objet de travail conclusif s'intéressent à des conflits majeurs au Moyen-Orient et à leurs « prolongements ». On valorisera donc les mises au point récentes des guerres civiles en cours dans le document 1 (Syrie, Irak).
- Le texte et la carte élargissent tous les deux la réflexion sur d'autres formes de violence et de guerre au Moyen-Orient à l'échelle d'autres États (Turquie, Chypre, Yémen). On valorisera aussi l'analyse des caractéristiques des autres conflits annexes au Moyen-Orient évoqués dans les deux documents (conflit asymétrique : Turquie/PKK ; conflit interétatique en 1974 : les Turcs s'emparent du Nord de Chypre ; 1980-1988 : guerre Iran/Irak ; guerre civile au Yémen).
- L'annotation de la carte ne porte que sur le PKK : le Hamas et le Hezbollah sont donc censés être connus des candidats.

Mobiliser ses connaissances

- On attend du candidat qu'il étudie la typologie de la diversité des formes de la violence et de la guerre au Moyen-Orient : conflits interétatiques, asymétriques et guerres civiles avec le développement du terrorisme, conflits internationaux avec l'intervention d'armées étrangères et de l'ONU.
- Il doit présenter la diversité des acteurs au Moyen-Orient avec des armées régulières, des forces spéciales, des services secrets des États du Moyen-Orient et d'États étrangers, des sociétés militaires privées, des forces internationales, des civils, des milices et des organisations terroristes.

Problématiser le sujet

- En quoi les conflits du Moyen-Orient impliquent-ils à la fois des acteurs régionaux et internationaux (étatiques et non étatiques) ? En quoi la variété de combattants civils et militaires explique-t-elle la permanence des formes de violence et de guerre ?

Plan du sujet

I. Les multiples formes de violence et de guerre au Moyen-Orient
II. Une « galaxie de combattants »

Corrigé : plan détaillé

Les textes en bleu apparaissant dans ce corrigé ne doivent pas figurer dans votre devoir. Nous les avons insérés pour vous guider et vous aider à repérer les parties de l'étude critique des documents.

Les conseils du professeur

Introduction

Comme le montre la carte du document 1, le Moyen-Orient est, pour les Occidentaux, la région comprise entre la rive orientale de la mer Méditerranée (depuis l'Égypte) et la ligne tracée par la frontière entre l'Iran et le Pakistan.

accroche

Les auteurs du document 1 sont Jean-Paul Chagnollaud, président de l'iReMMO (Institut de recherche et d'études Méditerranée Moyen-Orient), et Pierre Blanc, rédacteur en chef de la revue *Confluences Méditerranée*. L'auteur du document 2 est Serge Sur, directeur de l'*Annuaire français de relations internationales (AFRI)* et rédacteur en chef de la revue *Questions internationales*. Le document 1 est une carte à l'échelle régionale intitulée « Les grands conflits depuis 1948 » et extraite de l'*Atlas du Moyen-Orient* paru en 2016 aux éditions Autrement. La légende présente une

présentation des documents

typologie des principales formes de violence et de guerre au Moyen-Orient depuis la naissance de l'État d'Israël en 1948. Le document 2 est un article qui s'intitule « Le Moyen-Orient, carrefour des extrêmes » ; il est extrait du numéro 103-104 de la revue *Questions internationales* parue en septembre-décembre 2020.

Cet article introduit un dossier, « Le Moyen-Orient : des guerres sans fin », démontrant que le Moyen-Orient est le théâtre de violences diverses et de guerres globales.

On peut définir de façon générale les acteurs comme l'ensemble des agents (individus, groupes de personnes, organisations) susceptibles d'avoir, directement ou indirectement, une action sur le cours des événements. La guerre désigne un conflit armé, opposant au moins deux groupes humains, limité dans le temps et dans l'espace et provoquant des pertes humaines parmi les forces armées. La violence consiste en l'utilisation de la force pour contraindre, dominer, tuer, détruire ou endommager. Le terme renvoie surtout ici aux autres formes de conflits que la guerre régulière.

Comment, à partir d'exemples de plusieurs types de conflits, peut-on expliquer et analyser les différents niveaux de violence et de guerre des nombreux belligérants au Moyen-Orient depuis la création de l'État d'Israël en 1948 ? Nous étudierons d'abord les différentes formes que prennent la violence et la guerre au Moyen-Orient avant de nous intéresser aux combattants qui prennent part à ces conflits.

problématique et annonce du plan

I. Les multiples formes de violence et de guerre au Moyen-Orient

[argument 1]

Dans le document 1, l'auteur évoque « un répertoire de la diversité des formes de violence ». Il pointe notamment « les conflits entre États » et « les interventions internationales ». Ces informations peuvent être complétées à l'aide du document 1. L'année 1948 marque ainsi le premier conflit israélo-arabe : l'Égypte, la Syrie, la Transjordanie, l'Irak et le Liban, opposés au plan de partage de l'ONU, attaquent Israël. Le 29 octobre 1956 se produit la crise de Suez et la deuxième guerre contre l'Égypte de Nasser, avec le soutien dans un premier temps de la France et de la Grande-Bretagne (à qui s'opposent alors les États-Unis et l'URSS). Du 5 au 10 juin 1967 a lieu la guerre des Six Jours, où Israël déclenche une offensive contre l'Égypte, la Syrie et la Jordanie. Enfin, du 6 au 25 octobre 1973, le monde assiste à la guerre du Kippour avec l'attaque de l'État hébreu par l'Égypte et la Syrie ; le choc pétrolier qui s'ensuit a des conséquences majeures. La carte mentionne aussi les deux guerres du Golfe contre l'Irak : celle de 1991 menée par une coalition d'États sous l'égide de l'ONU et celle de 2003 menée par les États-Unis et des alliés comme le Royaume-Uni et la Pologne, mais pas la France ni l'Allemagne.

On peut aussi mentionner « les forces de la paix incarnées par les Casques bleus [...] et la Finul au Liban ». Mais les caractéristiques des interventions de l'ONU dans les conflits israélo-arabes et dans la guerre du Golfe en 1991 (résolutions, missions, coalitions) sont à valoriser car le jalon sur les actions de l'ONU concerne les mandats de Kofi Annan entre 1997 et 2006.

[argument 2]

Le document 2 mentionne également « les conflits interétatiques qui ont un impact extérieur », « les actions meurtrières provenant d'entités non étatiques ou dirigées contre elles, voire contre des individus » et « le terrorisme, [...] spécialité de la région ». On retrouve des conflits asymétriques (Israël/Hamas, Israël/Hezbollah) et des guerres civiles dans le document 1. Il est important ici de définir les notions étudiées. Une guerre asymétrique oppose la force armée d'un État à des combattants civils aux ressources matérielles plus limitées. Les combattants se servent des points faibles de l'adversaire pour parvenir à leur but, souvent politique ou religieux. Une guerre irrégulière est une guerre non conventionnelle, qui recouvre l'emploi de moyens tels que la guérilla (résistance, insurrection), le terrorisme, les missiles balistiques, les armes chimiques ou les cyberattaques.

On peut préciser que dans ce type de guerre « sans front » et « sans frontière », il n'existe plus de respect du traditionnel droit de la guerre, qui protège prisonniers et civils.

[argument 3]

Ces conflits possèdent différents niveaux de violence des nombreuses variantes du terrorisme. On peut ainsi citer l'OLP et l'Intifada, ou encore les attentats des organisations terroristes (du Hamas sunnite, du Hezbollah chiite) en Israël ainsi que les autres attentats et les assassinats dans les territoires palestiniens dans la guerre israélo-palestinienne. Il convient également de

L'OLP (Organisation de libération de la Palestine), créée en 1964, est une parler du djihadisme global d'Al-Qaïda et de Daech (en Syrie, en Irak) avec leurs réseaux. On sait que ces deux groupes terroristes ont réussi à internationaliser leur lutte. Enfin, on doit évoquer les guerres civiles à la suite de l'intervention de la Syrie (Liban) ou celles qui ont suivi le « printemps arabe » (Syrie, Irak).

[transition]

Comment ces différentes formes de violence et de guerre sont-elles liées à l'existence d'une multitude d'acteurs qui s'affrontent au Moyen-Orient ?

II. Une « galaxie de combattants »

[argument 1]

Le document 2 évoque : « les armées régulières », la présence de « milices, de forces paramilitaires et de forces spéciales » et une distinction qui se brouille « entre militaire et civil, entre combattant et non-combattant », mettant en valeur la diversité des acteurs de la violence et de la guerre au Moyen-Orient. On a bien sûr évoqué le cas des civils manifestants (comme l'Intifada) et des terroristes. Le terrorisme désigne l'usage de la violence (sabotages, attentats, assassinats, prise d'otages), en dehors du droit de la guerre, en vue de créer un climat de peur dans un pays. On a aussi mentionné les armées régulières des États en guerre (Israël, Syrie, Égypte). Outre les militaires et les commandos, il faut souligner le rôle des *« contractors »* des sociétés militaires privées (bien que le mercenariat soit officiellement interdit) : Academi, Wagner dans la deuxième guerre du Golfe, dans les guerres civiles en Syrie et en Irak.

[argument 2]

Le document 2 évoque aussi les services secrets, qui « participent souvent de façon couverte aux diverses formes de violence ». Il faut rappeler les actions des services secrets dans les différents conflits pendant et après la guerre froide (CIA, KGB, Mossad, services secrets syriens, égyptiens et irakiens) qui luttent contre leurs ennemis étatiques et non étatiques (réseaux terroristes).

structure politique, mais aussi paramilitaire, de résistance armée (jusqu'en 1988). L'Intifada désigne la « révolte des pierres » contre l'armée israélienne dans les territoires occupés (et la bande de Gaza et la Cisjordanie) dans la période 1987-1993, puis 2000-2005.

On peut préciser qu'Academi, précédemment connue sous le nom de Blackwater, est une société militaire privée (SMP) américaine ayant recours au mercenariat. Cette société a notamment travaillé en Irak pour le compte du gouvernement des États-Unis.

[argument 3]

On peut souligner que beaucoup de ces acteurs obéissent à des injonctions religieuses ou idéologiques. Le djihadisme est ainsi le combat contre des non-musulmans par une invocation des textes sacrés de l'Islam et au nom de l'idéologie islamiste. Il prône l'utilisation de la violence afin d'instaurer un État islamique ou de rétablir un califat. L'islamisme est l'idéologie politique et religieuse qui prône l'utilisation de la violence pour développer l'Islam ou lutter contre ses adversaires désignés. Le sionisme est la doctrine politique ayant pour objectif l'implantation d'un foyer national juif en Palestine passant par la migration des Juifs vers la Palestine ottomane puis mandataire. Après 1948, les principaux partis politiques israéliens (Parti travailliste, Likoud notamment) se réclament tous du sionisme, mais leurs lectures en sont différenciées en fonction de leurs opinions politiques.

L'ONU définit les actes terroristes comme « l'équivalent en temps de paix des crimes de guerre ».

Conclusion

La myriade de combattants, civils et militaires, régionaux et extérieurs au Moyen-Orient, issus d'organisations publiques et privées, permet de comprendre pourquoi les conflits dans cette zone géographique du monde prennent des formes variées et sont extrêmement difficiles à stopper ou à mettre en pause. Ce sont toutes les formes de guerre et de violence qui sont présentes au Moyen-Orient : guerres interétatiques, guerres civiles, guerres irrégulières, guerres asymétriques, etc.

bilan

On pourrait se demander si, en parallèle à ces multiples aspects du fait guerrier, la construction de la paix n'obéit pas elle aussi au Moyen-Orient à tout un panel d'actions (on peut citer l'exemple du Quartet pour le Moyen-Orient, qui rassemble depuis 2002 les États-Unis, l'Union européenne, la Russie et l'ONU afin de proposer une feuille de route pour la paix entre Israël et la Palestine) avec des géométries très variables selon les époques et les adversaires en présence.

ouverture

Thème 4

Le patrimoine : enjeux géopolitiques

Des soldats français protégeant la mosquée Djinguereber, à Tombouctou, en 2015.

SUJET 9

Usages sociaux et politiques du patrimoine

ÉTUDE CRITIQUE DE DOCUMENTS

Analysez les documents pour montrer en quoi ces deux tableaux témoignent de l'usage symbolique du patrimoine de Versailles dans les relations entre l'Allemagne et la France.

DOCUMENT 1

La galerie des Glaces lors de la proclamation de l'Empire allemand, le 18 janvier 1871

Anton von Werner (1843-1915), détail de l'huile sur toile, 3e version, 167 × 202 cm, 1885, Fondation Otto von Bismarck, Friedrichsruh, Allemagne.

DOCUMENT 2

La galerie des Glaces lors de la signature du traité de Versailles, le 28 juin 1919

William Orpen (1878-1931), huile sur toile, 152 × 127 cm, 1919, Imperial War Museum, Londres.

Travail préparatoire

Fiche cours 4

Fiches méthodes 3 4

2 heures *Le jour de l'épreuve, vous aurez 4 heures pour traiter la dissertation et l'étude critique de documents : ne consacrez pas plus de 2 heures au traitement de l'étude critique de documents.*

Analyser le sujet

Analyser les documents

- Le 18 septembre 1870, lors de la guerre franco-prussienne et avant le Siège de Paris, le château de Versailles devient le quartier général de la Troisième Armée, commandée par le prince héritier de Prusse, Frédéric. Quatre mois plus tard, le 18 janvier 1871, c'est dans la galerie des Glaces qu'est proclamé l'Empire allemand, victorieux des armées de Napoléon III. Le chancelier Bismarck tient sa revanche après les honteuses défaites de sa nation contre Louis XIV et Napoléon Ier.

- C'est pour laver cette humiliation que les Alliés choisissent, sur proposition de la France, d'organiser la signature du traité de paix de la Première Guerre mondiale dans cette même Galerie, le 28 juin 1919.

Les pièges à éviter

Il ne s'agit pas ici de s'étendre sur les relations franco-prussiennes ou franco-allemandes, ni sur les causes de la guerre de 1870 ou de celle de 1914-1918. L'autre point de vigilance concerne l'analyse d'œuvres picturales. Il faut bien différencier la description objective du tableau et l'interprétation plus personnelle que l'on peut en faire.

Les attentes du correcteur

On attend du candidat des connaissances sur le patrimoine versaillais et, plus particulièrement, sur la galerie des Glaces, joyau du Château. Le repérage chronologique doit aussi être bien maîtrisé concernant cette période de conflits (1870-1919).

Mobiliser ses connaissances

- La construction de la galerie des Glaces est l'œuvre de Louis XIV et de son architecte Jules Hardouin-Mansart, entre 1678 et 1684.
- Si le nom des principaux personnages représentés sur les deux tableaux ne figure pas en note, il n'est pas indispensable de les connaître tous, hormis Bismarck, Guillaume Ier, Clémenceau et Wilson.

Problématiser le sujet

Il convient de montrer dans cette étude que le château de Versailles est, non seulement, utilisé symboliquement lors des deux événements mais que les peintres eux-mêmes se servent des images associées à son patrimoine pour offrir une lecture particulière de chacune des deux cérémonies.

Plan du sujet

I. Deux œuvres de commande par deux témoins de la guerre
II. Deux événements qui ne sont pas centrés sur la France
III. Versailles, symbole de grandeur ou d'impuissance ?

Corrigé : plan détaillé

Les textes en bleu apparaissant dans ce corrigé ne doivent pas figurer dans votre devoir. Nous les avons insérés pour vous guider et vous aider à repérer les parties de l'étude critique des documents.

Les conseils du professeur

Introduction

Dans ses *Considérations sur les causes de la grandeur des Romains* (1734), Montesquieu écrit : « Je hais Versailles, parce que tout le monde y est petit ». Comment, en effet, ne pas être écrasé par la somptuosité de l'endroit ?

accroche

Les deux tableaux à analyser ont été peints par des témoins des événements, invités pour laisser une trace picturale pour la postérité. Le premier a été réalisé par un peintre né à Francfort (Oder), connu pour ses peintures d'histoire portant sur les grands événements politiques et militaires du royaume de Prusse. Le second est l'œuvre d'un artiste irlandais qui travaillait principalement à Londres et qui avait été envoyé par la Grande-Bretagne sur le front occidental en tant qu'artiste de guerre officiel pendant le conflit de 1914-1918.

présentation des documents

En quoi ces deux tableaux témoignent-ils de l'usage symbolique du patrimoine de Versailles dans les relations entre l'Allemagne et la France ? Pour y répondre, nous verrons, d'abord, qu'il s'agit, dans les deux cas, de

problématique et annonce du plan

tableaux commandés pour immortaliser chacun des événements versaillais. Puis, nous nous interrogerons sur le fait que les deux événements en question ne sont pas centrés sur la France. Enfin, nous étudierons l'usage symbolique que les deux peintres font de Versailles dans leur tableau.

I. Deux œuvres de commande par deux témoins de la guerre

[argument 1]

Les deux tableaux s'inscrivent dans un contexte de fin de conflit entre les armées allemande et française. Anton von Werner et William Orpen ont participé indirectement à ces conflits et ont assisté aux cérémonies qu'ils représentent dans leurs œuvres.

[argument 2]

Grâce à la protection du grand-duc Frédéric Ier de Bade, Anton von Werner ne participa qu'à la phase finale de la guerre franco-prussienne (mi-octobre à fin novembre 1870), au quartier général de la Troisième Armée, à Versailles. Werner avait alors 27 ans. En janvier 1871, il est déjà retourné à l'Académie des Beaux-arts de Karlsruhe quand le prince héritier Frédéric l'invita à assister à l'avènement de son père et à immortaliser la scène.

[argument 3]

Orpen a été l'une des premières personnes choisies comme artiste de guerre par le ministère britannique de l'Information en 1917. Sur le front occidental, il avait commencé à s'identifier beaucoup plus aux hommes qui mouraient qu'aux grands personnages dont il peignait les portraits. Orpen est, ensuite, devenu le peintre officiel de la Conférence de la paix et a été chargé de peindre trois toiles pour immortaliser les débats.

[transition]

Les deux hommes sont présents dans la galerie des Glaces mais peignent des événements qui ne sont pas directement liés à la France.

On peut rappeler que Werner avait été nommé directeur de l'École royale des Beaux-arts de Berlin en 1875. Il réalisa plusieurs versions de la *Proclamation* mais seule a été conservée celle que la famille Hohenzollern avait offerte en 1885 à Bismarck, à l'occasion de son soixante-dixième anniversaire. C'est la raison pour laquelle l'œuvre se trouve aujourd'hui dans la dernière résidence de Bismarck à Friedrichsruh, dans le Land Schleswig-Holstein, au nord de l'Allemagne.

II. Deux événements qui ne sont pas centrés sur la France

[argument 1]

Le tableau de Werner immortalise l'instant où son protecteur, le grand-duc Frédéric Ier de Bade, à la gauche de l'Empereur, lève le bras pour saluer l'avènement de Guillaume Ier. À la droite de l'empereur se trouve son fils, le prince héritier Frédéric. Derrière les trois hommes, sur le piédestal, se tiennent les princes allemands et les représentants des villes hanséatiques. Otto von Bismarck est mis en valeur au pied de la scène, en uniforme blanc de parade.

On peut se demander qui Werner souhaitait mettre le plus en relief dans son tableau : Frédéric Ier de Bade, son protecteur ? Otto von Bismarck, à qui le tableau doit être offert ? Guillaume Ier et son fils Frédéric, qui ont commandé l'œuvre ?

[argument 2]

Le tableau de Orpen représente la signature du traité de Versailles par les représentants de l'Allemagne (de dos). Le portrait de groupe représente les militaires, les diplomates et les hommes politiques qui ont assisté à la conférence. Au centre se trouvent Thomas Woodrow Wilson, président des États-Unis, tenant des papiers, Georges Clémenceau, Président du Conseil en France et David Lloyd George, Premier ministre britannique.

[argument 3]

Dans les deux cas, la France n'apparaît pas comme centrale dans le tableau, même si Georges Clémenceau est représenté au milieu des signataires.

[transition]

Pourtant, ce sont bien les miroirs de la galerie des Glaces qui constituent l'arrière-plan des deux œuvres. S'agit-il d'un simple décor ou d'un symbole utilisé par les deux peintres ?

III. Versailles, symbole de grandeur ou d'impuissance ?

[argument 1]

En représentant en arrière-plan les grands miroirs de la galerie des Glaces de Versailles, la toile de Werner devient l'expression de la victoire sur la France. Dans la version de 1885, compte tenu de l'exiguïté de la scène, Werner n'a pas pu inclure dans le tableau les peintures du plafond de la galerie, œuvre de Charles Le Brun glorifiant Louis XIV comme le conquérant des campagnes et des villes allemandes (notamment le passage du Rhin, 1672).

[argument 2]

Dans le tableau de Orpen, les hommes sont éclipsés par la hauteur des miroirs. En haut, on peut voir les mots « Le Roy Gouverne par lui-même » (donc seul), inscription qui témoignait à l'origine de l'instauration du règne personnel de Louis XIV en 1661. Ici, la mise en évidence de ces mots fait semble-t-il référence aux interminables querelles de la Conférence, l'Allemagne prétendant ne pas pouvoir respecter les sanctions imposées et les alliés n'étant pas parvenus à trouver un compromis.

Il faut rappeler que cette galerie est un chef-d'œuvre de l'illusion optique, avec ses dix-sept fenêtres cintrées (de 12,5 mètres de haut) qui comportent chacune vingt et un miroirs, soit un total de 357 glaces où le public voit se refléter, à la fois, les images des décors de la galerie et celles des parterres et du jardin.

[argument 3]

Dans la vision d'Orpen, c'est l'extravagance de l'architecture qui plante le décor, réduisant les hommes politiques à une simple note de bas de page. Leur monde soi-disant ordonné est déformé et brisé par les miroirs qui se trouvent derrière eux. Orpen est, d'ailleurs, représenté deux fois, comme une figure indistincte mais visible dans les miroirs déformants derrière les personnages principaux. Nous voyons aussi, ce qui est plus important, l'absence de tout autre public. Personne ne regarde. Il s'agit, peut-être, d'indiquer que les vanités personnelles qui ont façonné le Château perdurent malgré les horreurs de la guerre.

Conclusion

Ces deux œuvres illustrent la volonté de revanche qui obsède les dirigeants allemands et français à la fin du XIXe siècle et au début du XXe siècle. Versailles et sa somptueuse galerie des Glaces deviennent les instruments pour laver les humiliations antérieures. Bismarck et Guillaume Ier viennent parader dans le joyau de Louis XIV, sous les peintures des exploits du Roi-Soleil sur le Rhin.

bilan

Clémenceau et l'état-major français y obligent les représentants de l'Allemagne à accepter une paix honteuse. Mais l'œuvre de Orpen se veut plus critique que celle de Werner. L'Irlandais semble se demander si les dorures et les éclats de la galerie des Glaces ne symbolisent pas plutôt l'artifice des dirigeants, plus préoccupés par leurs calculs politiques que par l'établissement d'une paix durable.

Lorsque les nazis occupent Versailles à partir du 15 juin 1940, les troupes allemandes se trouvent confrontées à ces mémoires antagonistes. Entre répulsion et fascination, des milliers de soldats allemands jouent les touristes dans la Galerie des Glaces, en dégradant parfois les lieux mais sans provoquer de dégâts irréversibles.

ouverture

SUJET 10

Usages sociaux et politiques du patrimoine

DISSERTATION

En quoi le château de Versailles et son patrimoine témoignent-ils de l'influence de la France dans les relations internationales depuis 1855 ?

Travail préparatoire

Fiche cours 4
Fiches méthodes 1 2

2 heures

Le jour de l'épreuve, vous aurez 4 heures pour traiter la dissertation et l'étude critique de documents : ne consacrez pas plus de 2 heures au traitement de la dissertation.

Analyser le sujet

Définir les mots du sujet

Le sujet commence en 1855, donc sous le Second Empire. Bien que le programme débute avec le Premier Empire, le choix de la date de 1855 s'explique, ici, par le fait que Napoléon Ier n'a pas utilisé Versailles comme un centre de son pouvoir ou de ses relations avec les États voisins. Il en est autrement de son neveu, Napoléon III.

Les pièges à éviter

Il convient, non seulement, de traiter le rôle que Versailles a pu jouer dans les relations de la France avec les autres puissances mais aussi de ne pas oublier d'évoquer les transformations du Château voulues dans le cadre de cette politique étrangère.

Les attentes du correcteur

Il ne s'agit pas ici de connaître tous les hôtes ou pays invités à Versailles mais, à travers plusieurs exemples, de montrer que ces réceptions témoignent des choix diplomatiques de l'État et de la place de la France dans le concert des nations.

Mobiliser ses connaissances

Il faut bien maîtriser la périodisation de l'histoire de la puissance française dans le monde : expansion coloniale, engagements militaires, l'avant et l'après guerre froide, etc.

Problématiser le sujet

Le sujet invite à questionner l'évolution de la place de la France dans le monde à travers l'exemple de Versailles. Le Château devient, ainsi, le révélateur du poids géopolitique du pays.

Plan du sujet

I. Versailles, l'Empire français et les rivalités avec l'Allemagne (1855-1958)
II. Versailles ou la volonté de maintenir la « Grandeur de la France » (1958-1991)
III. Versailles, reflet du déclin de la France dans un monde multipolaire ?

Corrigé : plan détaillé

Les textes en bleu apparaissant dans ce corrigé ne doivent pas figurer dans votre devoir. Nous les avons insérés pour vous guider et vous aider à repérer les parties de la dissertation.

Les conseils du professeur

Introduction

Entre 1671 et 1771, Louis XIV a multiplié les réceptions officielles à Versailles. Ce fut aussi largement le cas de ses successeurs Louis XV et Louis XVI. Mais, dans la première moitié du XIXe siècle, l'usage de Versailles comme lieu de la diplomatie française se réduit.

accroche

À partir du Second Empire, Versailles redevient un haut lieu des visites officielles des grands dirigeants du monde. Ces visites et ces séjours témoignent de la politique étrangère de la France et de son rang de puissance.

analyse du sujet

On peut se demander en quoi le château de Versailles et son patrimoine témoignent de l'évolution de l'influence de la France dans les relations internationales depuis 1855. Pour répondre à cette problématique, nous verrons d'abord que, entre 1855 et 1958, Versailles témoigne de la grandeur de l'Empire français, à la fois de l'Empire en tant que régime politique et de l'Empire colonial que la France a constitué à côté de l'Empire britannique. Ces années sont, aussi, celles des tensions et des conflits avec le voisin allemand. Entre 1958 et 1991, Versailles est le reflet de la délicate position de la France dans un monde de guerre froide essentiellement bipolaire. Enfin, depuis 1991, les visites et conférences tenues à Versailles illustrent le relatif déclin de la puissance française mais aussi le rôle qu'elle souhaite jouer dans un contexte marqué par la mondialisation et les relations multipolaires.

problématique et annonce du plan

I. Versailles, l'Empire français et les rivalités avec l'Allemagne (1855-1958)

[argument 1]

C'est lors du Second Empire que Versailles renoue avec le faste des réceptions royales et que la France relance la vocation diplomatique du Château inaugurée par Louis XIV. En août 1855, Napoléon III reçoit la reine Victoria. Pour donner une image moderne et innovante, l'éclairage au gaz est installé dans la galerie des Glaces, la cour de Marbre et l'opéra royal. Les premières photographies sont prises dans la Galerie.

[argument 2]

Les années 1870-1914 sont celles des tensions et des conflits avec l'Allemagne. Lors de la guerre franco-prussienne de 1870, le Château devient le quartier général de l'armée ennemie. Le 18 janvier 1871, c'est dans la galerie des Glaces qu'est proclamé l'Empire allemand. Le chancelier Bismarck tient sa revanche, sous les peintures de Le Brun qui glorifient les victoires de Louis XIV sur le Rhin. C'est pour laver cette humiliation que les Alliés choisissent d'organiser la signature du traité de paix dans cette même galerie, le 28 juin 1919.

[argument 3]

Le Royaume-Uni et la France sont les deux grandes puissances coloniales de l'époque. Jusqu'aux indépendances des années 1950, c'est la monarchie britannique qui est l'invitée vedette du Château. En juillet 1938, Georges VI et son épouse sont invités à dîner dans la galerie des Glaces. Leur fille, la princesse Élisabeth (future Élisabeth II) visite le château en mai 1948. Elle contribue ensuite à la restauration de l'opéra royal et une soirée de gala est donnée en son honneur en avril 1957.

On peut rappeler que le traité de Trianon, qui redécoupe les Balkans, est aussi signé à Versailles, au Grand Trianon, par les puissances belligérantes de la Première Guerre mondiale, le 4 juin 1920.

[transition]

Les anciennes rivalités de la France avec l'Angleterre et l'Allemagne s'effacent dans la seconde moitié du XXe siècle pour laisser place à une confrontation avec les deux Grands, les États-Unis et l'URSS.

II. Versailles ou la volonté de maintenir la « Grandeur de la France » (1958-1991)

[argument 1]

Versailles devient un atout dans la politique de grandeur nationale voulue par le général de Gaulle, entre le bloc américain et le bloc soviétique. En 1960 et 1961, des dîners de gala sont offerts à Nikita Khrouchtchev, aux rois de Thaïlande et de Belgique, au président Kennedy et au Shah d'Iran. En 1962, le ministre de la culture, André Malraux, entame la restauration du Grand Trianon avec l'aménagement de l'aile gauche pour recevoir les hôtes d'honneur de la France. De Gaulle y organise le séjour du président Nixon en mars 1969.

[argument 2]

Les successeurs de De Gaulle tentent de poursuivre cette volonté d'indépendance nationale. Georges Pompidou accueille à Versailles Nicolae Ceauşescu (Roumanie)

Dans les années 1960, l'appartement réservé aux chefs d'États étrangers et à leurs conjoints est installé dans l'ancien appartement de l'Impératrice, dans l'aile gauche du Château. Le général de Gaulle fait aussi aménager l'aile de Trianon-sous-Bois pour en faire une résidence présidentielle. L'ensemble est inauguré en juin 1966.

en juin 1970, Léonid Brejnev en octobre 1971, la reine Élisabeth II en mai 1972 et le président Suharto (Indonésie) en novembre 1972. Valéry Giscard d'Estaing accueille aussi au Grand Trianon, successivement, le Shah d'Iran, Hassan II du Maroc, Jimmy Carter et Hussein de Jordanie.

[argument 3]

Pour le premier sommet international de son mandat, le président Mitterrand choisit Versailles pour accueillir, en juin 1982, le G7, qui rassemble les sept grandes puissances démocratiques de la planète. Le président français invite, à Versailles, Mikhaïl Gorbatchev lors de sa visite officielle en France en octobre 1985. La diplomatie culturelle s'appuie aussi sur la renommée du Château : le premier Sommet de la Francophonie s'y tient en février 1986.

[transition]

De De Gaulle à Mitterrand, Versailles a été un outil essentiel de la République pour servir la politique de grandeur nationale. Mais la situation évolue après 1991.

III. Versailles, reflet du déclin de la France dans un monde multipolaire ?

[argument 1]

L'après guerre froide voit la montée en puissance des BRICS et des pays émergents. Parmi les invités officiels de Versailles, on trouve Boris Eltsine en février 1992, le président Erdoğan (Turquie) en avril 2010, Xi Jinping en mars 2014 et Vladimir Poutine en mai 2017.

[argument 2]

L'heure n'est plus aux excès de mégalomanie. Le président Chirac décide d'ouvrir Trianon-sous-Bois au public en 1999, et, en 2009, le président Sarkozy rétrocède ces espaces à l'établissement public du Château, du musée et du domaine national de Versailles. Mais des rénovations sont nécessaires. Les travaux d'étanchéité ainsi que le réameublement par le Mobilier national permettent de réouvrir Trianon-sous-Bois au public en juin 2016.

On peut aussi rappeler la polémique de décembre 2007, quand le président Sarkozy avait accepté de privatiser le château de Versailles pour la venue du colonel Kadhafi.

[argument 3]

Autre tournant notable, en janvier 2018, lorsque le président Macron invite à Versailles, avec 15 de ses ministres, 140 dirigeants de multinationales américaines, asiatiques et européennes pour favoriser l'investissement en France.

Conclusion

Versailles a donc été un outil important au service du rayonnement de la France dans le monde, que ce soit à l'époque coloniale, à celle du nationalisme triomphant ou encore à l'ère gaullienne. Le choix des personnalités invitées ou des conférences organisées reflète les orientations de la politique étrangère du pays. Depuis 1991, Versailles témoigne des nouvelles concurrences et des nouveaux partenariats géopolitiques et économiques. | bilan

Les liens entre la République et les fastes de la période monarchique ne concernent pas que Versailles. On pouvait rappeler que l'Élysée, qui accueille aussi les chefs d'États, est un édifice construit pour un grand aristocrate du royaume et offert par Louis XV à sa favorite, la marquise de Pompadour, en 1753. L'hôtel de Marigny, en revanche, fut bâti en 1873, aux premiers temps de la IIIe République, pour le baron Gustave de Rothschild. | ouverture

SUJET 11

Usages sociaux et politiques du patrimoine

DISSERTATION

Quelle est la nature du conflit entre la Grèce et le Royaume-Uni concernant les marbres du Parthénon, appelés aussi marbres Elgin ?

Travail préparatoire

Fiche cours 4
Fiches méthodes 1 2

2 heures

Le jour de l'épreuve, vous aurez 4 heures pour traiter la dissertation et l'étude critique de documents : ne consacrez pas plus de 2 heures au traitement de la dissertation.

Analyser le sujet

Définir les mots du sujet

Les marbres Elgin, également connus sous le nom de marbres du Parthénon, sont une collection de sculptures classiques en marbre réalisées sous la supervision de l'architecte et sculpteur Phidias. Elles faisaient, à l'origine, partie du temple du Parthénon et d'autres bâtiments de l'Acropole d'Athènes. Elles ont été envoyées à Londres par Lord Elgin, ambassadeur britannique à Constantinople. Ces pièces représentent plus de la moitié de ce qui reste aujourd'hui de la décoration sculpturale du Parthénon.

Les pièges à éviter

Il est important ici de ne pas oublier que ce conflit entre la Grèce et le Royaume-Uni dépasse largement le cadre de ces deux pays. Il ne faut donc pas omettre de parler des enjeux et acteurs internationaux.

Les attentes du correcteur

La toile de fond de ce conflit est, en effet, le débat international sur la propriété des biens culturels. Il faut ici évoquer les arguments des deux camps : celui des non-restitutionnalistes et celui des restitutionnalistes.

Mobiliser ses connaissances

Il faut rappeler le contexte de l'enlèvement des marbres par Lord Elgin et de leur transfert au British Museum et expliquer le contentieux entre la Grèce, qui considère ces frises comme un patrimoine national inaliénable, et le British Museum pour lequel ces œuvres font partie du patrimoine mondial.

Problématiser le sujet

Le sujet invite à présenter les éléments avancés dans le débat sur le retour éventuel à Athènes des éléments des frises du Parthénon conservés, principalement, au Royaume-Uni.

Plan du sujet

I. Un premier débat : l'enlèvement des Marbres était-il légal ?
II. Un second débat : les revendications du gouvernement grec
III. Un troisième débat : les appels britanniques et internationaux pour rapatrier les marbres en Grèce

Corrigé : plan détaillé

Les textes en bleu apparaissant dans ce corrigé ne doivent pas figurer dans votre devoir. Nous les avons insérés pour vous guider et vous aider à repérer les parties de la dissertation.

Les conseils du professeur

Introduction

accroche

À la fin du XVIIIe siècle, la Grèce faisait partie de l'Empire ottoman. La sympathie pour la cause de l'indépendance grecque s'est répandue dans toute l'Europe, et de nombreuses personnalités se sont préoccupées de la préservation des monuments anciens.

En novembre 1798, Thomas Bruce, septième comte d'Elgin, a été nommé ambassadeur britannique auprès de la Sublime Porte. En juillet 1801, les troupes britanniques ont aidé les Turcs à reprendre Le Caire aux Français. L'Empire ottoman devait se montrer reconnaissant envers l'ambassadeur britannique. Entre 1801 et 1803, les agents du comte d'Elgin ont retiré environ la moitié des sculptures survivantes du Parthénon, ainsi que des sculptures des Propylées et de l'Erechthéion. Beaucoup de ces sculptures avaient été endommagées par l'explosion du dépôt de poudre du Parthénon en septembre 1687. Les marbres ont été transportés par mer en Grande-Bretagne jusqu'en 1806.

analyse du sujet

Cette opération d'enlèvement des marbres du Parthénon a suscité immédiatement des polémiques. Quels arguments sont avancés pour justifier la restitution ou la non-restitution des marbres Elgin à la Grèce ? Nous nous demanderons, d'abord, si l'enlèvement des marbres s'est fait dans un cadre légal. Puis, nous étudierons la pertinence des revendications des autorités grecques. Enfin, nous nous intéresserons aux différents appels internationaux pour rapatrier les marbres à Athènes.

problématique et annonce du plan

I. Un premier débat : l'enlèvement des Marbres était-il légal ?

[argument 1]

En Grande-Bretagne, dès l'annonce de l'arrivée des Marbres, l'acquisition de la collection a été soutenue par certains, tandis que d'autres, comme Lord Byron, ont comparé les actions du comte à du vandalisme ou à du pillage et de la spoliation.

On peut rappeler que Byron considérait les ruines antiques de la Grèce comme le lieu de sépulture d'une civilisation perdue et, par conséquent, celles-ci prenaient, pour lui, un caractère sacré.

[argument 2]

Lors d'un débat public au Parlement en 1816, Elgin prétendit avoir obtenu un décret officiel (un firman) de la Sublime Porte en juillet 1801, après la victoire contre la France en Égypte. Ce firman n'a pas été retrouvé dans les archives ottomanes malgré leur richesse en documents de la même période et sa véracité est contestée. Il est probable que la seule autorisation dont bénéficiait Elgin portait sur la fouille des remblais et la conservation des petits objets provenant de ce nettoyage de surface. Il est possible aussi que, pour expédier les marbres depuis le port du Pirée, Elgin ait soudoyé le Disdar, le commandant militaire d'Athènes.

Leur enlèvement par Elgin équivalait donc à une profanation, comme il l'a écrit dans son poème *« Childe Harold's Pilgrimage »*.

[argument 3]

Disculpé de toute accusation par le Parlement britannique en 1816, le Comte a alors vendu les Marbres au gouvernement. Ils ont ensuite été transmis au British Museum, où ils sont maintenant exposés dans la galerie Duveen, spécialement construite à cet effet en 1936 et inaugurée en 1939.

[transition]

L'acquisition des marbres par le Royaume-Uni est donc entachée de suspicions. On n'est certes pas dans le cas d'un pillage totalement illégal et à des fins d'enrichissement personnel mais de nombreux doutes planent sur l'accord des autorités ottomanes pour l'enlèvement des Marbres et leur transport jusqu'à Londres. D'autres arguments ont été avancés par la Grèce.

II. Un second débat : les revendications du gouvernement grec

[argument 1]

Après avoir obtenu son indépendance de l'Empire ottoman en 1832, le nouvel État grec a lancé une série de projets pour restaurer ses monuments et récupérer les œuvres d'art pillées. Les efforts pour rapatrier les marbres en Grèce se sont intensifiés dans les années 1980 par l'intermédiaire de la ministre grecque socialiste de la culture de l'époque, Melina Mercouri.

On peut rappeler qu'entre 1834 et 1842, la diplomatie grecque, à la demande du souverain Othon, essaya de racheter ou d'échanger les Marbres. Mais les négociations n'aboutirent pas.

[argument 2]

La Grèce ne demande que la restitution des sculptures du Parthénon ; elle a bien conscience que la satisfaction de toutes les demandes de restitution viderait de leurs œuvres la plupart des grands musées du monde (voir la déclaration de Munich de 18 directeurs des plus grands musées du monde en décembre 2002). L'objectif est simplement de réunir les sculptures puisque les frises font partie d'une seule et même œuvre d'art.

[argument 3]

À cet effet, le gouvernement a fait bâtir un Nouveau Musée de l'Acropole, inauguré en 2009. La pollution atmosphérique exclut la possibilité de replacer les sculptures sur le temple lui-même. Le musée présente une galerie spéciale ayant une vue directe sur le Parthénon, avec une reconstitution grandeur nature de la frise, où les éléments manquants sont clairement indiqués et où un espace est déjà prévu en cas de retour à Athènes des parties conservées au British Museum.

[transition]

Les directeurs du British Museum n'ont pas exclu d'accepter ce qu'ils appellent un « prêt temporaire » au nouveau musée, mais ils déclarent que ce serait à la condition que la Grèce reconnaisse les revendications de propriété du British Museum. Or, ce n'est pas à l'ordre du jour pour les autorités grecques. D'autres arguments sont avancés par les restitutionnalistes hors de Grèce.

III. Un troisième débat : les appels britanniques et internationaux pour rapatrier les marbres en Grèce

[argument 1]

Toutes les parties concernées s'accordent pour reconnaître que le Parthénon est l'un des plus grands monuments culturels du monde. Il existe, aujourd'hui, de nombreuses organisations qui militent activement pour le retour des Marbres, dont plusieurs sont réunies au sein de l'Association internationale pour la réunification des sculptures du Parthénon, fondée en novembre 2005. En septembre 2008, une pièce du Parthénon que Lord Elgin avait confiée au consul britannique, en Sicile, a été rendue à la Grèce par le musée archéologique de Palerme.

[argument 2]

En 2014, l'UNESCO a proposé une médiation entre la Grèce et le Royaume-Uni pour résoudre le conflit. L'UNESCO se prononce, en effet, en faveur du principe de la préservation de l'intégrité des monuments du patrimoine culturel mondial. Mais cette proposition a été rejetée par le British Museum au motif que l'UNESCO travaille avec des organismes gouvernementaux et non avec les administrateurs de musées.

On peut rappeler qu'entre décembre 2014 et janvier 2015, le British Museum a prêté une pièce de sa collection de marbres d'Elgin au Musée national de l'Ermitage à Saint-Pétersbourg pour célébrer son 250e anniversaire. Cette première a suscité une grande controverse.

[argument 3]

L'Union européenne est également saisie. Avec l'annonce du Brexit, le gouvernement grec s'est tourné vers la commission européenne pour solliciter le rapatriement des sculptures, mais la demande a été refusée en novembre 2017.

Conclusion

Le devenir des frises du Parthénon soulève des enjeux multiples, à la fois moraux, esthétiques, juridiques, politiques et diplomatiques. Tous les grands acteurs internationaux du patrimoine, de la culture et des musées sont interpellés et appelés à intervenir dans la querelle entre le British Museum et les autorités grecques. Même l'opinion publique britannique est majoritairement favorable à un prêt à long terme des Marbres à la Grèce.

bilan

Des solutions peuvent donc être trouvées. Le Musée du Palais de Beijing et le Musée national du Palais de Taïwan ont ainsi organisé une exposition commune à Taipei, réunissant les œuvres de la dynastie Qing séparées depuis qu'elles avaient été emportées de Chine par les forces nationalistes en retraite en 1948.

ouverture

SUJET 12

Patrimoine, la préservation entre tensions et concurrences

DISSERTATION

Le façadisme, pratique d'urbanisme qui consiste à ne conserver d'un bâtiment ancien que sa façade, pour ensuite construire derrière elle un édifice moderne, est-il une forme de protection ou, au contraire, de destruction du patrimoine ? Vous appuierez votre réflexion sur l'exemple de Paris.

Travail préparatoire

Fiche cours 5
Fiches méthodes 1 2

2 heures

Le jour de l'épreuve, vous aurez 4 heures pour traiter la dissertation et l'étude critique de documents : ne consacrez pas plus de 2 heures au traitement de la dissertation.

Analyser le sujet

Définir les mots du sujet

Le façadisme consiste à ne conserver d'un bâtiment qu'un ou deux murs donnant sur la rue à des fins purement esthétiques et décoratives et, le plus souvent, par obligation règlementaire ; en général, le reste de la structure est détruit et les murs et planchers intérieurs ne sont pas conservés. Le bâtiment ancien se réduit donc à une façade et généralement à quelques murs latéraux pour conserver l'apparence d'un bâtiment bi ou tridimensionnel. Il existe aussi des exemples où les façades peuvent être démontées et remontées à proximité, voire copiées partiellement.

Les pièges à éviter

Il est important ici de garder à l'esprit que l'histoire du patrimoine urbain n'est pas synonyme de l'étude de l'histoire de la ville. Pour autant, on ne saurait s'abstraire des connaissances factuelles et chronologiques concernant Paris et les grandes lois de protection du patrimoine.

Les attentes du correcteur

Il s'agit ici de montrer que la préservation du patrimoine urbain peut être source de tensions et de concurrences, entre risque de muséification et élans urbanistiques.

Mobiliser ses connaissances

Il faut expliquer pourquoi le patrimoine parisien est confronté à la réalité des mutations urbaines : protégé, il doit aussi s'adapter aux enjeux contemporains (rénovation de l'habitat, prégnance écologique pour un tourisme durable, etc.).

Problématiser le sujet

Le sujet invite à montrer les enjeux économiques et règlementaires liés à la conservation des façades et toitures des monuments considérés comme faisant partie du patrimoine urbain ou national.

Plan du sujet

I. Le façadisme, une pratique qui apparaît dans les années 1970
II. Concilier préservation du patrimoine et adaptation de la ville aux exigences modernes
III. La ville, un décor figé ?

Corrigé : plan détaillé

Les textes en bleu apparaissant dans ce corrigé ne doivent pas figurer dans votre devoir. Nous les avons insérés pour vous guider et vous aider à repérer les parties de la dissertation.

Les conseils du professeur

Introduction

En 1905, l'architecte Jacques Hermant est chargé de construire le siège social de la Société Générale en démolissant un ensemble de sept immeubles haussmanniens du 9e arrondissement, à l'exception de leurs façades sur rues, conservées. L'ensemble est inauguré en 1912 et inscrit au titre des Monuments historiques en 1977. On a, là, un premier exemple de façadisme parisien, dont la caractéristique principale est de vouloir sauver les alignements et les grandes perspectives du XIXe siècle voulues par Haussmann.

accroche

Dans les zones urbaines, cette pratique est parfois utilisée en guise de compromis par les promoteurs immobiliers qui cherchent à réaménager un site mais qui doivent obtenir l'accord des conservateurs en charge de préserver les bâtiments d'intérêt historique ou esthétique. Les petits bâtiments anciens défendus par les conservateurs semblent être sauvés, tandis que les grands bâtiments neufs recherchés par les promoteurs peuvent être construits. On se situerait entre la préservation du patrimoine architectural et la modernisation de l'usage et du confort. Le façadisme apparaît donc en général dans les villes où existe une forte pression en faveur d'un nouveau développement urbain.

analyse du sujet

À travers l'exemple de Paris, peut-on dire que le façadisme est une forme de protection ou, au contraire, de destruction du patrimoine ? Nous verrons, d'abord, depuis quand cette pratique se développe dans la capitale. Puis, nous étudierons les objectifs que permettent d'atteindre cette technique. Enfin, nous nous demanderons quels

problématique et annonce du plan

sont les risques que le façadisme fait courir à la politique patrimoniale.

I. Le façadisme, une pratique qui apparaît dans les années 1970

[argument 1]

Depuis la création en 1837 de la Commission nationale des monuments historiques, près de 2 000 immeubles parisiens ont été protégés par classement ou inscription. La loi Malraux de 1962 a aussi permis de délimiter deux secteurs sauvegardés : le Marais et le 7e arrondissement. Pour ces monuments, toute modification de la façade ou de la toiture nécessite l'avis d'un architecte des bâtiments de France. De plus, depuis 1958, la prise en compte d'un coefficient d'occupation des sols, dit « COS de fait », vise à encourager les opérations de rénovation sur les bâtiments existants.

[argument 2]

Le façadisme peut apparaître comme une conséquence de ces mesures. Cette pratique s'est développée lorsque, dans les années 1970, des associations de défense du patrimoine se sont élevées contre les démolitions d'immeubles anciens dans le centre de Paris.

On peut rappeler que c'est la destruction en 1971 des Halles et des pavillons Baltard (construits entre 1854 et 1874) pour laisser place à un centre commercial (le « Forum des Halles ») et à un jardin, qui avait fait naître pour la première fois une réelle émotion dans l'opinion publique.

[argument 3]

Le premier cas de façadisme, à Paris, est celui de la Maison dorée, bâtiment élevé dans les années 1830 pour abriter un restaurant. Sa façade, très ornée, est menacée lorsque la banque qui possède le bâtiment veut le détruire pour élever un immeuble mieux adapté à sa fonction. Devant l'émotion suscitée par sa disparition prochaine, le ministre de la culture Maurice Druon annule, en 1976, le permis de construire. La solution alors trouvée est de détruire l'immeuble en conservant sa façade.

[transition]

À partir des années 1970, le façadisme se développe car il répond bien aux exigences de l'époque.

II. Concilier préservation du patrimoine et adaptation de la ville aux exigences modernes

[argument 1]

Beaucoup de petits bâtiments anciens n'ont pas la force économique nécessaire pour être considérés comme des éléments essentiels du paysage urbain et, par conséquent, ils sont surtout vus comme des objets sentimentaux. Cette attitude est peut-être préférable à l'indifférence totale mais elle ne suffit pas à les protéger complètement.

[argument 2]

Les années 1990 ont été la grande époque du façadisme. On peut citer, par exemple, l'opération immobilière « Olympia-Édouard VII » (9e arrondissement). De vastes plateaux pour bureaux et des parkings souterrains se développent dans le QCA, le « Quartier central des affaires », composé du 8e arrondissement et d'une partie des 1er, 2e, 9e, 16e et 17e arrondissements.

[argument 3]

Encore dans les années 2000, des actions de rénovation, de réhabilitation ou de restitution sont marquées par le façadisme : projets Valhubert, de la Gaîté Lyrique, du Palais du Cinéma du Louxor, etc.

[transition]

Mais des voix s'élèvent, petit à petit, pour considérer le façadisme comme une pratique dévalorisante pour le patrimoine.

L'immeuble Valhubert a été vendu en 2000 par la SNCF à une société spécialisée dans la construction de bureaux, dans le cadre de l'aménagement de la ZAC Rive-Gauche. Des associations sont parvenues à ce que, en plus de la conservation de la belle façade aux armes d'Orléans, le projet d'immeuble moderne perde deux étages sur cinq et qu'une nouvelle toiture en pente permette de conserver la perspective vers la grande halle de la gare d'Austerlitz.

III. La ville, un décor figé ?

[argument 1]

La pratique du façadisme est en conflit avec la Charte de Venise sur la conservation et la restauration des monuments et des sites. Ce texte stipule que « le monument est inséparable de l'histoire dont il est le témoin et du milieu où il se situe ». Afin que tous les aspects de la signification d'un lieu soient conservés autant que possible, il n'est donc pas permis, sauf cas particulier, de déplacer ou détruire tout ou partie d'un monument.

[argument 2]

Sauver uniquement la façade d'un bâtiment, ce n'est pas sauver son essence, c'est transformer le bâtiment en un décor de théâtre, en un perron destiné, par exemple, à rendre plus agréable l'entrée dans un bâtiment flambant neuf. La rue devient ainsi une sorte de Disneyland de fausses façades. Et le résultat, c'est de ne respecter ni l'intégrité du nouveau bâtiment ni celle de l'ancien, mais de rendre les deux bâtiments dénués de sens.

La Charte de Venise, approuvée en congrès en 1964, est un ensemble de lignes directrices, élaboré par un groupe de professionnels de la conservation, qui a fourni pendant plusieurs décennies un cadre international pour la conservation et la restauration des bâtiments historiques.

[argument 3]

Depuis les années 2000, les sociétés trouvent en banlieue des plateaux plus grands et moins coûteux pour leurs sièges sociaux. Depuis 2014, la modification du plan local d'urbanisme s'accompagne d'un abandon de la notion de « COS de fait ». Pour toutes ces raisons, le phénomène de façadisme est en régression.

Conclusion

bilan

La pratique du façadisme, compromis entre la préservation historique et la démolition, a été aussi bien saluée que décriée. Pour certains, il s'agit pour les bâtiments d'une perte de leur intégrité et de leur valeur et d'un moyen de contourner la politique affichée de restauration du patrimoine. Le façadisme a consisté, le plus souvent, à faire de la rue un décor artificiel, un masque sans rapport avec les édifices qui s'y trouvent. Le façadisme est décrié aussi parce qu'il exprime souvent le rejet de toute architecture contemporaine, en figeant l'espace urbain dans une forme considérée comme idéale et immuable.

ouverture

Il serait intéressant de confronter le cas parisien au cas bruxellois : la capitale belge a vu naître chez les urbanistes le terme de « bruxellisation » pour désigner les bouleversements urbanistiques d'une ville livrée aux promoteurs au détriment du cadre de vie de ses habitants, sous couvert d'une « modernisation » nécessaire.

SUJET 13

Patrimoine, la préservation entre tensions et concurrences

ÉTUDE CRITIQUE DE DOCUMENTS

Analysez le document pour montrer en quoi la destruction, la protection et la reconstruction du patrimoine représentent ici des enjeux géopolitiques majeurs.

DOCUMENT

Tombouctou célèbre la reconstruction de ses mausolées, détruits par les djihadistes.

Tombouctou renaît de ses cendres. Plus de trois ans après la destruction des mausolées de la cité légendaire du Nord-Ouest du Mali, victime de l'obscurantisme des djihadistes, la ville a repris possession de ses monuments, reconstruits à l'identique, jeudi 4 février.

Pulvérisés au nom de la lutte contre « l'idolâtrie » ordonnée par le groupe djihadiste touareg malien Ansar Dine, c'est par une cérémonie de sacralisation, avec lecture intégrale du Coran et prière collective, que s'est achevée la patiente œuvre de réhabilitation des sanctuaires de saints musulmans.

L'ancien grand centre intellectuel de l'Islam, qui a connu son apogée au XVe siècle, classé par l'UNESCO au Patrimoine mondial de l'humanité en péril, comptait « 16 cimetières et mausolées qui étaient des composantes essentielles du système religieux dans la mesure où, selon la croyance populaire, ils étaient le rempart qui protégeait la ville de tous les dangers ».

Quatorze de ces mausolées avaient été détruits par des groupes djihadistes liés à Al-Qaïda, qui ont dicté leur loi dans cette région de mars-avril 2012 jusqu'au déclenchement, en janvier 2013, d'une opération militaire internationale à l'initiative de la France, qui se poursuit actuellement.

« C'est un symbole fort pour la paix », s'est félicité lors de la cérémonie Sane Chirfi, représentant de la famille responsable du mausolée

Alpha Moya, l'un des tout premiers vandalisés. « Les mausolées sont des symboles de rassemblement, de regroupement, parce que parmi les saints de Tombouctou, il y a des saints de toutes les ethnies ».

« On avait vu la dureté des images, la brutalité des destructions, et aujourd'hui, ce mausolée, nous sommes très heureux qu'il soit debout », a confié le représentant de l'UNESCO, qui a conduit le projet, Lazare Eloundou.

Malgré l'importance de ces mausolées pour la population, qui voue un grand respect aux saints décédés, seuls étaient conviés à la cérémonie les représentants des familles chargées de leur gestion, des responsables maliens, dignitaires coutumiers et religieux ainsi que des diplomates.

Mais ils seront bientôt accessibles à tous les habitants, a assuré le directeur de cabinet du ministre de la Culture, Almamy Ibrahim Koreissi : « Il s'agit de remettre en activité ces monuments-là ; que ceux qui avaient l'habitude de les fréquenter puissent revenir se recueillir dans ces mausolées ».

La réhabilitation des mausolées a été achevée sur le plan architectural en septembre 2015, le même mois que la première comparution devant la Cour pénale internationale (CPI) d'un suspect, Ahmad Al Faqi Al Mahdi, membre d'Ansar Dine, accusé d'avoir dirigé les dégradations contre neuf mausolées et une mosquée.

Reportage de France 24, 5 février 2016.

Travail préparatoire

Fiche cours 5
Fiches méthodes 3 4

2 heures

Le jour de l'épreuve, vous aurez 4 heures pour traiter la dissertation et l'étude critique de documents : ne consacrez pas plus de 2 heures au traitement de l'étude critique de documents.

Analyser le sujet

Analyser le document

- Aux XIVe et XVe siècles, Tombouctou, aux portes du Sahara, était un immense centre soufiste, une branche spirituelle de l'Islam.

Vingt-cinq mille étudiants s'instruisaient auprès des oulémas musulmans (érudits religieux). Les manuscrits produits par les savants vénérés, les mausolées dans lesquels ils ont été enterrés ainsi que les célèbres mosquées font rayonner, depuis cette époque, la ville malienne du Nord. Comme le précise le texte, ces sépultures constituent aussi un rempart psychologique solide autour de la ville ; pour ses habitants, elles la protègent de tout malheur.

- Les trois grandes mosquées de Tombouctou, Djingareyber, Sankoré et Sidi Yahi, ainsi que les 16 mausolées qui s'y trouvent ont été inscrits sur la liste du patrimoine mondial de l'UNESCO en 1988.
- En janvier 2012, plusieurs mouvements et groupes armés livrent des combats contre les autorités maliennes au nord du pays. Les Touaregs du Mouvement national de libération de l'Azawad (MNLA) et ceux du groupe armé salafiste djihadiste Ansar Dine s'emparent de la région en mars 2012 et finissent par s'affronter. Une trentaine de membres d'Ansar Dine décident de profaner les mausolées, malgré les mises en garde répétées de l'UNESCO et d'une partie de la communauté internationale.

Les pièges à éviter

Face à un texte riche en informations, il ne faut pas se contenter d'une simple paraphrase mais bien expliquer l'évolution de la situation.

Les attentes du correcteur

On attend du candidat une mise en perspective des événements cités dans le texte, car il s'agit d'une situation tout à fait exceptionnelle pour l'UNESCO et pour l'ONU dans son ensemble, où le patrimoine mondial est considéré, à la fois, dans ses dimensions militaires et judiciaires.

Mobiliser ses connaissances

- Il faut maîtriser la situation politique et militaire évoquée dans le texte : rébellion touarègue, rôle des islamistes, intervention onusienne, etc.
- Il convient aussi de connaître la politique de l'UNESCO en matière de reconstruction et le droit international concernant le patrimoine.

Problématiser le sujet

La problématique amène à se demander dans quelle mesure la destruction, la protection et la reconstruction des mausolées soufis du Mali entre 2012 et 2016 représentent des enjeux géopolitiques majeurs au niveau international.

Plan du sujet

I. La destruction des mausolées en 2012
II. Les reconstructions de 2015-2016
III. L'évolution du cadre de protection

Corrigé : plan détaillé

Les textes en bleu apparaissant dans ce corrigé ne doivent pas figurer dans votre devoir. Nous les avons insérés pour vous guider et vous aider à repérer les parties de l'étude critique des documents.

Les conseils du professeur

Introduction

La destruction du patrimoine est en première ligne des conflits modernes. Les attaques contre la culture sont devenues des armes de guerre, dans une stratégie de nettoyage culturel qui vise, à la fois, les personnes et les supports de leur identité, les institutions du savoir et de la liberté de pensée. En mars 2001, à Bâmiyân, dans le centre de l'Afghanistan, deux immenses statues de bouddhas, érigées entre le IIIe et le VIIe siècles après J.-C., sont détruites à l'explosif par les talibans. Cette action déclenche une vague d'indignation.

accroche

Une profonde émotion se produit aussi, en 2012, à l'annonce de la destruction des mausolées des saints maliens par des islamistes en guerre contre le gouvernement de Bamako. Le document est un extrait

présentation du document

du reportage que France 24 tourne à Tombouctou au moment de la dernière reconstruction de ces mausolées, en février 2016.

En quoi la destruction, la protection et la reconstruction de ces mausolées représentent-elles des enjeux géopolitiques majeurs au niveau international ? Pour y répondre, nous verrons d'abord comment les mausolées ont été profanés. Puis, nous étudierons leur reconstruction en 2015 et 2016. Enfin, nous nous intéresserons à l'évolution profonde du cadre de protection patrimoniale que ces événements ont engendrée.

problématique et annonce du plan

I. La destruction des mausolées en 2012

[argument 1]

Comme le précise le texte, les « groupes djihadistes liés à Al-Qaïda » ont « dicté leur loi » dans la région de Tombouctou à partir de mars 2012. Dès le mois d'avril, la Directrice générale de l'UNESCO appelle l'ensemble des belligérants à assurer la protection des biens culturels. Le 4 mai, elle condamne la profanation du mausolée Sidi Mahmoud par le groupe Ansar Dine. Le 24 mai, l'UNESCO invite le gouvernement du Mali à demander l'inscription de Tombouctou sur la liste du patrimoine mondial en péril.

[argument 2]

L'ensemble est « classé par l'UNESCO au Patrimoine mondial de l'humanité en péril » le 28 juin. Ansar Dine déclare que ces ingérences sont inacceptables et rappelle que, pour les islamistes wahhabites, les saints sont une hérésie (une « idôlatrie » dit le texte) et que les tombes ne doivent jamais être vénérées. En réaction, deux jours plus tard, les destructions commencent. Neuf mausolées sont profanés en juillet, dont deux faisant partie de la mosquée Djingareyber, la plus importante de la ville. De nouvelles destructions ont lieu en octobre. Au total, « quatorze de ces mausolées » ont été détruits. En plus de ceux reconnus par l'UNESCO, dix autres mausolées s'écroulent sous les coups de pioches et de burins.

Le texte n'évoque pas cette chronologie des destructions. On comprend la situation terrible dans laquelle s'est trouvée l'UNESCO qui, voulant sauver les œuvres de la démolition, a déclenché, malgré elle, la réaction destructrice des islamistes.

[argument 3]

Ces actes sont condamnés par l'Organisation de coopération islamique (OCI), l'Organisation islamique internationale pour l'éducation, la culture et la science (ISESCO) et la France. La Communauté économique des États de l'Afrique de l'Ouest (CEDEAO) a même suggéré d'envoyer une force d'intervention armée dans le pays.

[transition]

De par la nature particulière de ces mausolées, l'UNESCO envisage rapidement la possibilité d'opérations de réhabilitation et de reconstruction.

II. Les reconstructions de 2015-2016

[argument 1]

Le texte évoque le « déclenchement, en janvier 2013, d'une opération militaire internationale à l'initiative de la France ». Un an plus tard, en mars-avril 2014, un chantier pilote permet la reconstruction des deux mausolées qui se trouvaient aux abords de la mosquée Djingareyber. Les travaux sont confiés à un groupe de maçons locaux. Entre février et juillet 2015, 8 autres mausolées sont rebâtis.

On peut rappeler que, traditionnellement, après chaque saison des pluies, les mausolées étaient crépis. Les maçons maliens ont donc conservé les traditions de construction, ce qui a permis d'envisager les projets de rebâtir les tombes détruites.

[argument 2]

En février 2016 a donc lieu « une cérémonie de sacralisation, avec lecture intégrale du Coran et prière collective ». C'est donc à cette date que « s'est achevée la patiente œuvre de réhabilitation des sanctuaires de saints musulmans ». Le projet a été conduit par « le représentant de l'UNESCO, Lazare Eloundou », chef du bureau Afrique du Centre du patrimoine mondial.

[argument 3]

Les projets sont financés avec le concours de la Suisse, de l'Union européenne, de la France, de la Norvège, des Pays-Bas, du Bahreïn, de la Croatie, de l'Île Maurice, d'Andorre et grâce au soutien logistique de la Mission multidimensionnelle intégrée des Nations unies pour la stabilisation au Mali (MINUSMA).

[transition]

La situation du patrimoine malien est donc exceptionnelle à plus d'un titre. Cela pousse l'UNESCO et la communauté internationale à faire évoluer le cadre législatif et judiciaire de la protection du patrimoine mondial.

III. L'évolution du cadre de protection

[argument 1]

La reconstruction des mausolées sonne le glas de la Charte de Venise sur la conservation et la restauration des monuments et des sites (1964), qui affirmait que « tout travail de reconstruction devra être exclu » et qu'en cas de « recomposition des parties existantes mais démembrées [...] les éléments d'intégration seront toujours reconnaissables ». Comme le montre le cas malien, la reconstruction est maintenant acceptée par l'UNESCO.

[argument 2]

Une autre nouveauté réside aussi dans le fait que les résolutions adoptées par le Conseil de sécurité sur la situation au Mali ont toutes condamné la destruction du patrimoine culturel en appelant à sa protection, lui accordant, de ce fait, une place centrale. La MINUSMA est aussi la première opération de maintien de la paix de l'ONU à laquelle le Conseil de sécurité a donné un mandat de sauvegarde du patrimoine culturel.

[argument 3]

Le texte évoque enfin la date de « septembre 2015 », « première comparution devant la Cour pénale internationale (CPI) d'un suspect, Ahmad Al Faqi Al Mahdi, membre d'Ansar Dine, accusé d'avoir dirigé les dégradations contre neuf mausolées et une mosquée ». La CPI a finalement reconnu le suspect coupable de crime de guerre et l'a condamné à neuf années de prison.

On peut rappeler que ce procès marque une nouvelle étape dans la pleine reconnaissance de la destruction délibérée du patrimoine comme crime de guerre, après des décennies d'efforts déployés par l'UNESCO et par la communauté internationale, notamment depuis la destruction de la Vieille Ville de Dubrovnik en Croatie, et du Vieux pont de Mostar, en Bosnie-Herzégovine, qui ont renforcé la base juridique et la prise de conscience mondiale que de tels crimes ne peuvent rester impunis.

Conclusion

Le texte montre bien, à travers le cas de Tombouctou, que la protection du patrimoine est un enjeu majeur pour la sécurité des peuples, inséparable de la protection des vies humaines. À chaque moment de la guerre au nord du Mali s'impose la nécessité de préserver les biens inscrits dans la liste du patrimoine mondial de l'humanité. Leur destruction par l'aveuglement et le fanatisme des islamistes provoque une vague d'émotion internationale et précipite la chute des rebelles. Le processus de paix, de justice et de réconciliation passe aussi par la condamnation d'un des auteurs de ces profanations et par ses excuses présentées aux communautés touchées par les destructions. *bilan*

En juillet 2016, le Comité du patrimoine mondial a inscrit les Villes anciennes de Djenné au Mali sur la liste du patrimoine mondial en péril du fait de l'insécurité dans la région qui ne permet pas la mise en œuvre des mesures de protection du bien. L'UNESCO reste mobilisée. *ouverture*

SUJET 14

Patrimoine, la préservation entre tensions et concurrences

DISSERTATION

Dans les années 2010, quels sont les enjeux pour Venise d'une inscription sur la liste du patrimoine mondial en péril ?

Travail préparatoire

Fiche cours 5
Fiches méthodes 1 2

2 heures

Le jour de l'épreuve, vous aurez 4 heures pour traiter la dissertation et l'étude critique de documents : ne consacrez pas plus de 2 heures au traitement de la dissertation.

Analyser le sujet

Définir les mots du sujet

Située sur la côte Nord-Est de l'Italie, Venise, surnommée « la Sérénissime », est l'une des premières destinations touristiques au monde. La ville, sa lagune et ses 118 îlots ont été inscrits sur la liste du patrimoine mondial de l'UNESCO en 1987. Venise était si importante pour l'organisation qu'elle est la seule ville au monde où un bureau spécifique a été créé pour s'en occuper. Depuis les années 2000, les principales menaces et problèmes identifiés sont liés, le plus souvent, à la surfréquentation touristique : pollution, déchets, mouvement des vagues *(moto ondoso)* induit notamment par le trafic maritime, perte de sédiments et érosion des vasières, des marais salants et du fond de la lagune, perte progressive de la population résidente dans le centre historique et sur les îles.

Les pièges à éviter

Le sujet, qui s'inscrit dans la période 2012-2019, ne concerne pas le phénomène des hautes eaux mais plutôt celui de la réglementation de la circulation des croisières.

Les attentes du correcteur

Il s'agit, ici, de montrer la complexité de la gestion d'un des plus importants sites touristiques du monde, soumis à une pression démographique, écologique, économique et politique telle qu'aucune solution durable ne voit le jour depuis plus de quinze ans.

Mobiliser ses connaissances

Il faut expliquer pourquoi, devant l'incapacité des autorités nationales, régionales et locales à protéger efficacement Venise, l'UNESCO a menacé d'inscrire la ville sur la liste du patrimoine mondial en péril.

Problématiser le sujet

Le sujet invite à s'interroger sur la nature des blocages qui empêchent la Sérénissime de pouvoir envisager la mise en place d'un tourisme durable et qui ont, un temps, laissé penser à de nombreux acteurs que la seule solution passait par une mise sous tutelle internationale.

Plan du sujet

I. Venise, capitale du tourisme culturel et de l'industrie de croisière
II. La proposition de l'UNESCO d'inscrire Venise sur la liste des sites en péril
III. Un renoncement de l'UNESCO ?

Corrigé : plan détaillé

Les textes en bleu apparaissant dans ce corrigé ne doivent pas figurer dans votre devoir. Nous les avons insérés pour vous guider et vous aider à repérer les parties de la dissertation.

Les conseils du professeur

Introduction

accroche

En 2017, l'artiste Lorenzo Quinn réalise à Venise une installation de grande envergure où des mains géantes se déploient à la surface du Grand Canal pour soutenir le Palazzo Sagredo qui s'effondre.

analyse du sujet

La situation de Venise est, en effet, très problématique. La surfréquentation touristique entraîne un nombre élevé de nuisances et met en danger l'avenir même de la ville, construite sur pilotis, et de sa lagune.

problématique et annonce du plan

Pourquoi a-t-il même été envisagé, pendant un temps, de placer le patrimoine de la ville sous contrôle international, en déclarant les biens de Venise « en péril » ? Pour répondre à cette question, nous verrons d'abord l'impact du tourisme sur la cité de l'Adriatique. Puis, nous étudierons la proposition de l'UNESCO d'inscrire Venise sur la liste des sites en péril. Enfin, nous nous interrogerons sur les raisons qui ont poussé l'organisation à renoncer à cette solution.

I. Venise, capitale du tourisme culturel et de l'industrie de croisière

[argument 1]

On estime que 26 à 30 millions de touristes visitent actuellement Venise chaque année – un chiffre qui devrait passer à 38 millions d'ici 2025. 60 000 à 80 000 touristes en moyenne visitent la ville chaque jour. Plus de 2 millions de personnes par an arrivent à Venise sur des bateaux de croisière. Le secteur touristique représente plus de 3 milliards de dollars par an de chiffre d'affaires.

Mais la ville ne compte que 54 500 résidents permanents alors qu'elle en accueillait 175 000 dans les années 1950.

[argument 2]

Depuis 2012, l'UNESCO demande aux autorités italiennes d'apporter des éclaircissements au sujet d'un certain nombre de grands projets d'infrastructures, de navigation et de construction sur le territoire du bien protégé, et au sujet des progrès accomplis dans l'adoption d'un décret prévu afin d'interdire la navigation de grands navires de croisière et cargos dans la lagune.

On peut rappeler que de nombreux Vénitiens dénoncent l'impact de ces grands navires sur la cité. Un impact visuel, tout d'abord, car la taille des bateaux de croisières est gigantesque, leur présence brisant l'harmonie architecturale de Venise. Mais c'est surtout l'impact des vagues créées par ces gros bateaux qui abîme, petit à petit, les pilotis des bâtiments et des palais qui est décrié.

[argument 3]

Les énormes bateaux de croisière passent par le centre historique de la ville cinq ou six fois par jour. En 2014, le Fonds mondial pour les monuments (WMF) a mis Venise sur sa liste de surveillance (*World Monuments Watch*) parce que « la navigation de croisière à grande échelle pousse la ville à un point de basculement environnemental et mine la qualité de vie de ses citoyens ».

[transition]

Aucune mesure concrète n'est prise pour limiter les risques liés aux grands transporteurs.

II. La proposition de l'UNESCO d'inscrire Venise sur la liste des sites en péril

[argument 1]

En mars 2014, le tribunal administratif régional pour la Vénétie suspend même l'application de l'ordonnance de la Capitainerie du port de Venise qui réduisait le nombre de navires de croisière qui accédait à la lagune depuis l'Adriatique. En mai suivant, le Comité du patrimoine mondial réagit en envisageant la possibilité de faire figurer Venise sur sa liste des sites en péril. L'UNESCO demande au gouvernement italien de proposer avant février 2016, un ensemble de solutions, pour examen par le Comité du patrimoine mondial en juillet 2016.

L'UNESCO différencie la situation de « péril prouvé », quand il s'agit de menaces imminentes spécifiques et établies, et celle de « mise en péril », quand les menaces pourraient avoir des effets nuisibles à moyen terme.

[argument 2]

Les groupes de pression se mettent en mouvement. En janvier 2016, le gouvernement italien alloue 6 millions d'euros à des travaux de conservation dans la ville. En mars, la lagune est déclarée « le site le plus menacé d'Europe » par Europa Nostra, la principale organisation européenne du patrimoine.

[argument 3]

Le Comité du patrimoine mondial, réuni en juillet 2016, renonce pourtant à déclarer Venise « en péril ». L'UNESCO se contente de réitérer sa demande aux autorités italiennes de fournir d'ici deux ans des preuves que la dégradation de la ville est en train de s'inverser.

[transition]

Comment expliquer ce revirement de l'UNESCO ?

III. Un renoncement de l'UNESCO ?

[argument 1]

En juillet 2019, le Comité du patrimoine mondial adopte, sans discussion, une résolution prévoyant, pour les plus gros navires, le déplacement du port de croisière actuel (Stazione Marittima) vers un nouveau terminal du port industriel de Marghera, toujours à l'intérieur de la lagune. Les navires de taille moyenne emprunteraient le canal Vittorio Emanuele III avant d'atteindre le terminal actuel, donc sans passer par le bassin de San Marco et le canal de la Giudecca.

[argument 2]

Ce projet, soutenu par la municipalité de Venise et les compagnies de croisières, était pourtant critiqué par un grand nombre d'organisations soucieuses de l'environnement et par l'organisme public effectivement chargé du projet, le ministère italien des infrastructures. Il n'a pas non plus été validé par des études d'impact environnemental. Les militants plaident toujours en faveur d'un terminal à l'extérieur de la lagune, au Lido, où les gros cargos déchargent traditionnellement.

On peut rappeler quelques événements. Le 25 septembre 2016 a eu lieu la manifestation *No Grandi Navi* (« Pas de grands navires ») pour bloquer le passage de bateaux de croisière. Le 2 juin 2019, un navire heurte un quai à Venise sur le canal de la Giudecca, blessant plusieurs personnes. Cela relance les appels à déclarer Venise « en danger », comme celui du maire de la ville, Luigi Brugnaro.

[argument 3]

Pour comprendre les revirements de l'UNESCO, il faut avoir à l'esprit que l'Italie est le pays qui possède le plus grand nombre de sites inscrits au patrimoine mondial, ce qui lui confère un poids et une influence considérables au sein de l'organisation. L'ajout de Venise à la liste des sites menacés – qui est dominée par les sites des pays en développement et des pays en conflit (mais qui comprend aussi des villes comme Vienne ou Liverpool) – aurait pu être vue comme honteuse et risquer de nuire à la lucrative industrie touristique. L'argument est aussi économique : Venise maintient à flots toute l'industrie des croisières en Adriatique et le secteur fournit 5 000 emplois aux Vénitiens.

Conclusion

De nombreux acteurs interviennent dans le dossier vénitien : acteurs locaux (municipalité, associations de résidents, gondoliers, etc.), régionaux et nationaux (Vénétie, ministères, etc.) et internationaux (compagnies de croisières, UNESCO, associations de sauvegarde du patrimoine, etc.). La multiplicité des enjeux a tendance à bloquer toute décision d'envergure concernant la mise en place d'un tourisme durable à Venise. | bilan

En novembre 2019, les grandes inondations et les dégâts causés par la montée des eaux ont relancé les débats sur l'inscription de Venise sur la liste du patrimoine en péril. Cette fois, ce ne sont pas les grandes compagnies de croisières qui sont directement visées mais l'État italien et son projet inachevé de digues flottantes, baptisé MOSE. | ouverture

SUJET 15

La France et le patrimoine, des actions majeures de valorisation et de protection

DISSERTATION

Comment la politique publique de gestion du patrimoine a-t-elle évolué en France ?

Travail préparatoire

Fiche cours 6
Fiches méthodes 1 2

2 heures *Le jour de l'épreuve, vous aurez 4 heures pour traiter la dissertation et l'étude critique de documents : ne consacrez pas plus de 2 heures au traitement de la dissertation.*

Analyser le sujet

Définir les mots du sujet

Le patrimoine désigne l'ensemble des biens hérités du père, de la famille, et, par extension, des monuments et des richesses artistiques d'une nation ou d'une communauté. La France a été le premier pays à mettre en place une politique publique active de préservation du patrimoine historique, paysager, puis immatériel.

Les pièges à éviter

Face à un sujet aussi vaste, le premier risque est celui d'une réflexion touristique, en insistant sur les seuls aspects monumentaux, alors que le patrimoine est également culturel, littéraire, gastronomique, etc. Attention donc à ne pas se focaliser seulement sur le patrimoine culturel immobilier, composé principalement des monuments historiques.

Les attentes du correcteur

Chaque partie doit montrer l'évolution de la notion de patrimoine historique.

Mobiliser ses connaissances

Il faut expliquer comment, à partir de la Révolution française, s'imposent peu à peu les notions de monument historique et d'œuvre d'art et pourquoi, à partir des années 1960, la notion de patrimoine s'élargit considérablement.

Problématiser le sujet

Le sujet invite à s'interroger sur une chronologie de la prise de conscience, de la préservation et de l'utilité historique du patrimoine en France. Mais le traitement peut, très bien, être thématique.

Plan du sujet

I. Le patrimoine, une notion ancienne
II. Le rôle de l'État et des politiques publiques dans la protection du patrimoine
III. Conserver le patrimoine pour transmettre quelle Histoire ?

Corrigé : plan détaillé

Les textes en bleu apparaissant dans ce corrigé ne doivent pas figurer dans votre devoir. Nous les avons insérés pour vous guider et vous aider à repérer les parties de la dissertation.

Les conseils du professeur

Introduction

accroche

La mobilisation des Français à la suite de l'incendie de la cathédrale Notre-Dame-de-Paris en avril 2019 témoigne de leur très fort attachement au patrimoine, ce que confirme, chaque année, le succès des Journées européennes du patrimoine.

La notion de « patrimoine » est ancienne et a beaucoup évolué en France. Issu du mot latin *patrimonium* (en français, l'héritage du père), le patrimoine désigne les biens hérités des ascendants qui sont réunis et conservés pour être transmis aux futures générations. Assurer cette conservation est l'objet même de la protection du patrimoine. Très tôt, la gestion de ce patrimoine a été vue comme un instrument de puissance par l'État, véhicule touristique autant qu'économique.

analyse du sujet

La préservation du patrimoine pose deux problèmes : que conserver ? Pour transmettre quoi ? Les réponses à ces questions ont évolué. Nous verrons, d'abord, comment la notion de patrimoine s'est transformée. Puis, nous étudierons le rôle de l'État dans la conservation du patrimoine. Enfin, nous analyserons les changements de focales historiques que ces politiques publiques veulent transmettre.

problématique et annonce du plan

I. Le patrimoine, une notion ancienne

[argument 1]

Le patrimoine historique est constitué de ce qu'on hérite des générations passées. Vouloir le préserver pour le transmettre est une idée ancienne, mais son application aux traces de l'Histoire (monuments, archives, œuvres d'art, enregistrements, etc.) ou aux espaces naturels est plus récente.

[argument 2]

Pendant la Révolution, la confiscation et les destructions de châteaux, églises, œuvres d'art, forteresses, comme la Bastille, devenus « biens nationaux », amènent Alexandre Lenoir à créer en 1795 le musée des Monuments français, pour conserver et exposer les grandes œuvres de l'art français. Les pillages qui accompagnent les conquêtes napoléoniennes viennent ensuite grossir les collections des nouveaux musées, comme au Louvre. Au XIXe siècle, « patrimoine » est synonyme de « grands monuments ». Prosper Mérimée, à la tête de l'Inspection générale des monuments historiques, et les restaurations de l'architecte Viollet-le-Duc permettent de préserver Carcassonne, Vézelay ou le Mont-Saint-Michel.

Prosper Mérimée (1803-1870) est un historien, archéologue et écrivain. Mérimée est nommé en 1834 Inspecteur général des monuments historiques. Par ses inspections à travers la France, on lui doit la sauvegarde de nombreux monuments du patrimoine, comme les basiliques du Puy-en-Velay et de Vézelay, le baptistère Saint-Jean-de-Poitiers, la cathédrale Notre-Dame-de-Paris ou la cité de Carcassonne.

[argument 3]

Au XXe siècle, la notion de patrimoine se mondialise. Les menaces sur les temples de Nubie et leur sauvetage par l'UNESCO permettent, sous la pression américaine et française, de signer en 1972 une Convention internationale qui crée la notion de patrimoine mondial de l'humanité. S'ajoute en 2001 la notion de « patrimoine immatériel », qui désigne l'ensemble des éléments non monumentaux, véhicules de traditions culturelles (danses, art culinaire, chants traditionnels, pratiques musicales, etc.).

[transition]

Parallèlement à l'évolution de la notion de patrimoine, l'État français intervient de plus en plus dans la conservation des biens culturels.

II. Le rôle de l'État et des politiques publiques dans la protection du patrimoine

[argument 1]

Depuis 1790, les Archives nationales conservent les attributs royaux – sceaux et instruments du sacre – et les papiers des ministères, de la même manière que, depuis 1639, la bibliothèque royale, aujourd'hui nationale, reçoit des exemplaires de chaque livre qui paraît en France et, depuis 2006, une copie des œuvres publiées sur Internet. Archives officielles, livres imprimés ou mis en ligne sont donc conservés.

[argument 2]

L'État et les collectivités territoriales participent à la mise en valeur du patrimoine. L'école des Chartes (1821), l'école du Louvre (1882) et l'école du Patrimoine

(1990) en forment les professionnels. La construction de musées est, en grande partie, le fait de l'État et des collectivités territoriales. Le financement d'expositions ou la circulation des œuvres d'art sont facilités par des lois sur le mécénat privé, qui donnent lieu, depuis 1987, à des réductions d'impôts.

[argument 3]

La France compte, aujourd'hui, plus de 45 000 monuments historiques (immeubles) protégés, dont 30 % sont classés, c'est-à-dire soumis au plus haut niveau de protection. Moins de 5 % des monuments historiques appartiennent à l'État : la moitié environ des édifices sont des propriétés privées et l'autre moitié appartient à des communes.

[transition]

« Conserver pour transmettre : on a là la définition exacte de tout patrimoine, qu'il soit familial, national ou international » écrit Nathalie Heinich dans son livre au titre évocateur, *La Fabrique du patrimoine, de la cathédrale à la petite cuillère* (2009). Mais comment transmettre l'Histoire ? Comment répondre aux querelles de mémoire ?

On peut rappeler que la loi du 31 décembre 1913 constitue le fondement du système d'intervention de l'État pour la protection et la sauvegarde des monuments historiques. Des biens peuvent être classés, même en l'absence de consentement du propriétaire. Le propriétaire d'un bien protégé a la responsabilité de sa conservation mais ne peut disposer librement de celui-ci.

III. Conserver le patrimoine pour transmettre quelle Histoire ?

[argument 1]

Au XIXe siècle, l'Empire et les monarchies conservent le patrimoine pour légitimer l'ancienneté de leur pouvoir. La IIIe République, en mettant en avant les figures d'un roman national, se définit comme le régime naturel du pays. Depuis les années 1970-1980, l'essor d'une Histoire jusque-là négligée (l'histoire ouvrière, coloniale, migratoire, l'esclavage, etc.) crée une « Histoire en miettes », comme l'écrit l'historien François Dosse.

[argument 2]

Pour y répondre, faut-il tout conserver ? En 1962, pour protéger le quartier du Marais à Paris, bâti au XVIIe siècle et peu remanié, le ministre de la culture, André Malraux, fait voter une loi qui protège des secteurs urbains considérés comme majeurs sur le plan du patrimoine. Depuis, une partie de l'espace urbain ou rural autour d'un site classé monument historique est placé sous le contrôle des architectes des Bâtiments de France, dont la mission est de conserver le contexte dans lequel ce monument existe, au risque de transformer les villes en villes-musées. L'UNESCO, depuis la Convention de 1972, adopte la même politique.

[argument 3]

Mais, en élargissant la notion de patrimoine, les crédits de l'État et des collectivités, soumis aux contraintes budgétaires, deviennent largement inférieurs aux besoins de sauvegarde et de valorisation. Ils doivent donc être complétés par des fonds privés à l'aide de souscriptions publiques et d'appels aux dons et au mécénat. La mission « Patrimoine en péril », confiée à Stéphane Bern par le président Macron en septembre 2017, a noué un partenariat avec la Française des jeux (FDJ) et la Fondation du patrimoine, organisme privé indépendant créé en 1996.

On peut rappeler que la gestion des monuments par le secteur privé permet aux pouvoirs publics de se défaire des coûts d'entretien et de restauration tout en restant propriétaires des lieux. Sur ce modèle, le château de Versailles doit accueillir en 2021 un hôtel de luxe de 14 chambres et un restaurant gastronomique.

Conclusion

Des évolutions majeures ont marqué la politique publique de gestion du patrimoine en France. Dès la Révolution française, l'État considère que la conservation et la valorisation des biens culturels à valeur historique, artistique, architecturale, technique ou scientifique relève de ses prérogatives. Tout un arsenal règlementaire, juridique et fiscal se met, petit à petit, en place. Mais l'extension du champ du patrimoine, que ce soit à des objets nouveaux d'Histoire ou à des domaines comme les biens immatériels, oblige l'État et les collectivités territoriales à faire appel au secteur privé.

bilan

On peut donc s'interroger sur les politiques actuelles de mécénat culturel, en partant des exemples de Versailles, du Louvre et de Notre-Dame-de-Paris.

ouverture

SUJET 16

La France et le patrimoine, des actions majeures de valorisation et de protection

DISSERTATION

Comment une région entière peut-elle être inscrite au patrimoine mondial dans la catégorie « paysage culturel évolutif vivant », alors que l'activité économique qui a produit ses paysages a disparu ? Vous vous appuierez sur l'exemple du bassin minier du Nord-Pas-de-Calais.

Travail préparatoire

Fiche cours 6
Fiches méthodes 1 2

2 heures

Le jour de l'épreuve, vous aurez 4 heures pour traiter la dissertation et l'étude critique de documents : ne consacrez pas plus de 2 heures au traitement de la dissertation.

Analyser le sujet

Définir les mots du sujet

On parle de patrimonialisation pour désigner le processus de création, de fabrication de patrimoine. Si le phénomène a d'abord concerné la sauvegarde des monuments historiques, il a fallu attendre la fin du XXe siècle pour que le patrimoine paysager soit réellement pris en compte. Les sites comprenant des interactions majeures entre les hommes et le milieu naturel sont reconnus au titre de paysages culturels. Le bassin minier du Nord-Pas-de-Calais est une région de France qui a été ajoutée à la liste du patrimoine mondial de l'UNESCO en 2012. Le bassin comprend 125 communes et s'étend sur 120 km de long sur 23 km de large, soit sur 9,5 % de la superficie de l'ancienne région française du Nord-Pas-de-Calais (qui fait, aujourd'hui, partie des Hauts-de-France). Le paysage de cette région a été façonné par l'extraction du charbon, de la fin du XVIIIe siècle au dernier tiers du XXe siècle, et comporte en son sein un patrimoine industriel minier, des vestiges, mais également des habitats miniers et une urbanisation caractéristique qui sont, aujourd'hui, intégrés aux besoins contemporains des populations locales.

Les pièges à éviter

Il ne s'agit donc pas ici de présenter globalement le patrimoine minier de la région mais d'interroger le caractère « évolutif » et « vivant » des paysages produits par la mono-activité d'extraction de la houille.

Les attentes du correcteur

Il faut maîtriser les termes techniques qui concernent les sites d'exploitations ou carreaux de fosse (chevalements, terrils, cavaliers, berline, cuffat, etc.), les structures qui leur sont liées (corons, etc.) et les noms des métiers (cafus, abouts, porions, hercheurs, boutefeus, galibots, etc.).

Mobiliser ses connaissances

Il faut montrer que la sauvegarde des friches et des vestiges industriels du Nord-Pas-de-Calais devient lentement un enjeu collectif avec des interrogations inédites : doit-on figer les empreintes comme simples témoignages ou faut-il les réhabiliter et leur trouver une nouvelle affectation qui conserve, si possible, leur identité primitive ?

Problématiser le sujet

Le sujet invite à se demander dans quelle mesure les paysages du bassin minier peuvent être considérés comme des paysages vivants et évolutifs et non comme des paysages reliques ou fossiles, composés de vestiges, de séquelles et de stigmates d'un âge industriel révolu.

Plan du sujet

I. Un phénomène de dépatrimonialisation ?
II. Une prise de conscience progressive de l'intérêt du patrimoine paysager minier depuis les années 2000
III. Conservation/préservation de l'héritage ou reconversion/revitalisation ?

Corrigé : plan détaillé

Les textes en bleu apparaissant dans ce corrigé ne doivent pas figurer dans votre devoir. Nous les avons insérés pour vous guider et vous aider à repérer les parties de la dissertation.

Les conseils du professeur

Introduction

En février 2020 sort le film *Mine de rien*, qui raconte l'histoire de deux chômeurs de longue durée, à la peine dans leur formation de réinsertion, qui ont l'idée de construire un parc d'attractions résolument artisanal sur une ancienne mine de charbon désaffectée du bassin du Nord-Pas-de-Calais.

accroche

Avec la fermeture progressive des mines de 1960 à 1990, la désindustrialisation a été synonyme de rupture à la fois sociale, paysagère et économique. Ce n'est que progressivement que se développe l'idée que le paysage minier est un patrimoine non seulement régional, mais aussi à valeur planétaire, qui peut générer de nouvelles activités et être porteur de développement. Des initiatives sont prises pour préserver et reconvertir un certain nombre de biens matériels et immatériels.

analyse du sujet

Comment revitaliser le bassin du Nord-Pas-de-Calais à partir de la mise en valeur de ses paysages miniers ? Nous verrons, d'abord, que cette question ne s'est pas posée dans les années 1990, marquées, au contraire, par un effacement des traces de l'activité minière. Puis, nous analyserons le tournant des années 2000, avec le projet de classement du Bassin par l'UNESCO. Enfin, nous nous interrogerons sur la difficulté de faire vivre un héritage et de concilier passé, présent et futur dans les approches patrimoniales.

problématique et annonce du plan

I. Un phénomène de dépatrimonialisation ?

[argument 1]

L'arrêt des activités extractives s'est accompagné de politiques d'effacement et de destruction des mines de la part des compagnies comme des collectivités. Les vieilles régions industrielles ont légué un paysage considéré à l'époque comme répulsif, déprécié ou dévalorisé (la friche) et un patrimoine « monumental » qui ne relevait pas des caractéristiques esthétiques ou artistiques habituellement associées aux édifices historiques.

[argument 2]

La sortie du film *Germinal*, de Claude Berri, en 1993, fait figure d'exception : il a joué un rôle clé dans la patrimonialisation, le classement au titre des monuments historiques et la renaissance de la friche minière de Wallers-Arenberg (pôle de création numérique et cinématographique d'Arenberg Creative Mine). Cela lui a permis de faire partie des cinq grands sites de la mémoire minière choisis en 1994 dans le cadre du Contrat de Plan État-Région pour accueillir des pôles économiques et culturels régionaux (avec la Cité des électriciens de Bruay-la-Buissière, le Centre historique minier de Lewarde, le 11-19 de Loos-en-Gohelle et le 9-9 bis d'Oignies).

[argument 3]

Mais un bon contre-exemple est la reconversion récréative en 1996 d'un terril de la Compagnie des mines de Nœux à Nœux-les-Mines en piste de ski synthétique ou stade de glisse (Loisinord). On voit ici une poursuite de la politique du terril loisirs, dont les matériaux ont servi de support à la création dans les années 1970 d'une base de loisirs ou d'un parc urbain à vocation ludique (parcs de la Lawe, de la Glissoire, de la Loisne). Les étangs d'affaissement deviennent aussi des bases de loisirs (exemple de la base des Argales) et les cavaliers des réseaux de circulation douce (itinéraires piétons, vélos, ... non motorisés).

On peut aussi évoquer l'exemple significatif de deux musées consacrés à la mine (Maison de la forêt Raismes en 1993 et Maison du terril Rieulay en 1996), installés non pas dans des monuments historiques mais dans de nouveaux bâtiments.

[transition]

Quels degrés d'évolution et quels éléments de modernité peuvent être admis au sein du bassin minier sans que celui-ci perde les composantes de son identité, qui lui confère sa valeur patrimoniale ? Comment redynamiser un territoire patrimonial tout en conservant son intégrité ?

II. Une prise de conscience progressive de l'intérêt du patrimoine paysager minier depuis les années 2000

[argument 1]

En mai 2000 est créée la Mission Bassin Minier avec des représentants des différentes structures (État, région, départements, intercommunalité et membres associés). Dès 2003, la Mission prépare un dossier en vue de classer le bassin minier au patrimoine mondial de l'UNESCO.

[argument 2]

Si entre 1996 et 2009, seuls 4 sites du Bassin sont classés ou inscrits aux Monuments historiques, les choses s'accélèrent en 2009 et 2010 : 69 sites sont ajoutés à l'inventaire. Le processus d'inscription au patrimoine mondial ne prétend pas à la conservation d'une intégrité physique : beaucoup de fosses ou de chevalements ont été détruits entre 1980 et 2000.

[argument 3]

En juin 2012, 353 éléments répartis sur 109 sites sont inscrits au patrimoine mondial de l'humanité par l'UNESCO. Les 17 fosses et les 21 chevalements (structures de levage) sont les sites majeurs, mais l'ensemble donne également une part belle à, notamment, 124 cités ouvrières (qualifiées d'exceptionnelles, remarquables ou témoins), 51 terrils, 54 km de cavaliers miniers, 38 écoles et groupes scolaires, 26 édifices religieux, 22 équipements de santé.

La transformation d'un territoire en « paysage culturel vivant » s'inscrit ainsi dans un processus complexe de sélection de biens et lieux représentatifs. Les biens proposés au classement de l'UNESCO ne représentent que 25 % de la totalité du patrimoine minier recensé.

[transition]

La question qui se pose est donc de savoir comment revitaliser un patrimoine paysager sans le dénaturer. Comment faire vivre le patrimoine et non rentrer dans une dynamique de muséification ?

III. Conservation/préservation de l'héritage ou reconversion/revitalisation ?

[argument 1]

La première solution consiste à renforcer la dimension immatérielle du patrimoine par le programme « Mineurs du monde, mémoires de mines », établi par le Conseil régional depuis 2010 et réalisé en collaboration avec l'INA. Le site Internet dédié recense et présente chronologiquement près 250 documents de différentes natures (actualités, documentaires, entretiens dans le Bassin minier du Nord-Pas-de-Calais comme ailleurs en Europe et en Amérique du Nord).

[argument 2]

La dimension artistique est aussi abordée car elle contribue à rendre le patrimoine vivant et évolutif. En 2004, l'État décide que Lens accueillera l'antenne du Louvre. Le musée du Louvre-Lens est construit sur le site de l'ancienne fosse n° 9. La première pierre est posée en décembre 2009 et l'inauguration a lieu en décembre 2012.

[argument 3]

La dimension sociale n'est pas oubliée. Environ 24 000 logements miniers sont inscrits sur la liste du patrimoine mondial, ils sont majoritairement détenus par deux bailleurs sociaux (Maisons et Cités Soginorpa et le Groupe SIA habitat). Les cités minières se retrouvent au cœur des projets d'aménagement et de vitalisation du territoire. Mais les interventions ne doivent ni remettre en question l'homogénéité de la morphologie urbaine et la cohérence architecturale ni rompre le lien entre le bâtiment et son environnement d'origine.

On peut aussi prendre d'autres exemples d'interventions artistiques et technologiques. Dès la fin des années 2000, une nouvelle technique s'impose comme outil possible de valorisation du patrimoine : le vidéo *mapping*, qui consiste à projeter des images de grande taille sur les terrils locaux.

Conclusion

La « ressource patrimoniale » apparaît comme stratégique dans la valorisation d'un territoire. Le processus de patrimonialisation à l'échelle régionale aboutit à la création d'une identité territoriale renforcée et à l'émergence de nouvelles stratégies économiques et touristiques. L'objectif est de protéger, aménager et valoriser le patrimoine, pour qu'il continue à exister, tout en étant créateur de richesses et en intégrant des fonctions nouvelles, au bénéfice du territoire et de ses habitants. Mais on peut souligner que le caractère vivant vient surtout du fait que le « patrimoine minier » est constitué de lieux et d'édifices restaurés, dont la perception actuelle se fonde sur un état transformé. Le patrimoine réussit à se maintenir, surtout à travers sa réaffectation pour nos besoins modernes, ce qui permet parfois de coupler l'entretien ou la rénovation d'un bien patrimonial avec sa nouvelle fonction (principe de conservation intégrée prôné par la charte de Venise, 1964).

bilan

Prendre en compte les espaces abandonnés, désaffectés ou détruits, y compris dans les espaces exclus du cœur de la patrimonialisation, permettrait peut-être de souligner l'exceptionnalité des bâtiments sauvegardés et de révéler l'état intermédiaire entre une mine fermée et abandonnée et des formes de transformations/patrimonialisations (cinématographiques, de reconversion, etc.).

ouverture

SUJET 17

La France et le patrimoine, des actions majeures de valorisation et de protection

ÉTUDE CRITIQUE DE DOCUMENTS

Analysez le document pour montrer que le repas gastronomique des Français est facteur de rayonnement culturel de la France dans le monde et objet d'action diplomatique.

DOCUMENT

« Avec le Michelin, le Quai d'Orsay mise sur la "gastrono-diplomatie" »

Qu'y a-t-il de commun entre le guide Michelin et le ministère des Affaires étrangères ? *A priori* pas grand-chose. Le 2 février, c'est pourtant sous les dorures du Quai d'Orsay que le Guide rouge dévoile son édition française 2015, en présence du maître des lieux. Laurent Fabius, dont le ministère coiffe désormais le commerce extérieur et le tourisme, croit, en effet, dur comme fer à ce qu'il nomme la « gastrono-diplomatie ». Autrement dit : l'assiette au service de l'inusable « rayonnement de la France dans le monde ».

Le Quai ne se contente pas d'offrir un prestigieux podium à notre Bibendum distributeur d'étoiles, il pilote aussi l'opération « Goût de France/*Good France* » à la gloire de la cuisine hexagonale. Le 19 mars, plus de 1 300 chefs du monde entier (français ou non) mettront à la carte un menu-hommage à la patrie d'Antonin Carême, d'Auguste Escoffier et de Paul Bocuse. [...]

Cette offensive gastrono-diplomatique vise à faire reverdir une balance commerciale française constamment dans le rouge. « À titre d'exemple, on exporte pour 11 milliards d'euros de vins et spiritueux par an ! », rappelle Guy Savoy, l'un des animateurs de cette opération lancée par Alain Ducasse. Il s'agit aussi de conquérir les cœurs (et les ventres) de nouveaux touristes. Laurent Fabius s'est fixé comme « prochain objectif » d'atteindre la barre des 100 millions de visiteurs étrangers en France (contre 84,7 millions en 2013). [...]

Le ministre met son poids dans la balance pour faire rayonner notre gastronomie à un moment où, à l'étranger, il est parfois de bon ton d'annoncer son déclin. Ainsi, en 2014, aucun restaurant français ne figurait parmi les 10 premiers du classement *The World's 50 Best Restaurants*, publié par le magazine britannique *Restaurant*.

Son codirecteur William Drew se défend de tout « *French bashing* », et justifie ainsi ce palmarès aux méthodes très contestées : « La communication par Internet et la facilité à voyager à travers le monde ont construit la notoriété d'autres traditions culinaires. C'est une diversité qu'il faut célébrer mais cela ne veut pas dire que la cuisine française ne reste pas la gastronomie de référence dans le monde. » Le Quai d'Orsay n'est certainement pas la seule chancellerie à pratiquer la « gastrono-diplomatie ».

À Washington, le Département d'État abrite une unité de « *culinary diplomacy* », mais sans ambitions déraisonnables. Il ne s'agit pas d'obtenir, à l'instar de la France en 2010, l'inscription du repas gastronomique des Américains au patrimoine culturel immatériel de l'humanité.

Christian Roudaut, *Le Monde*, 29 janvier 2015.

Travail préparatoire

Fiche cours 6
Fiches méthodes 3 4

2 heures

Le jour de l'épreuve, vous aurez 4 heures pour traiter la dissertation et l'étude critique de documents : ne consacrez pas plus de 2 heures au traitement de l'étude critique de documents.

Analyser le sujet

Analyser le document

- Le document interroge un nouvel instrument de « *soft power* » : la gastronomie. Le classement en 2010 du « repas de fête » des Français au patrimoine culturel immatériel de l'humanité s'inscrit dans une volonté affichée de promouvoir l'image de marque de la cuisine française dans le monde.

- Les enjeux sont, en effet, énormes tant l'exportation de produits agroalimentaires français et l'accueil des touristes sont des secteurs primordiaux de l'économie nationale.

Les pièges à éviter

Bien que le texte ne les mentionne pas explicitement, il ne faut pas omettre de parler des polémiques qui ont suivi l'utilisation marchande du Label mondial de l'UNESCO.

Les attentes du correcteur

On attend du candidat une bonne connaissance des étapes de l'inscription du « repas gastronomique français » sur le registre mondial de l'UNESCO et des enjeux économiques de la gastronomie et de l'œnologie dans le commerce et le tourisme en France.

Mobiliser ses connaissances

- Il faut, à la fois, bien expliquer les notions liées au « patrimoine culinaire » et celles relatives à « la diplomatie culturelle ».
- Il convient aussi de garder à l'esprit les changements politiques survenus en France depuis 2008.

Problématiser le sujet

La problématique amène à se demander en quoi le repas gastronomique des Français est facteur de rayonnement culturel de la France dans le monde et objet d'action diplomatique.

Plan du sujet

I. L'inscription du repas gastronomique au patrimoine culturel immatériel de l'humanité
II. La « gastrono-diplomatie », un atout pour la France
III. La cuisine française : « gastronomie de référence dans le monde » ?

Corrigé : plan détaillé

Les textes en bleu apparaissant dans ce corrigé ne doivent pas figurer dans votre devoir. Nous les avons insérés pour vous guider et vous aider à repérer les parties de l'étude critique des documents.

Les conseils du professeur

Introduction

Pendant la Seconde Guerre mondiale, Churchill aurait harangué ainsi les troupes britanniques : « Souvenez-vous, Messieurs, ce n'est pas seulement pour la France que nous nous battons, c'est pour le champagne ! »

accroche

La gastronomie française est souvent considérée comme une des plus recherchées dans le monde. Elle s'appuie, non seulement sur des produits ou des recettes, mais aussi sur des façons de préparer les repas, de consommer les plats et de déguster les vins ou certains alcools, d'en parler en famille ou entre amis. C'est cette pratique socio-culturelle qui a été mise à l'honneur par l'UNESCO en 2010. Pour autant, au-delà du cadre familial ou amical, la gastronomie est aussi pourvoyeuse de devises car elle est très liée à la vente à l'international des « produits du terroir ». C'est la raison pour laquelle le ministère des Affaires étrangères a souhaité promouvoir « l'assiette française » dans le cadre de manifestations internationales.

présentation du document

Quels sont les buts et les moyens que se fixe la diplomatie française pour mettre en valeur le « repas gastronomique » national ? Nous verrons, d'abord, que le premier moyen a consisté à candidater auprès de l'UNESCO. Puis, nous analyserons la « gastrono-diplomatie » mise en place depuis Laurent Fabius. Enfin, nous nous interrogerons sur la place de la France dans le marché très concurrentiel de la gastronomie et de l'œnologie.

problématique et annonce du plan

I. L'inscription du repas gastronomique au patrimoine culturel immatériel de l'humanité

[argument 1]

Comme le rappelle l'auteur dans le dernier paragraphe, c'est le 16 novembre 2010 que l'UNESCO a inscrit le « repas gastronomique des Français » sur la liste du patrimoine culturel immatériel de l'humanité.

[argument 2]

Il ne s'agissait pas d'honorer la valeur de l'art culinaire des chefs étoilés ou de la gastronomie française en tant que telle mais plutôt celle de la pratique du repas festif partagé lors des grandes occasions, aussi bien par les élites que par les familles modestes, qui « commence par un apéritif et se termine par un digestif, avec entre les deux au moins quatre plats, à savoir une entrée, du poisson et/ou de la viande avec des légumes, du fromage et un dessert ».

[argument 3]

Dès février 2011, à la suite de la campagne « *So French So Good*/Gastronomie française Patrimoine de l'Humanité », l'UNESCO met en garde le gouvernement français contre un usage de son Label à des fins marchandes, dans ce cas précis pour que l'industrie agroalimentaire regagne des parts de marché à l'international.

[transition]

À partir de mai 2012, la France change de Président et Laurent Fabius arrive à la tête des Affaires étrangères, ministère qui « coiffe désormais le commerce extérieur et le tourisme », comme le dit le texte.

On peut rappeler que c'est le président Sarkozy qui a soutenu la candidature française lors du Salon de l'agriculture le 23 février 2008, où il a aussi déclaré : « nous avons la meilleure gastronomie du monde » alors que l'UNESCO rejetait avant tout l'idée d'un « concours d'excellence ». La Mission française du patrimoine et des cultures alimentaires (MFPCA) a associé plusieurs historiens et géographes, dont Jean-Robert Pitte, Francis Chevrier, Pascal Ory ou encore Julia Csergo.

II. La « gastrono-diplomatie », un atout pour la France

[argument 1]

L'expression de « gastrono-diplomatie » est employée pour la première fois par Laurent Fabius dans son discours pour le lancement de l'opération « Goût de France », le 22 octobre 2014. Cette campagne, qui, d'ailleurs, sera conduite chaque année jusqu'à aujourd'hui, consiste à proposer un jeudi du mois de mars ou d'avril, des repas « à la française » dans 150 pays et dans plusieurs milliers d'établissements dont les ambassades.

[argument 2]

Habitués aux compromis, les diplomates ont donc trouvé une solution intermédiaire avec aussi bien des dîners de gala préparés par des chefs étoilés pour les élites et des menus gastronomiques plus abordables proposés par les restaurants locaux. Toutefois, le fait d'avoir associé pour le lancement de cette opération la sortie officielle du Guide Michelin montre bien que c'est davantage la haute gastronomie qui est à l'honneur que le repas festif à la française.

[argument 3]

L'idée est bien de promouvoir l'image d'excellence de la cuisine et de l'œnologie françaises pour « faire reverdir une balance commerciale française constamment dans le rouge ». Le texte rappelle l'importance de la filière du vin, deuxième secteur excédentaire dans notre balance commerciale des biens, après l'aéronautique. Le tourisme est la seconde cible : un tiers des touristes déclarent venir en France pour son patrimoine culinaire.

On peut aussi citer l'exemple du manuel d'enseignement du français langue étrangère intitulé « À Table ! À la découverte du repas gastronomique des Français », édité en janvier 2017 et distribué dans la quasi-totalité des Alliances françaises.

[transition]

Cette poussée diplomatique pour promouvoir la gastronomie française s'explique aussi par le contexte très concurrentiel du secteur.

III. La cuisine française : « gastronomie de référence dans le monde » ?

[argument 1]

Le texte semble confondre diplomatie culinaire et gastrodiplomatie (ou gastrono-diplomatie). Le premier terme correspond à une utilisation de la gastronomie dans un cadre officiel, comme outil diplomatique : la « *culinary diplomacy* » cherche à renforcer les liens d'État à État à travers l'expérience de la haute gastronomie, des plats de chefs, du service dans un cadre somptueux. La gastrodiplomatie est une approche plus globale, visant à attirer l'attention internationale sur un pays à travers la promotion de son patrimoine gastronomique.

[argument 2]

C'est le deuxième secteur qui est considéré aujourd'hui comme rapportant le plus de devises. Mais c'est un secteur très concurrentiel. L'UNESCO, par exemple, a aussi inscrit au patrimoine mondial les pratiques entourant la cuisine traditionnelle mexicaine ou la diète méditerranéenne et les plats ou boissons comme la pizza napolitaine, la bière belge, le vin de Géorgie ou le café arabe. Parmi les candidats à venir, on compte les pratiques concernant la fabrication de la baguette ou celle du couscous.

[argument 3]

Le texte évoque l'onde de choc provoquée par le classement britannique « 50 *Best* » en 2014, qui ne comprenait que cinq restaurants français et encore, pas dans les dix premières places. On trouvait aux rangs d'honneur « d'autres traditions culinaires » (Espagne, Italie, Danemark, Pérou).

On peut rappeler qu'en réaction au « 50 *Best* », le Quai d'Orsay avait confié à l'ancien ambassadeur Philippe Faure le soin d'élaborer chaque année « La Liste, la meilleure sélection gastronomique au monde », issue de la compilation de 715 guides touristiques et de millions d'avis en ligne ; en 2020, parmi les 1 000 meilleures tables, on comptait 130 restaurants au Japon, 125 en Chine, 116 en France, 112 aux États-Unis et 65 en Espagne.

Conclusion

Associée à la grande cuisine, la gastronomie française peine à trouver sa place dans le milieu de gamme, un peu comme dans le secteur de la mode. Les innovations actuelles combinent, à la fois, une dimension sanitaire (mieux manger) et éthique (protéger l'environnement, le traitement des animaux), en privilégiant les produits frais locaux. La « gastrono-diplomatie » part du principe que la France doit globaliser son approche en promouvant à l'international, tout à la fois, son agriculture, ses indications géographiques protégées, ses artisans, son tourisme et sa gastronomie.

bilan

Le président Macron avait émis le souhait de voir naître un nouveau temps fort pour la gastronomie française : le Forum de Paris pour la Gastronomie et l'Alimentation durable, ou Paris *Food Forum*, devait se tenir le 3 juin 2020 à Paris.

ouverture

Thème 5

L'environnement : un enjeu planétaire

L'île Thilafushi (Maldives) recueille 330 tonnes de déchets par jour.

SUJET 18

Exploiter, préserver et protéger

DISSERTATION

La forêt française depuis Colbert, entre exploitation et protection

Travail préparatoire

Fiche cours 7
Fiches méthodes 1 2

2 heures

Le jour de l'épreuve, vous aurez 4 heures pour traiter la dissertation et l'étude critique de documents : ne consacrez pas plus de 2 heures au traitement de la dissertation.

Analyser le sujet

Définir les mots du sujet

La France dispose du plus vaste couvert forestier d'Europe, qui est le résultat de siècles d'interventions humaines. La gestion durable des ressources n'est pas récente mais ses objectifs ont évolué. Depuis les années 1660, toutes les décisions importantes concernant la gestion des forêts correspondent à des grands moments de la construction et du renforcement de l'État.

Les pièges à éviter

Il n'est pas forcément facile de maîtriser le vocabulaire spécifique de la sylviculture : bois de tors, futaie, taillis, équarrissage, etc.

Les attentes du correcteur

Il faut montrer que les objectifs publics ont évolué : les premières mesures de réglementation (Grande ordonnance de 1669) visaient surtout à assurer l'approvisionnement en bois des chantiers de construction navale, indispensables à la politique économique et à la politique étrangère de la France. De même, la création de l'Office national des forêts en 1966 visait à encadrer le programme de sylviculture productiviste. La gestion de la forêt n'entre que progressivement dans une politique de développement durable et de protection de la biodiversité (création du Parc national de forêts en 2019).

Mobiliser ses connaissances

Il faut monter qu'avant le XIXe siècle, les sociétés ne se préoccupent pas de protéger la nature et l'environnement, et ici le couvert forestier. La logique d'exploitation prévaut. Ce n'est qu'à partir des années 1960 que les préoccupations environnementales font lentement leur apparition.

Problématiser le sujet

Le sujet invite à se demander pourquoi la forêt est une préoccupation constante lors des grandes étapes de la construction de l'État en France.

Plan du sujet

I. Freiner la déforestation (1669-1850)
II. Des politiques actives de reboisement (1850-1966)
III. Depuis 1966, un difficile équilibre entre exploitation et préservation

Corrigé : plan détaillé

Les textes en bleu apparaissant dans ce corrigé ne doivent pas figurer dans votre devoir. Nous les avons insérés pour vous guider et vous aider à repérer les parties de la dissertation.

Les conseils du professeur

Introduction

Dans son livre *Main basse sur nos forêts* (2019), Gaspard d'Allens lance une alerte sur l'industrialisation de la forêt en France, qui subit depuis les années

accroche

1960 une logique productiviste, détruisant les emplois, dispersant les produits chimiques, gaspillant l'énergie et réduisant la biodiversité. L'Office national des forêts lui-même organise des coupes massives de hêtres et de chênes séculaires envoyés en Chine. Concilier protection et exploitation intense des forêts françaises semble difficile.

On peut définir la forêt comme une vaste étendue de terrain couverte d'arbres et qui a une existence juridique. La forêt est le résultat de l'action de l'homme. L'exploitation et la protection des forêts sont une préoccupation très ancienne de l'État en France.

analyse du sujet

Pourquoi l'État se préoccupe-t-il des forêts ? Nous verrons, d'abord, que l'objectif premier, entre 1669 et 1850, est de freiner la déforestation massive. Puis, nous analyserons les politiques de boisement mises en œuvre entre 1850 et 1966. Enfin, nous nous interrogerons sur le difficile équilibre depuis la fin des années 1960 entre exploitation et préservation des forêts.

problématique et annonce du plan

I. Freiner la déforestation (1669-1850)

[argument 1]

« La France périra faute de bois » prédit Jean-Baptiste Colbert (1619-1683), principal ministre de Louis XIV et intendant général des Finances. Le pouvoir royal prend conscience des risques liés au mauvais entretien des forêts et à l'absence de véritable politique forestière nationale, au moment où les besoins en bois augmentent pour la construction navale (flotte commerciale et de guerre). La forêt doit être mise au service de la politique économique et étrangère ambitieuse que le pouvoir absolutiste souhaite mener.

[argument 2]

Afin d'améliorer la quantité et la qualité de la production de bois, Colbert entreprend la Grande réformation des forêts royales (1661-1680) et réorganise l'administration des Eaux et forêts par la Grande ordonnance de 1669, qui réglemente strictement l'exploitation et la coupe des bois. Les forêts royales comme la forêt de Tronçais (Allier) doivent répondre aux besoins croissants du pays. Les gardes forestiers sont chargés d'inventorier, de marquer les arbres et d'entretenir les forêts royales.

On peut préciser que le bois utilisé pour la construction navale, appelé « bois de marine », devait provenir d'arbres spécifiques dont le fil n'était jamais strictement droit (bois tors ou bois courbe, par exemple).

[argument 3]

Malgré cela, le recul de la forêt se poursuit jusqu'en 1830. En 1789, on estime la surface forestière entre 8 et 9 millions d'hectares, très dégradés, contre 30 à l'époque gallo-romaine. Les forêts ne représentent que 13 % de la superficie française. En 1824, la création de l'école forestière de Nancy (aujourd'hui École nationale des eaux et forêts) permet de former des personnels aux techniques de la protection et de l'amélioration sylvicoles. Le Code forestier de 1827 poursuit et étend l'objectif de l'ordonnance de 1669.

[transition]

Comment expliquer qu'après 1850 la forêt s'étend à nouveau en France ?

II. Des politiques actives de reboisement (1850-1966)

[argument 1]

Napoléon III fait preuve d'un intérêt particulier pour les questions forestières. Le Second Empire met en place une politique de boisement à grande échelle (Sologne, Champagne) à partir de propriétés impériales. Cette politique de boisement favorise particulièrement, à partir de 1857, l'apparition de la forêt des Landes de Gascogne sur des terres pauvres du sud-ouest de la France. L'objectif est de créer de nouvelles ressources et d'assainir et d'assécher les marais littoraux.

On peut rappeler que la forêt des Landes de Gascogne, dominée par le pin maritime, est le premier massif résineux d'Europe. Son exploitation génère près de 30 000 emplois. La présence d'une filière de transformation contribue à la protection et au développement de cette forêt.

[argument 2]

Cette politique de boisement est poursuivie par l'action de la IIIe République dans les zones de montagne, très dégradées par l'érosion des sols du fait du surpâturage et de la surexploitation du bois. En 1882, l'État lance un programme de restauration des terrains de montagne (RTM).

[argument 3]

En 1946 est créé le fonds forestier national destiné à répondre aux besoins en bois liés à la fin de la guerre et à la reconstruction, à valoriser économiquement la forêt française et à désenclaver les massifs isolés.

[transition]

Le fonds forestier national disparaît en 1999. De nouvelles politiques sont, en effet, menées à partir des années 1960 mais dont les résultats sont contestés.

III. Depuis 1966, un difficile équilibre entre exploitation et préservation

[argument 1]

La république gaullienne crée, en 1960, le statut de parc national. Quatre premiers parcs voient alors le jour : le Parc national de la Vanoise et celui de l'île de Port-Cros en 1963, celui des Pyrénées en 1967, et celui des Cévennes en 1970.

[argument 2]

En 1966, sous l'impulsion du ministre de l'Agriculture Edgard Pisani, l'Office national des forêts (ONF) reprend certaines missions de l'Administration des eaux et forêts. Mais l'ONF doit s'autofinancer, essentiellement par la vente de bois ; la forêt française, comme son agriculture, entre dans le productivisme et l'exportation. La sylviculture bénéficie, d'autre part, de la mécanisation de l'agriculture et de l'amélioration génétique.

On peut préciser que 1,8 % de la forêt française est classée en aires protégées. Outre les forêts domaniales (appartenant à l'État) et les forêts communales, la France compte 3,5 millions de propriétaires forestiers qui n'ont souvent ni les moyens ni le projet de l'exploiter.

[argument 3]

Les destructions occasionnées par les tempêtes de 1999 ont obligé la France à redéfinir sa gestion forestière. La loi d'orientation sur la forêt et le développement durable est votée en 2001. La mise en valeur et la protection des forêts sont reconnues d'intérêt général. La forêt française couvre actuellement 17 millions d'hectares, soit plus de 30 % du territoire, et représente 10 % de la forêt européenne. La France possède également 8,3 millions d'hectares de forêts tropicales dans ses territoires d'outre-mer.

Conclusion

Avant le XIXe siècle, les sociétés ne se préoccupent pas de protéger la nature et l'environnement. Lorsque Louis XIV promulgue l'ordonnance qui réglemente l'usage des eaux et des forêts (1669), cela ne relève pas de considérations écologiques : il cherche, avant tout, à fournir à la marine de guerre les ressources en bois dont elle a besoin. La reprise du couvert forestier à partir des années 1850 s'explique par l'abandon du charbon de bois, l'utilisation d'autres moyens de construction, la politique de boisement et la déprise agricole. Cette reforestation pose, depuis les années 1960, la question de la malforestation, c'est-à-dire des risques d'une sylviculture industrielle, d'un usage productiviste de la forêt et de cycles courts de plantation à des fins commerciales. L'ONF est, aujourd'hui, critiquée et confrontée à de nouvelles difficultés (endettement, baisse des effectifs, etc.) : une privatisation indirecte est à l'ordre du jour. | bilan

Le 7 novembre 2019 a été officiellement créé le onzième parc national français, entre la Côte d'Or et la Haute-Marne. Il porte le nom de « Parc national de forêts » et relève de l'Agence nationale de la biodiversité. La création de ce parc ouvre peut-être une nouvelle ère de protection des forêts, avec de nouveaux objectifs liés au développement durable et à la protection des écosystèmes fragiles. | ouverture

SUJET 19

Exploiter, préserver et protéger

ÉTUDE CRITIQUE DE DOCUMENTS

Analysez les documents pour montrer que l'histoire du rôle des individus et des sociétés dans l'évolution des milieux connaît plusieurs ruptures.

DOCUMENT 1

François Bonhommé, Carrières de charbon et d'argile à Montchanin en Saône-et-Loire, *1860*

Aquarelle sur papier, Hôtel de ville de Montchanin.

DOCUMENT 2

Le Néolithique, matrice de l'Anthropocène ?

Valérie Disdier : Comment est-on passé de l'exploitation de la nature par l'homme, dans un « faire avec », à la surexploitation ? […]

Jean-Paul Demoule : [Au Néolithique], l'agriculture étant essentiellement céréalière – blé et orge au Proche-Orient et en Europe, riz et millet en Chine, maïs aux Amériques, sorgho en Afrique –, il faut déboiser massivement par le feu, la hache, et donc les paysages commencent à se transformer. [...] Et nous constatons aussi qu'il y a une agriculture itinérante qui suggère des phénomènes d'épuisement des sols, du moins avec les techniques traditionnelles, d'une part, et éventuellement d'envahissement par les mauvaises herbes. [...] Donc oui, on peut constater ces problèmes de surexploitation à partir du Néolithique, c'est pourquoi je fais partie de ceux qui feraient commencer l'Anthropocène au Néolithique. [...]

Michel Lussault : Il y a eu sans doute plusieurs moments où des changements furent si lourds que rien ne pouvait plus fonctionner comme auparavant. C'est ainsi qu'il faut comprendre le concept de « grande accélération » proposé par des chercheurs comme Will Steffen, pour signaler cette rupture contemporaine post-1950 où l'on est entré dans une phase systématique de surexploitation du milieu, en raison des exigences liées à l'urbanisation.

Valérie Disdier, Entretien croisé de Jean-Paul Demoule et Michel Lussault, École Urbaine de Lyon, le 28 novembre 2019.

Travail préparatoire

Fiche cours 7

Fiches méthodes 3 4

2 heures

Le jour de l'épreuve, vous aurez 4 heures pour traiter la dissertation et l'étude critique de documents : ne consacrez pas plus de 2 heures au traitement de l'étude critique de documents.

Analyser le sujet

Analyser les documents

- Le débat porte sur l'histoire de la surexploitation du milieu par l'homme et la datation du début de ce que de nombreux chercheurs appellent « l'Anthropocène », c'est-à-dire la période la plus récente de l'histoire de la Terre où les activités humaines ont commencé à avoir un impact global significatif sur le climat et les écosystèmes de la planète.

- François Bonhommé (1809-1881) est l'un des premiers peintres à représenter avec une grande fidélité les nouveaux lieux de l'industrie de la France du milieu du XIXe siècle, entre Abainville et Le Creusot. Entre 1854 et 1867, il parcourt le très riche gisement de houille qui s'étendait en profondeur de façon continue depuis Montchanin et Le Creusot jusqu'au sud de Montceau. Il nous dépeint les paysages en pleine transformation sous l'effet des industries naissantes.
- Jean-Paul Demoule est archéologue et préhistorien. Michel Lussault est géographe et spécialiste d'études urbaines. Tous les deux travaillent en tant qu'experts scientifiques à une exposition sur les liens entre Néolithique et Anthropocène, prévue au musée des Confluences à Lyon entre octobre 2020 et août 2021.

Les pièges à éviter

Il convient d'employer avec prudence le terme de « révolution » car les transformations profondes liées au Néolithique et à l'âge industriel ne se sont pas faites sur de courtes périodes et n'ont pas, non plus, concerné toutes les parties du monde.

Les attentes du correcteur

On attend du candidat de montrer les débats concernant l'impact des hommes sur leur environnement : réalité de la notion d'Anthropocène, ruptures ou moments de bifurcation, accélérations du processus d'anthropisation.

Mobiliser ses connaissances

- Il faut bien connaître les mutations liées à la néolithisation et à l'industrialisation.
- Il convient aussi de ne pas oublier l'importance de la phase qui suit la Seconde Guerre mondiale.

Problématiser le sujet

La problématique amène à se demander quelles sont les grandes ruptures qui marquent les relations des sociétés humaines à leur environnement.

Plan du sujet

I. La rupture de la « révolution industrielle »
II. Une « grande accélération » depuis la fin de la Seconde Guerre mondiale
III. Un Anthropocène qui commencerait au Néolithique ?

Corrigé : plan détaillé

Les textes en bleu apparaissant dans ce corrigé ne doivent pas figurer dans votre devoir. Nous les avons insérés pour vous guider et vous aider à repérer les parties de l'étude critique des documents.

Les conseils du professeur

Introduction

Dans *Race et histoire* (1952), l'anthropologue Claude Lévi-Strauss développe l'idée que l'histoire de l'humanité est marquée par deux ruptures majeures : la « révolution néolithique », à la fin de la préhistoire, et la « révolution industrielle », à partir de la fin du XVIIIe siècle. Chacune de ces « révolutions » se serait traduite par un changement dans les relations des sociétés humaines à leur environnement.

accroche

Le premier document est un tableau du peintre François Bonhommé qui montre les débuts de l'industrialisation de la région de Montceau-les-Mines et ses effets sur les paysages. Le second document est un entretien récent qui réunit un préhistorien et un spécialiste de géographie urbaine pour savoir de quand dater les débuts de la surexploitation des milieux par les hommes.

présentation des documents

Quelles sont les grandes ruptures qui marquent les rapports des sociétés humaines à leur environnement ? Pour y répondre, nous verrons, d'abord, que c'est l'industrialisation qui est considérée comme le principal tournant dans ces relations. Puis, nous nous intéresserons à

problématique et annonce du plan

la notion de « grande accélération » post-1950. Enfin, nous nous demanderons si le Néolithique ne constitue pas aussi une rupture dans l'évolution de l'impact des hommes sur leur milieu.

I. La rupture de la « révolution industrielle »

[argument 1]

Le tableau de François Bonhommé montre bien l'imbrication du nouveau paysage industriel dans le paysage rural traditionnel du bassin de Montceau. On voit que les ensembles forestiers sont au contact immédiat des sites d'extraction. Chaque site est signalé par le panache de fumée d'une cheminée, correspondant donc au fonctionnement d'une machine à vapeur. La « révolution industrielle » désigne le processus d'intensification et d'extension des activités industrielles reposant sur des innovations technologiques et sur l'utilisation de combustibles fossiles.

[argument 2]

Au premier plan, on voit un regroupement d'hommes et ce qui semble être une carte géologique. La compagnie minière doit projeter de nouveaux forages à cet endroit. On peut observer à proximité un grand chevalement, avec une machine d'extraction reliée à un câble et qui sert à remonter ou à descendre les mineurs, ainsi que le minerai. À l'arrière-plan, on distingue bien le tracé du canal du Centre, voie fluviale de transport du charbon exporté.

[argument 3]

C'est Paul Crutzen, chimiste atmosphérique néerlandais et prix Nobel, qui a popularisé le mot « Anthropocène » en 2000. Il a soutenu alors que le phénomène de croissance des concentrations atmosphériques de plusieurs gaz à effet de serre avait commencé avec l'avènement des usines à charbon et des centrales électriques de l'ère industrielle. Il a proposé de dater son début à l'invention de la machine à vapeur par James Watt en 1784.

On peut rappeler que le terme d'« Anthropocène » fait débat dans la communauté scientifique. Certains parlent de « Capitalocène » pour souligner le rôle de la « révolution capitaliste », d'autres de « Numéricène » pour mettre en avant l'importance de la « révolution numérique », d'autres encore de « Plantatiocène » pour évoquer la « révolution de la monoculture de plantation ».

[transition]

Mais pour de nombreux chercheurs, plus que la rupture induite par l'industrialisation, c'est la « grande accélération » de la seconde moitié du XXe siècle qui marque le plus les nouveaux rapports des sociétés à l'environnement.

II. Une « grande accélération » depuis la fin de la Seconde Guerre mondiale

[argument 1]

Le texte souligne la « grande accélération » de l'impact des activités humaines sur la géologie, l'environnement, le climat et les écosystèmes terrestres depuis la fin de la Seconde Guerre mondiale. C'est en 2007 que le terme est mis en avant par le chimiste Will Steffen et l'historien environnemental John R. McNeill, tous deux américains. En 2016, McNeill publie *The Great Acceleration: An Environmental History of the Anthropocene since 1945*.

[argument 2]

Pour suivre les effets de l'activité humaine sur la Terre, les chercheurs du programme international Géosphère-Biosphère, dont faisait partie Will Steffen, utilisent un certain nombre de données sur les tendances socio-économiques et sur les tendances du système terrestre, notamment la population, la croissance économique, l'utilisation de l'eau, le transport, les émissions de gaz à effet de serre (GES), la température de surface et l'utilisation des ressources halieutiques. Depuis 1950, les tendances augmentent de manière significative, voire exponentielle.

[argument 3]

D'autres scientifiques retiennent aussi un début de l'Anthropocène dans les années 1950. C'est le cas du groupe de recherche interdisciplinaire nommé *Anthropocene Working Group*, créé en 2009. Son objectif est de fournir des preuves scientifiques pour que l'Anthropocène soit officiellement ratifié par l'Union internationale des sciences géologiques (UISG) en tant qu'unité de temps géologique.

[transition]

Quand l'anthropisation, c'est-à-dire la transformation d'espaces, d'écosystèmes ou de milieux naturels sous l'action de l'homme, commence-t-elle ? Est-ce au Néolithique que débutent les forçages anthropiques, c'est-à-dire les perturbations par les sociétés des équilibres environnementaux ?

On peut rappeler que les théories de la « grande accélération » sont associées à celles de la « sixième extinction » et, dans la sphère de la collapsologie, à celles du « grand effondrement ».

III. Un Anthropocène qui commencerait au Néolithique ?

[argument 1]

Dans le texte, Jean-Paul Demoule fait remonter le début de l'Anthropocène au Néolithique, la seconde période de la Préhistoire marquée par le début de l'élevage et de l'agriculture, entre 9 000 et 2 000 avant notre ère. L'auteur n'évoque pas ici la domestication d'espèces animales mais la culture des espèces végétales dans les foyers du Proche-Orient vers 9 000 avant notre ère, de la Chine et du Mexique vers 8 000 avant notre ère et de l'Afrique sahélienne vers 3 000 avant notre ère.

On peut compléter la liste des foyers et des espèces végétales : banane et taro dans le foyer de Nouvelle-Guinée vers 7 000 avant notre ère, pomme de terre dans le foyer des Andes vers 5 000 avant notre ère.

[argument 2]

La « révolution néolithique » déterminerait ainsi durablement le rapport des hommes à la nature, marqué par « une course permanente au progrès technique [...] pour pouvoir exploiter des sols plus difficiles à travailler ». On peut, par exemple, évoquer le cas de l'invention de l'araire au Néolithique.

[argument 3]

Les émissions de CO_2 liées à la déforestation par brûlis des premiers agriculteurs et les émissions de méthane liées à la riziculture et à l'élevage auraient pu provoquer les premiers changements climatiques. C'est l'hypothèse de l'Anthropocène précoce ou « *early anthropocene* » proposée pour la première fois par William Ruddiman en 2003. Elle postule qu'à partir de 6 000 avant notre ère

(CO_2) et 3 000 avant notre ère (méthane), les concentrations atmosphériques de gaz à effet de serre auraient cessé de suivre le schéma périodique de hausses et de baisses qui avait précisément caractérisé leur comportement passé à long terme, en relation avec les variations naturelles de l'orbite terrestre.

Conclusion

Du Néolithique à nos jours, les sociétés humaines ont exercé une pression croissante sur les ressources naturelles afin d'assurer leur développement. Elles en ont ainsi profondément modifié les équilibres, avec deux accélérations majeures au cours des « révolutions » néolithique et industrielle. Le Néolithique marque le début de la maîtrise de l'environnement par les hommes et son artificialisation par le contrôle de la matière vivante – végétale et animale. La domestication et la destruction de la nature deviennent les conditions de la pratique agricole : on parle de rupture systémique car tout retour en arrière devient impossible. L'économie de production apparue au Néolithique perdure jusqu'à la fin du XVIIIe siècle. Les « révolutions » industrielles, de la fin du XVIIIe siècle aux années 1960, constituent une deuxième rupture dans les rapports de l'homme à son environnement. Elles reposent sur l'exploitation massive des ressources du sol et du sous-sol, notamment les énergies fossiles. Elles s'accompagnent d'un recul de la biodiversité et d'une dégradation environnementale accélérée (pollutions, changement climatique, etc.). Il semble, cependant, que c'est à partir de 1950 que la pression des activités humaines connaît l'influence la plus déterminante sur l'état de santé de la planète. Cette « grande accélération » de l'impact des activités humaines (industrialisation, modernisation de l'agriculture) est liée à une forte consommation d'énergie et de matières premières (phosphate, uranium, etc.).

bilan

Une autre histoire des débuts est celle de la prise de conscience de l'impact des sociétés humaines sur l'environnement.

ouverture

SUJET 20

BAC 2022
Asie-Australie

Exploiter, préserver et protéger

DISSERTATION

Les sociétés et leur environnement : des relations anciennes et complexes.

Travail préparatoire

Fiches cours 7 8
Fiche méthodes 1

2 heures

Le jour de l'épreuve, vous aurez 4 heures pour traiter la dissertation et l'étude critique de documents : ne consacrez pas plus de 2 heures au traitement de la dissertation.

Analyser le sujet

Définir les mots du sujet

- Le sujet est au cœur du programme de spécialité et permet de mobiliser l'axe 1 « Exploiter, préserver et protéger » et une partie de l'axe 2 du thème 5 (ne doit être mobilisée ici que l'approche historique, « les fluctuations climatiques et leurs effets »). Comme le précise le programme, « l'étude de ce thème a comme objectif d'analyser l'évolution des rapports entre les sociétés et leurs milieux, et notamment les changements environnementaux non désirés qu'ils induisent [...]. Une difficulté éventuelle réside dans la mobilisation attendue des deux axes tout en laissant de côté des aspects géopolitiques.
- On peut définir les sociétés comme les ensembles d'individus qui vivent à une époque et/ou dans un territoire déterminés. L'environnement est non seulement ce qui constitue le cadre

de vie d'un individu ou d'un groupe, ce qui l'entoure, mais plus précisément une combinaison d'éléments naturels, artificiels et culturels en interaction.

Les pièges à éviter

Il ne faut pas seulement parler de l'impact des hommes sur l'environnement. Les relations entre les sociétés et leurs milieux sont à étudier dans les deux sens (idée d'interactions). Attention également à ne pas réduire la protection de l'environnement à la lutte contre le changement climatique.

Les attentes du correcteur

- Les relations entre les sociétés et leur environnement sont à étudier dans le temps long, depuis la Préhistoire, avec deux périodes clés dont la qualification de « ruptures » est à souligner.
- Les exemples traités dans l'objet conclusif concernant les États-Unis et la question environnementale peuvent illustrer de façon pertinente la dissertation.

Problématiser le sujet

- La problématique attendue est de ce type : « Comment les sociétés humaines interagissent-elles avec leur environnement ? »
- Des problématiques plus développées et précises peuvent cependant être valorisées, comme : « En quoi les relations entre les sociétés et l'environnement concernent aussi bien l'impact des milieux sur les hommes que l'anthropisation des milieux, aussi bien les pressions humaines croissantes sur les milieux (exploitation intensive des ressources, destructions et pollutions) que les actions humaines de protection (exploitation raisonnée et durable, mesures de préservation) ? »

Plan du sujet

Le candidat peut rencontrer des difficultés pour structurer le devoir avec un sujet de ce type. Différents plans sont possibles :
– **des plans thématiques :** un plan organisé en trois parties : pressions humaines croissantes sur l'environnement, impact des milieux sur les sociétés, mesures de protection de l'environnement ; un plan alternant relations anciennes/relations complexes.

– **un plan chronologique**, qui insistera sur les périodes clés : Néolithique, industrialisation du XIXe siècle, période actuelle.

Le corrigé développe un plan thématique :

I. Des sociétés en prise avec un milieu sauvage à maîtriser
II. Un environnement de plus en plus surexploité par les sociétés
III. Des sociétés soucieuses de protéger et conserver leur environnement ?

Corrigé : plan détaillé

Les textes en bleu apparaissant dans ce corrigé ne doivent pas figurer dans votre devoir. Nous les avons insérés pour vous guider et vous aider à repérer les parties de l'étude critique des documents.

Les conseils du professeur

Introduction

La résilience des habitants des bayous de la Louisiane, dans le sud des États-Unis, est impressionnante. Victimes d'ouragans de plus en plus violents, comme Katrina ou Harvey, les habitants de la région restent déterminés à continuer à vivre sur leurs terres ancestrales. Cet enracinement local nous montre bien les liens étroits existant entre les sociétés et leur environnement. accroche

On peut définir les sociétés comme les groupes de personnes vivant à une période donnée et/ou dans un espace défini. L'environnement est la combinaison d'éléments naturels, artificiels et culturels en interaction. analyse du sujet

Quelles interactions complexes lient les hommes et l'environnement de la Préhistoire à nos jours ? Nous verrons d'abord que la question du milieu a été perçue comme celle d'une nature sauvage à maîtriser. Puis nous analyserons les modes de surexploitation croissante de l'environnement par les sociétés, notamment industrialisées. Enfin, nous nous interrogerons sur le difficile équilibre depuis les années 1960 entre exploitation et préservation de l'environnement. problématique et annonce du plan

I. Des sociétés en prise avec un milieu sauvage à maîtriser

[argument 1]

Au Paléolithique et au Mésolithique, entre 1 million d'années et environ 9000 av. J.-C., les sociétés humaines sont soumises aux forces de la nature et à ses aléas. Les individus sont nomades et leurs ressources sont étroitement liées à la chasse, la pêche et la cueillette. Les hommes sont donc obligés de se déplacer au gré des saisons et des migrations des troupeaux d'animaux. Une première rupture se produit au IXe millénaire av. J.-C. au Proche-Orient, dans le Croissant fertile. Des groupes humains adoptent l'agriculture et l'élevage ainsi que l'outillage en pierre polie, la poterie et le tissage. Ces profondes transformations techniques et sociales s'accompagnent d'une sédentarisation (premiers villages) et modifient radicalement les liens entre les sociétés et l'environnement. Pour la première fois de son histoire, l'homme perçoit la possibilité de maîtriser le monde qui l'entoure.

On peut préciser que si certains auteurs ont parlé de « révolution néolithique », le phénomène de néolithisation ne s'est pas diffusé de manière rapide, linéaire et uniforme et n'a pas, non plus, concerné toutes les parties du monde. Le Néolithique commence par exemple en Chine vers 6000 av. J.-C.

[argument 2]

Il convient donc de mesurer le chemin qui nous sépare de celui des sociétés anciennes. Si l'on se promène aujourd'hui avec plaisir dans les forêts européennes, il faut garder en mémoire que ces grands espaces boisés ont longtemps été des repoussoirs pour les sociétés humaines, qui les percevaient comme une zone de ténèbres. Durant l'Antiquité, les Romains parlent à leur propos d'un espace sauvage, la *« silva »*. On mesure dans les légendes médiévales la perception qu'ont les hommes des forêts, associées à des espaces inhospitaliers et dangereux, peuplés de bêtes sauvages et de brigands. Les déboisements et défrichements qui se succèdent en Europe, notamment entre le XIe siècle et le XIIIe siècle, mettent peu à peu fin à cette vision. Il faut d'ailleurs souligner que ce sont souvent les fluctuations climatiques qui sont à l'origine de nouveaux modes d'exploitation des milieux par les sociétés (« optimum climatique médiéval » entre le Xe siècle et le XIVe siècle, « petit âge glaciaire » entre le début du XVe siècle et la fin du XIXe siècle).

[argument 3]

On retrouve la volonté de maîtriser l'espace sauvage dans la conception nord-américaine de la *wilderness*. L'exploration de la *wilderness* aux États-Unis a débuté au XIXe siècle, à la suite de l'expansion territoriale fulgurante après l'achat des colonies françaises en Amérique du Nord. C'est notamment l'expédition Lewis et Clark, entre 1804 et 1806, qui a permis de lancer la conquête de l'Ouest, tandis que les œuvres littéraires d'auteurs comme John Muir ont également inspiré de nombreux Américains. Cette « destinée manifeste », d'ordre providentiel, et ce projet du « *Go West !* » se sont matérialisés dans la construction de la *First Transcontinental Railroad* (1863-1869), représentée par le tableau de John Gast intitulé *American Progress* (1872). Encore de nos jours, le cinéma s'empare de cette fascination américaine pour la « nature sauvage », comme dans le film *Into the Wild* (2007).

John Muir est connu pour ses récits d'aventures dans les régions montagneuses de Californie. Il a fondé le Sierra Club, qui reste aujourd'hui une des principales organisations environnementales américaines.

[transition]

Comment est-on passé de la maîtrise de la nature à la surexploitation des ressources environnementales ? Avec quelles conséquences ?

II. Un environnement de plus en plus surexploité par les sociétés

[argument 1]

On désigne sous le terme de ressources (naturelles) l'ensemble des richesses du sol et du sous-sol qui présentent une utilité pour les sociétés humaines. Après la rupture de la néolithisation, les chercheurs en histoire environnementale considèrent que c'est l'industrialisation qui marque la seconde étape de l'anthropisation des milieux. À partir de la fin du XVIIIe siècle, la première puis la deuxième « révolution industrielle » accélèrent le rythme d'exploitation de l'environnement. La création de nouvelles machines (à vapeur puis à explosion) et l'utilisation de nouvelles énergies (charbon, pétrole, électricité) permettent d'atteindre une croissance économique effrénée. Cette industrialisation massive s'accompagne d'une urbanisation généralisée. Les préoccupations environnementales ne concernent alors que les villes et consistent à prendre un certain nombre de mesures dites hygiénistes pour assurer des conditions sanitaires susceptibles de freiner la propagation des épidémies.

[argument 2]

À partir des années 1950, on assiste même à une « grande accélération » de l'impact des activités humaines sur l'environnement, en lien avec la généralisation de la mondialisation des échanges au niveau de la planète (conteneurisation des marchandises commercialisées, etc.). C'est aussi à cette époque qu'a lieu le Grand Smog de Londres (1952), considéré encore aujourd'hui comme la pire pollution atmosphérique (ici le dioxyde de soufre) de toute l'histoire du Royaume-Uni.

[argument 3]

La surexploitation désigne le stade où le prélèvement d'une ressource dépasse sa capacité à se reconstituer ou se renouveler naturellement. Cette surexploitation concerne principalement la surpêche, la chasse intensive d'animaux sauvages, l'abattage excessif de bois de chauffage, le surpâturage et l'épuisement des terrains agricoles. Elle provoque une réduction de la biodiversité, c'est-à-dire de la richesse et de la variété des espèces vivantes. Pour les combustibles fossiles et les métaux, on parle même de finitude des ressources.

[transition]

Comment les sociétés réagissent-elles face à cette situation ? Les mesures prises sont-elles à la hauteur des risques encourus ?

On peut rappeler que cette forte anthropisation des milieux est parfois désignée sous le terme d'« Anthropocène ». L'humanité serait ainsi entrée dans une période (géologique), où les activités humaines ont de fortes répercussions sur les écosystèmes de la planète et les transforment à tous les niveaux, surpassant même les forces géophysiques. Rappelons toutefois que ce terme fait débat dans les communautés scientifiques (indicateurs, date de début…).

III. Des sociétés soucieuses de protéger et conserver leur environnement ?

[argument 1]

La prise en compte de la diminution des ressources et la notion de « gestion durable » ne datent pas du XXe siècle. L'idée de concilier exploitation et protection, d'encadrer et de fixer des limites aux prélèvements de richesses naturelles se retrouve déjà dans la Grande ordonnance de Colbert de 1669. Le ministre de Louis XIV entend bien protéger la forêt française pour assurer suffisamment de bois pour la construction navale du pays, au service de l'expansion maritime voulue par le Roi-Soleil. Lorsque Napoléon III, en 1857, décide de planter à grande échelle des pins dans les espaces marécageux et insalubres des Landes, il a aussi en tête le besoin de traverses pour la construction des voies ferrées, alors en pleine expansion sur tout le territoire.

[argument 2]

Cette protection de l'environnement va jusqu'à définir de véritables espaces « sous cloche », où toute exploitation est formellement interdite. C'est le cas aux États-Unis avec la création du parc de Yellowstone (Wyoming) en 1872 puis de Yosemite (Californie) en 1890 (qui avait déjà fait l'objet d'une protection particulière en 1864). En France, c'est surtout dans les années 1960 que les parcs nationaux se développent, comme le parc de la Vanoise (1963).

[argument 3]

De grandes rencontres internationales ont pour objectif de mesurer l'état de la destruction de l'environnement et des espèces et de proposer des mesures efficaces. On peut citer d'abord la Conférence des Nations unies sur l'environnement et le développement, plus connue sous le nom de sommet de la Terre, qui s'est tenue à Rio de Janeiro en 1992. Un Agenda 21 énumère quelque 2 500 recommandations pour la mise en œuvre du développement durable au niveau des territoires. Des

On peut rappeler que c'est à l'issue du premier sommet de la Terre à Stockholm en 1972 (le rapport Meadows date de la même année) que la conférence des Nations unies décide de créer le Programme objectifs de développement durable (ODD) sont aussi fixés en 2012. Mais l'exemple de la taxe carbone et du principe pollueur-payeur montre que l'application de mesures efficaces diffère largement selon les pays.

des Nations unies pour l'environnement (PNUE). C'est le PNUE (avec l'Organisation météorologique mondiale) qui crée ensuite en 1988 le Groupe d'experts intergouvernemental sur l'évolution du climat (GIEC).

Conclusion

Les relations entre les sociétés et l'environnement sont anciennes et complexes. « Nous n'héritons pas de la terre de nos ancêtres, nous l'empruntons à nos enfants » affirme un proverbe sioux. Si cette volonté de préserver le milieu naturel est ancienne, les sociétés modernes ont pourtant largement contribué à la surexploitation des ressources naturelles et à la réduction de la biodiversité. Depuis les années 1960 heureusement, des réflexions sont menées pour trouver un équilibre entre exploitation et préservation de l'environnement.

bilan

On peut toutefois se demander si des mesures comme la réduction des articles en plastique à usage unique sont suffisantes pour envisager un véritable développement durable.

Ouverture

SUJET 21

Le changement climatique : approches historique et géopolitique

ÉTUDE CRITIQUE DE DOCUMENTS

Analysez les documents pour montrer que les fluctuations du climat, du Moyen Âge au XIXe siècle, ont des effets sur les conditions de vie des Européens.

DOCUMENT 1

Le climat a une histoire

Il semble, selon certains travaux, qu'on ait eu autour de l'an mil de notre ère un petit optimum du climat : des glaciers alpins devenus très courts, de belles forêts de conifères remontant à cette époque très haut dans les Alpes suisses sur les emplacements qui, plus tard, seront occupés par les glaciers, les gravats et les moraines. [...]

Un refroidissement très net des printemps et des étés s'est instauré pendant la seconde moitié du XVIe siècle, en particulier entre 1560 et 1600. Ce refroidissement a culminé pendant la décennie 1590 : les mauvaises récoltes, consécutives à cette situation, firent alors bondir le prix du blé dans d'assez nombreuses régions européennes, déchaînant ainsi les famines. Ajoutons que les hivers, eux aussi, ont été tendanciellement froids pendant cette seconde moitié du XVIe siècle. On peut parler, du moins pour l'Europe occidentale, d'un refroidissement d'ensemble du climat. C'est ce qu'on a appelé le « *little ice age* » (petit âge glaciaire). [...]

La mauvaise conjoncture de l'époque de Louis XIV (particulièrement lors des crises de la fin du règne, de 1690 à 1715), s'explique par le poids de la guerre et de l'impôt sur l'organisme national ; cependant, il est certain qu'une conjoncture climatique défavorable a également joué son rôle. Les famines de 1693 et de 1709 se sont traduites par de désastreuses mortalités et par une langueur économique qui ajoutait ses effets à ceux de la guerre.

Emmanuel Le Roy Ladurie, « Le climat a une histoire », *L'Histoire*, décembre 1978.

DOCUMENT 2

Températures moyennes reconstituées dans l'hémisphère Nord, du Moyen Âge au XIXe siècle

Variations de température (°C) relatives à la moyenne des années 1981-1990

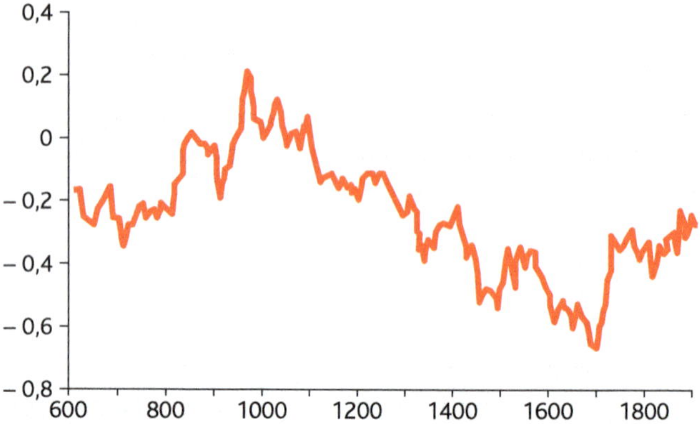

Fredrik Charpentier Ljungqvist, *Geografiska Annaler*, Vol. 92, p. 345, 2010.

Travail préparatoire

Fiche cours 8

Fiches méthodes 3 4

2 heures

Le jour de l'épreuve, vous aurez 4 heures pour traiter la dissertation et l'étude critique de documents : ne consacrez pas plus de 2 heures au traitement de l'étude critique de documents.

Analyser le sujet

Analyser les documents

- Les documents permettent de réfléchir aux grands changements climatiques survenus entre 600 et 1900.
- Emmanuel Le Roy Ladurie, né en 1929, professeur honoraire au Collège de France, est un des meilleurs spécialistes français de l'histoire du climat. Dès 1967, il publie une *Histoire du climat depuis l'an mil*. Le présent article date de 1978. Il est donc ancien et on peut se demander comment l'historien a pu établir ces fluctuations du climat.

- Fredrik Charpentier Ljungqvist est un historien médiéviste suédois, spécialiste de paléoclimatologie, né en 1982. C'est une toute autre génération d'historien, qui s'appuie sur des méthodes scientifiques.

Les pièges à éviter

Il convient de nuancer l'impact des fluctuations climatiques antérieures à 1900 sur les changements politiques et socio-économiques des sociétés européennes. L'« optimum médiéval » ne correspond pas qu'à des progrès et, en sens inverse, le « petit âge glaciaire » ne s'accompagne pas que d'épisodes dramatiques.

Les attentes du correcteur

On attend du candidat de montrer que les deux documents se complètent pour étudier les variations climatiques entre 600 et 1900. Le texte permet, aussi, de fournir une réflexion sur les liens entre ces changements et l'évolution des conditions de vie de la population européenne.

Mobiliser ses connaissances

- Il faut bien connaître les méthodes utilisées par les historiens et les paléoclimatologues pour étudier les changements climatiques.
- On peut, éventuellement, élargir la réflexion sur l'impact des changements à d'autres exemples comme l'année 1788-1789, la Fronde ou la Glorieuse Révolution anglaise de 1688.

Problématiser le sujet

La démarche consiste à s'interroger, dans un premier temps, sur les sources et les méthodes pour étudier, à la fois, l'évolution du climat et les conditions de subsistance des populations. Dans un second temps, on peut se demander si les périodes de réchauffement correspondent à des améliorations du cadre de vie et les phases de refroidissement à des ralentissements des activités.

Plan du sujet

I. Comment connaître l'histoire du climat et des crises de subsistance ?
II. Le « petit optimum médiéval » (POM), époque de progrès ?
III. Le « petit âge glaciaire » (PAG), période de crise ?

Corrigé : plan détaillé

Les textes en bleu apparaissant dans ce corrigé ne doivent pas figurer dans votre devoir. Nous les avons insérés pour vous guider et vous aider à repérer les parties de l'étude critique des documents.

Introduction

Selon l'historien suisse Christian Pfister, l'un des précurseurs de l'étude du climat et des catastrophes, « l'historien souhaite relier les paramètres de l'histoire du climat à des processus économiques, sociaux et démographiques ». Mais les hommes et les femmes du Moyen Âge perçoivent essentiellement les événements climatiques extrêmes et les changements saisonniers, à travers surtout le développement des plantes et des cultures. Il n'existe pas réellement de mémoire collective des fluctuations du climat sur le temps long.

accroche

Les deux documents sont l'œuvre de deux historiens, spécialistes de climatologie. Le premier texte, daté de 1978, présente deux grandes fluctuations climatiques et certaines conséquences de ces changements sur les sociétés humaines. Le graphique, daté de 2010, permet, lui, de périodiser cette évolution des températures sur le long terme et de s'interroger sur les sources des historiens pour connaître et mesurer les modifications du climat.

présentation des documents

Quels sont les effets des fluctuations du climat, du Moyen Âge au XIXe siècle, sur les conditions de vie des Européens ? Pour répondre à cette question, nous nous interrogerons d'abord sur les sources d'information qui permettent de connaître l'histoire du climat et des conditions de vie des hommes. Puis, nous étudierons la première période, marquée par un réchauffement, pour savoir si elle a été propice à l'amélioration des conditions de vie des populations. Enfin, nous analyserons la seconde période, celle du refroidissement climatique, pour nous demander si elle a été synonyme de crises.

problématique et annonce du plan

I. Comment connaître l'histoire du climat et des crises de subsistance ?

[argument 1]

Le texte nous révèle quelles sont les sources d'information de l'historien. Il y a d'abord l'évolution des « glaciers alpins » (ligne 2). Grâce au glacier d'Aletsch, en Suisse, étudié par l'école de glaciologie de Berne et de Zürich, nous avons une idée du climat en Europe occidentale à partir de 1500 avant Jésus-Christ. L'auteur évoque aussi les arbres : la dendroclimatologie étudie les anneaux de croissance des chênes, notamment. Mais bien que le plus vieil arbre européen identifié date de la fin du VIIIe siècle, rares sont ceux antérieurs au XIe siècle.

[argument 2]

L'autre source pour les historiens sont les récits de « mauvaises récoltes » et de « famines ». Tous les événements inhabituels donnent lieu à des écrits depuis l'Antiquité. Les épisodes de disette, qui entraînent de fortes mortalités, se retrouvent ainsi dans les archives, les journaux, les chroniques ou les annales.

[argument 3]

Pour reconstituer les températures du document 2, les paléoclimatologues se basent sur différents systèmes biologiques ou physiques (glaces polaires, sédiments marins, stalagmites, etc.) qui sont sensibles au climat et qui laissent une trace qui peut être mesurée. Les séries temporelles obtenues à partir de ces enregistrements sont appelées des « proxys ».

[transition]

Quelle périodisation de l'histoire climatique se dessine à travers l'étude de ces différentes sources ?

On peut rappeler que les séries thermométriques ne commencent en Europe que dans la seconde moitié du XVIIe siècle. Ce sont les relevés parisiens de l'astronome Ismaël Boulliau et du docteur Louis Morin de Saint-Victor, qui ont permis à l'historien Daniel Rousseau d'élaborer, en 2015, la plus longue série mensuelle connue au monde, avec un début en 1658.

II. Le « petit optimum médiéval » (POM), époque de progrès ?

[argument 1]

L'expression « petit optimum médiéval » est employée dans le premier paragraphe du document 1 pour désigner une période de hausse des températures moyennes en Europe, marquée par des phases sèches. On sait qu'Emmanuel Le Roy Ladurie estime cette hausse à environ 1,4 °C aux alentours de l'an mil en Europe occidentale et jusqu'à 4 °C le long des côtes du Groenland. Elle semble, en revanche, moins élevée dans le graphique.

[argument 2]

Cette période, marquée par des étés un peu plus chauds et des hivers plus doux, se situerait, selon le texte, « autour de l'an mil ». On retrouve ce pic de température dans le graphique. Si on étend ses limites, on peut dater le POM, que les scientifiques qualifient d'« anomalie climatique médiévale », de 900 à 1300.

[argument 3]

Les effets de cette tiédeur des températures ne sont pas précisés dans le texte. Le POM est contemporain de défrichements importants, de rendements agricoles un peu plus élevés et de l'essor démographique notable du « beau Moyen Âge ». À l'époque, les Vikings colonisent une région qu'ils baptisent Groenland et la vigne apparaît des pays où elle était absente jusque-là (Angleterre, Allemagne, Belgique).

[transition]

La période suivante est-elle marquée par un ralentissement économique et plus de crises de subsistance ?

L'exemple des Vikings montre que l'adaptation au changement climatique n'est pas une simple question technique : à la fin de l'optimum médiéval, les Vikings ont disparu du Groenland alors qu'à quelques kilomètres d'eux, les Inuits disposaient d'un modèle économique qui leur a permis de survivre jusqu'à nos jours. Mais adopter ce modèle aurait sans doute remis trop gravement en cause le fonctionnement de la société viking et la position de leurs élites.

III. Le « petit âge glaciaire » (PAG), période de crise ?

[argument 1]

Le « petit âge glaciaire » est mentionné dans le second paragraphe. Il s'agirait d'un « refroidissement d'ensemble du climat », « pendant la seconde moitié du XVIe siècle, en particulier entre 1560 et 1600 ». L'auteur précise que « ce refroidissement a culminé pendant la décennie 1590 ». On peut ajouter que le PAG se traduit souvent par des précipitations en été et des conditions anticycloniques très froides et très longues en hiver.

[argument 2]

Ce PAG est bien visible dans le graphique. On sait qu'il correspond globalement à des périodes de très faible activité solaire (particulièrement lors du minimum allant de 1645 à 1715 étudié par l'astronome Maunder). Si on étend là encore ses limites, on peut le dater de 1300 à 1860.

[argument 3]

Dans le document 1, l'historien s'interroge sur le rôle de ce PAG dans la « langueur économique » de la fin du règne de Louis XIV, « de 1690 à 1715 » et, notamment, dans les terribles « famines de 1693 et de 1709 ». Pour comprendre les crises de subsistance, il faut, bien sûr, rappeler « le poids de la guerre et de l'impôt sur l'organisme national ». Mais le PAG n'a pas dû manquer de s'ajouter aux difficultés déjà rencontrées.

On peut rappeler quelques chiffres. En 1693, à la suite d'un été pluvieux, une famine entraîne 1,3 million de morts supplémentaires alors que la France compte alors 20 millions d'habitants. En 1709, une baisse moyenne des températures de 3 degrés en janvier, qui peut entraîner des nuits à – 30 degrés, fait 630 000 morts de plus que d'ordinaire.

Conclusion

bilan

Depuis le Moyen Âge, en Europe, les historiens du climat et les paléoclimatologues constatent, à l'aide de sources multiples et variées, une période de léger réchauffement entre 900 et 1300, à laquelle succède jusqu'en 1860 une baisse globale des températures. Ces variations ont des conséquences sur les populations et leurs activités. Dans des sociétés où l'essentiel des ressources et de la richesse provient de la terre, les hommes sont très dépendants du climat. Les travaux des historiens comme Emmanuel Le Roy Ladurie ont permis d'établir que les famines et les événements politiques et socio-économiques qui les ont parfois accompagnées (révoltes, frondes, rébellions, insurrections) étaient souvent dus à la combinaison de guerres et de mauvaises récoltes en lien avec le climat.

ouverture

On pouvait aussi s'interroger sur les effets des changements climatiques sur les épidémies. Il est ainsi possible que le passage de la peste bubonique à une forme plus dangereuse, la peste pulmonaire, en 1348, ait été influencé par la fréquente, froide et lourde pluviosité estivale des années 1340.

SUJET 22

Le changement climatique : approches historique et géopolitique

DISSERTATION

En quoi les accords internationaux sur le climat sont-ils devenus un enjeu important des relations internationales ?

Travail préparatoire

Fiche cours 8

Fiches méthodes 1 2

2 heures

Le jour de l'épreuve, vous aurez 4 heures pour traiter la dissertation et l'étude critique de documents : ne consacrez pas plus de 2 heures au traitement de la dissertation.

Analyser le sujet

Définir les mots du sujet

Depuis les années 1970-1980, avec la prise de conscience mondiale de l'accélération du réchauffement planétaire, le climat est devenu un enjeu géopolitique qui nécessite la mise en place d'une coopération internationale. Mais la question climatique, malgré les apparences (mobilisation de l'ONU sur la question, organisation annuelle de COP, etc.), n'a pas été une préoccupation centrale de la géopolitique mondiale des cinquante dernières années.

Les pièges à éviter

Il ne faut pas ici choisir un plan thématique car le sujet invite implicitement à montrer une évolution de la place de la question du changement climatique dans les relations internationales.

Les attentes du correcteur

Il faut bien maîtriser les grandes dates des accords sur le climat (Rio, Kyoto, Paris) et bien connaître le vocabulaire spécifique : sommet de la Terre, COP, CNUCC, PNUE, GIEC, GES, etc.

Mobiliser ses connaissances

Il faut souligner que ce n'est qu'à partir des années 1970 qu'ont lieu les premières conférences sur le climat et les premières évaluations des risques liés au changement climatique. Mais, malgré la prise de décisions concrètes à partir des années 1990, la réduction des GES se heurte aux intérêts économiques des grandes puissances.

Problématiser le sujet

Le sujet invite à se demander en quoi les discussions internationales sur le climat reflètent l'évolution géopolitique et scientifique mais aussi les réticences des grandes puissances à s'engager dans un changement de modèles de société et de développement économique.

Plan du sujet

I. Une prise de conscience mondiale dans les années 1970-1980
II. L'essor de la coopération internationale (années 1990-années 2010)
III. L'accord de Paris (2015) et ses limites

Corrigé : plan détaillé

Les textes en bleu apparaissant dans ce corrigé ne doivent pas figurer dans votre devoir. Nous les avons insérés pour vous guider et vous aider à repérer les parties de la dissertation.

Les conseils du professeur

Introduction

« Le concept de réchauffement climatique a été créé par et pour les Chinois pour rendre l'industrie américaine non compétitive » a déclaré Donald Trump, président des États-Unis, le 1er juin 2017.

accroche

La citation montre bien les enjeux géopolitiques et économiques que représente le réchauffement climatique et les tentatives d'accords (ou de désaccords ici) entre puissances polluantes pour lutter contre ses effets.

analyse du sujet

Jusqu'à quel point peut-on dire que les accords internationaux sur le climat sont devenus un enjeu important des relations internationales ? Pour répondre à cette question, nous verrons d'abord que la prise de conscience des dangers d'un réchauffement climatique et les premiers accords internationaux ont été tardifs. Nous montrerons, ensuite, que l'essor de la coopération internationale en matière de climat reflète le déplacement du centre de gravité économique mondial. Enfin, nous analyserons les espoirs et les déceptions survenus autour de l'accord de Paris en 2015.

problématique et annonce du plan

I. Une prise de conscience mondiale dans les années 1970-1980

[argument 1]

Il faut attendre 1972 pour qu'ait lieu, à Stockholm, la première conférence internationale sur le climat qui aboutit à la création du Programme des Nations unies pour l'environnement (PNUE). Désormais, l'habitude est prise d'organiser des Sommets de la Terre pour réunir les dirigeants mondiaux tous les dix ans.

[argument 2]

À la fin des années 1970, les scientifiques évoquent les rejets de CO_2 comme cause probable du réchauffement climatique. Cette prise de conscience pousse la communauté internationale à réagir.

On peut évoquer la première Conférence mondiale sur le climat en 1979. Elle fait l'état des lieux des connaissances sur le climat, et sur l'impact de sa variabilité et de son évolution sur les sociétés humaines.

[argument 3]

Si le sommet de Nairobi (1982) n'aboutit à aucune avancée réelle, un Groupement intergouvernemental d'experts sur le climat (GIEC) est créé par l'ONU en 1988 pour étudier la responsabilité de l'homme dans le changement climatique. La mission du GIEC est d'évaluer les risques liés au changement climatique. Pour cela, il réalise un état des lieux de la recherche et des connaissances sur les différents aspects du changement climatique. Ses rapports réguliers sont les documents de référence des conférences internationales sur le climat.

[transition]

La fin de la guerre froide, et des blocages à l'ONU de la plupart des grandes décisions planétaires par l'un des deux Grands, permet-elle d'envisager de nouvelles négociations sur le climat ?

II. L'essor de la coopération internationale (années 1990-années 2010)

[argument 1]

Le sommet de Rio (1992) débouche sur des décisions concrètes : un plan d'action écologique pour le XXIe siècle (Agenda 21) et une convention sur le climat à l'origine du protocole de Kyoto (1997) prévoyant une réduction de l'émission des gaz à effet de serre pour les pays signataires. Mais le protocole de Kyoto n'entre en vigueur qu'en 2005. Le respect du protocole de Kyoto est déjà symptomatique des tergiversations des grandes puissances les plus polluantes, qui tardent à y entrer (Russie, Chine), ne le ratifient pas (États-Unis) ou s'en retirent (Canada).

[argument 2]

Adoptée à Rio en 1992, la Convention-cadre des Nations unies sur les changements climatiques (CNUCC), entérinée au départ par 166 pays, met en place la COP (Conférence des parties), c'est-à-dire la réunion annuelle de tous les États signataires afin d'évaluer l'efficacité des accords de Rio, et de les prolonger ou de les modifier.

[argument 3]

C'est l'Europe qui joue le rôle de locomotive des négociations de l'ONU jusqu'à la fin des années 2010. Elle s'efforce de mettre en œuvre des actions concrètes (contraintes sur les entreprises). À partir de la conférence de Bali en 2007, les pays en développement deviennent une force du processus onusien. Ils défendent l'idée d'une

Les travaux du GIEC, qui rassemble plus de 3 000 scientifiques internationaux, ont prouvé en 2001 l'existence d'un réchauffement climatique et établi, en 2013, le lien entre les activités humaines et le réchauffement. Ces résultats ont fait reculer le climato-scepticisme, attitude de rejet des théories scientifiques sur le changement climatique en cours, souvent au nom de convictions religieuses ou de la défense des intérêts économiques.

prise en charge financière de l'adaptation des pays en développement par les pays riches, au nom de la « dette climatique ».

[transition]

La 21e Conférence des parties, qui se tient à Paris en 2015, affiche des objectifs encore plus ambitieux.

III. L'accord de Paris (2015) et ses limites

[argument 1]

Lorsque s'achève la COP21 à Paris en décembre 2015, on parle de « sommet historique » puisque la communauté internationale s'engageait, dans son ensemble, à limiter le réchauffement du climat. Le retrait des États-Unis en 2017, de l'Australie en 2018 et le non-respect des engagements par de nombreux acteurs ont, depuis, en partie refroidi les espoirs.

On peut rappeler que l'accord de Paris est fondé sur le principe de différenciation. Chaque État doit prendre des engagements à la hauteur de ses capacités et de ses responsabilités. L'accord cherche à établir une répartition juste des efforts entre pays industrialisés, pays émergents et pays pauvres.

[argument 2]

Avec 197 adhérents aujourd'hui, les prises de décision deviennent malaisées lors des COP, même si un secrétariat basé à Bonn planifie les sommets et collecte les informations utiles à leur préparation. Les objectifs fixés sont ambitieux (pour l'UE, une baisse en 2030 de 40 % des émissions de GES par rapport à 1990) mais il n'existe aucun pouvoir de police pour contraindre efficacement au respect des engagements pris. La lenteur de la mise en application est aussi une limite : l'examen des engagements de l'accord de Paris de 2015 est, par exemple, prévu en 2023-2025 seulement.

[argument 3]

De nouveaux acteurs jouent un rôle croissant. Depuis 2015, la Chine se positionne comme leader de la lutte pour le climat, malgré ses contradictions internes (refus de réduire ses émissions de GES, poids du charbon). Les citoyens, surtout, exercent une pression croissante sur les dirigeants : marche du siècle en mars 2019 qui rassemble des millions de jeunes dans plus de 120 pays, procès contre les États au nom de la justice climatique (condamnation des Pays-Bas en 2018).

Conclusion

Les instances internationales tardent à s'organiser pour faire face à la question du réchauffement climatique. Le GIEC n'est créé par l'ONU qu'en 1988. Les seuls accords notables sont le protocole de Kyoto en 1997, sur la limitation des gaz à effet de serre, et l'accord de Paris de 2015, qui fixe un cadre universel de coopération internationale. Les grandes puissances du Nord peinent à respecter les timides engagements des COP. Cela tient à leur difficulté à changer de modèle – et à le faire accepter aux opinions publiques. Pour les pays émergents comme la Chine, l'Inde, le Brésil ou l'Afrique du Sud, il est difficile de renoncer à un modèle de développement économique auquel ils commencent à accéder. Si les objectifs discutés lors des réunions internationales suscitent des résistances, c'est donc parce qu'ils entrent souvent en contradiction avec des intérêts économiques majeurs ou la sauvegarde de secteurs stratégiques pour les pays concernés. Dans les faits, les résultats des accords internationaux sur le climat sont maigres et les institutions « climatiques » restent les moins abouties de toutes les organisations internationales.

bilan

L'ONU prévoit 250 millions de déplacés climatiques en 2050. On peut se demander en quoi le sujet de la création d'un statut de « réfugié climatique » reflète les tensions géopolitiques à l'œuvre actuellement.

ouverture

SUJET 23

Les États-Unis et la question environnementale : tensions et contrastes

ÉTUDE CRITIQUE DE DOCUMENTS

Analysez le document pour montrer que les États-Unis ont su, très tôt, dépasser une conception purement productiviste et prédatrice de la nature.

DOCUMENT

Discours du président américain Lyndon B. Johnson lors de la signature du Wilderness Act, *le 3 septembre 1964.*

Les grandes avancées dans la conservation de nos ressources ont eu tendance à se produire dans des périodes marquées par des efforts concertés. La première, je pense, a été sous la direction d'un grand président républicain, Theodore Roosevelt. Cela a conduit à l'adoption du *Reclamation Act* et à la création des forêts nationales. S'est développée une nouvelle forme de gestion à l'échelle nationale.

La deuxième période a été placée sous la direction d'un grand président démocrate, Franklin Delano Roosevelt. Il a conduit cette nation à reboiser la terre et à développer les ressources pour améliorer la vie de chacun d'entre nous. Il l'a fait par l'intermédiaire de la TVA, du CCC[1], du Service de protection des sols et des programmes de gestion de l'eau.

Quiconque étudie objectivement le bilan du 88e Congrès devrait, je pense, conclure qu'une autre ère historique a commencé cette année. Des mesures ont été prises pour préserver la pureté de l'air, la qualité de l'eau et l'absence de pesticides dans les aliments, pour protéger la faune et la flore, pour conserver les précieuses ressources en eau.

Je pense qu'il est significatif que ces mesures soient largement soutenues non seulement par le parti démocrate, mais aussi par le parti républicain, les deux partis du Congrès. Par exemple, le projet du

---

1. TVA (*Tennessee Valley Authority*) et CCC (*Civilian Conservation Corps*) sont des programmes de lutte contre la pauvreté liée à la déforestation et la sécheresse, reposant sur l'emploi de plusieurs centaines de milliers de chômeurs.

Wilderness Act est devant le Congrès depuis 1957, mais il a été adopté cette année avec 73 voix contre 12 au Sénat et 373 voix contre 1 à la Chambre.

Je suis très satisfait de la détermination, de la sagesse et de la démarche énergique de l'éminent et talentueux Secrétaire à l'Intérieur, ainsi que du leadership dont il a fait preuve dans ce domaine d'une côte à l'autre du pays. Pour leur leadership sur ces projets de loi, je suis particulièrement reconnaissant au sénateur Anderson, qui a été à l'avant-garde de la législation en matière de conservation depuis son arrivée à la Chambre, au sénateur Jackson, au membre du Congrès Aspinall et aux membres des deux partis siégeant dans les importantes commissions qui ont présenté un rapport sur ces projets de loi.

Travail préparatoire

Fiche cours 9
Fiches méthodes 3 4

2 heures

Le jour de l'épreuve, vous aurez 4 heures pour traiter la dissertation et l'étude critique de documents : ne consacrez pas plus de 2 heures au traitement de l'étude critique de documents.

Analyser le sujet

Analyser le document

- Aux XVIIe et XVIIIe siècles, les premiers colons qui débarquent sur la côte Est des États-Unis rencontrent une nature réputée sauvage, avec d'immenses forêts peu transformées par les Amérindiens. Cette expérience a marqué durablement le rapport des Américains à la « *wilderness* ».
- D'un autre côté, l'environnement est essentiellement perçu dans sa dimension productive. L'immensité du territoire semble garantir des ressources naturelles illimitées et encourage une exploitation prédatrice, qui culmine au début de l'âge industriel dans la seconde moitié du XIXe siècle. La rapide dégradation des milieux naturels accompagne la progression des pionniers sur tout le territoire.

- La fin du XIXe siècle marque un tournant. C'est l'État fédéral qui se met à intervenir dans la protection de l'environnement.

Les pièges à éviter

Il faut se méfier de la « concertation » entre Républicains et Démocrates dont parle l'auteur. Très tôt, l'environnement devient une question politisée aux États-Unis et donne lieu à des clivages entre les deux principales formations politiques du pays.

Les attentes du correcteur

On attend du candidat qu'il s'interroge non seulement sur le rôle de l'État dans les défis environnementaux qui se posent dans le pays mais aussi sur l'articulation entre État fédéral et États fédérés dans la gestion des milieux.

Mobiliser ses connaissances

- Il faut bien connaître les notions de *wilderness*, de préservation et de conservation.
- Il faut aussi maîtriser les grands repères de l'histoire des interventions publiques et des lois sur l'environnement aux États-Unis.

Problématiser le sujet

La problématique amène à se demander comment l'État fédéral et les États fédérés ont tenté de concilier une conception productiviste et prédatrice des ressources de la nature et une approche protectionniste de l'environnement.

Plan du sujet

I. Une prise de conscience précoce de l'importance de la conservation
II. Les risques environnementaux au début des années 1960
III. Les rôles respectifs de l'État fédéral et des États fédérés

Corrigé : plan détaillé

Les textes en bleu apparaissant dans ce corrigé ne doivent pas figurer dans votre devoir. Nous les avons insérés pour vous guider et vous aider à repérer les parties de l'étude critique des documents.

Les conseils du professeur

Introduction

accroche

Les États-Unis ont fondé leur puissance sur la mise en valeur de ressources immenses, avec l'appui d'une main-d'œuvre jeune et dynamique issue des différentes vagues d'immigration. Mais ce pays des grands espaces conquis et sauvages, précurseur de la protection de l'environnement, a fondé sa puissance sur un modèle économique de surexploitation des ressources, qui met à mal l'environnement.

présentation du document

Le texte est un discours du président américain Lyndon B. Johnson lors de la signature du *Wilderness Act*, le 3 septembre 1964. « *Wilderness* » est un terme biblique qui désigne l'espace ou nature sauvage, non conquis. Étymologiquement, le mot désigne, en anglais, le lieu des bêtes sauvages, un chaos désordonné, échappant à l'activité et au contrôle de l'homme.

problématique et annonce du plan

Comment l'État fédéral et les États fédérés ont-ils tenté de concilier une conception productiviste et prédatrice des ressources de la nature et une approche protectionniste de l'environnement ?

I. Une prise de conscience précoce de l'importance de la conservation

[argument 1]

Dans son discours, Lyndon B. Johnson rappelle, d'abord, les premières mesures de protection prises par ses prédécesseurs. Theodore Roosevelt a signé en juin 1902 le *Reclamation Act*, rédigé par un représentant démocrate du Nevada, qui permettait de financer des projets d'irrigation pour les terres arides de 13, puis de

20 États de l'Ouest américain. En 1905, Roosevelt est à l'origine, avec Gifford Pinchot, de la création du *National Forest Service*, à qui il attribue la mission de préserver et développer les ressources forestières pour « les transmettre aux générations futures ». 675 000 km^2 de forêts passent sous statut fédéral. Cela fait des États-Unis les pionniers dans la préservation des ressources forestières.

[argument 2]

Avec Theodore Roosevelt, « s'est développée une nouvelle forme de gestion à l'échelle nationale ». Face à l'industrialisation croissante des États-Unis et aux conséquences de la mise en valeur intensive des ressources, Roosevelt accroît le rôle de l'État fédéral dans la protection de l'environnement. Ainsi, la gestion de l'eau (construction de barrages, surveillance des cours d'eau) est confiée à une agence fédérale, le *Reclamation Service*, en lien avec l'institut d'études géologiques des États-Unis.

[argument 3]

Lors du *New Deal*, le président Franklin Delano Roosevelt crée le CCC (*Civilian Conservation Corps*) dans le but de lutter contre l'érosion et la dégradation des sols liées à la déforestation et à la sécheresse. Entre 1933 et 1942, cette administration civile de protection de l'environnement embauche plus de 250 000 chômeurs et parvient à enrayer le *Dust Bowl*, les tempêtes de poussière qui ravageaient tout le centre-sud du pays, et à reboiser des dizaines de milliers d'hectares.

[transition]

Comment évolue l'action publique pendant les Trente Glorieuses ?

II. Les risques environnementaux au début des années 1960

[argument 1]

Un personnage clé, cité dans le discours, est Stewart L. Udall, ancien représentant démocrate de l'Arizona et Secrétaire à l'Intérieur entre 1961 et 1969. Pionnier du

On peut rappeler que c'est aux États-Unis, en Californie, qu'a été créé le premier parc national, à Yellowstone (1872). Le naturaliste John Muir a obtenu le classement du parc naturel Yosemite (créé en 1864) en parc national en 1890. Dans l'objectif de protéger l'ensemble de la Sierra Nevada californienne, Muir a fondé, en 1892, le Sierra Club, considéré comme l'une des plus anciennes organisations non gouvernementales de protection environnementale.

mouvement environnemental, Udall est l'auteur d'un livre à succès, *The Quiet Crisis* (1963), dans lequel il parle des dangers de la pollution de l'air et de l'eau, de la surexploitation des ressources naturelles et de la dégradation des grands espaces. Avec *Silent Spring* de Rachel Carson (1962), qui lutte pour « l'absence de pesticides dans les aliments », *The Quiet Crisis* a provoqué une prise de conscience des nouveaux enjeux environnementaux dans le pays, en lien avec les excès du modèle productiviste et de la consommation de masse.

[argument 2]

« Des mesures ont été prises pour préserver la pureté de l'air », indique Lyndon B. Johnson. Cela fait référence au *Clean Air Act* (CAA) de décembre 1963, destiné à contrôler la pollution atmosphérique au niveau national, après les résultats mitigés de l'*Air Pollution Control Act* de juillet 1955.

[argument 3]

Le *Wilderness Act*, ou loi sur la « naturalité », prévoit la protection de 37 000 km^2 de forêts fédérales qui n'étaient auparavant protégées que par décret. Elle définit aussi légalement la « naturalité » (*wilderness*) comme « une zone où la terre et sa communauté de vie ne sont pas entravées par l'homme, où l'homme lui-même n'est qu'un visiteur de passage ».

[transition]

Comment s'articulent les actions entre le niveau national et le niveau régional ?

On peut rappeler qu'à partir de janvier 1955 (et jusqu'en janvier 1981), les deux chambres du Congrès sont dominées par les démocrates. Avec l'élection de John Fitzgerald Kennedy, qui succède au républicain Eisenhower en janvier 1961, les démocrates dominent la vie politique américaine jusqu'en janvier 1969.

III. Les rôles respectifs de l'État fédéral et des États fédérés

[argument 1]

Le président Johnson souligne bien l'importance du Congrès dans le vote des lois fédérales : le Sénat (chambre haute) et la Chambre des représentants (chambre basse).

[argument 2]

Comme le souligne le discours, la première étape législative consiste en la création de commissions au sein des deux chambres. Lyndon B. Johnson cite les trois présidents de la Commission sur les Affaires intérieures et insulaires : le sénateur démocrate du Nouveau-Mexique Clinton P. Anderson, ancien Secrétaire à l'agriculture de 1945 à 1948, le sénateur démocrate de l'État de Washington, Henry M. Jackson, et le représentant du parti démocrate du Colorado à la Chambre, Wayne N. Aspinall.

[argument 3]

L'autre étape avant le vote au Congrès consiste à défendre « d'une côte à l'autre du pays » le projet de loi auprès des différents membres des deux chambres législatives et de la population américaine. Ce lobbying fédéral revient ici au Secrétaire à l'Intérieur.

On peut être surpris que le président Johnson ne cite pas dans son discours le principal promoteur du *Wilderness Act*, Howard Zahniser, militant écologiste de la *Wilderness Society*. Cela est d'autant plus surprenant que Zahniser est mort d'un arrêt cardiaque quelques mois avant ce discours, le 5 mai 1964.

Conclusion

bilan

Avec la fin de la conquête de l'Ouest, les États-Unis prennent conscience de la finitude de ressources naturelles, auparavant considérées comme inépuisables. La nature apparaît, dès lors, comme un patrimoine fragile qu'il faut protéger. La création des parcs nationaux vise à préserver de façon radicale la « nature sauvage » (*wilderness*) de toute influence humaine. La conservation est plus modérée et prône l'usage avisé des ressources naturelles (*wise use*). Il s'agit de protéger la nature en tant que réservoir de ressources pour l'homme. Depuis la présidence de Theodore Roosevelt, l'État fédéral joue un rôle essentiel dans la protection de l'environnement à l'échelle nationale. Si les États peuvent mettre en place des mesures de protection, l'exploitation des ressources est gérée par Washington.

ouverture

La prise de conscience des nouveaux enjeux environnementaux dans les années 1960 aboutit en 1970 à la création de l'Agence de protection de l'environnement (EPA), première institution nationale de ce type dans le monde.

SUJET 24

Les États-Unis et la question environnementale : tensions et contrastes

ÉTUDE CRITIQUE DE DOCUMENTS

Analysez les documents pour montrer que le retrait des accords de Paris met en relief les tensions et contrastes qui existent aux États-Unis concernant la question environnementale.

DOCUMENT 1

Climat : les Républicains disent bravo et merci à Donald Trump

Au Congrès, la majorité républicaine a facilement adopté cette année des lois annulant des réglementations environnementales de l'ère Obama. Et jeudi, les élus ont salué par dizaines l'annonce présidentielle de retirer les États-Unis de l'accord de Paris. « En se retirant de ces objectifs inatteignables, le président Trump a réitéré son engagement à protéger les familles de la classe moyenne et les ouvriers du charbon », a déclaré Mitch McConnell, le chef du Sénat qui vient du Kentucky. Le secteur du charbon produit encore 30 % de l'électricité américaine. Et bien qu'il ne représente plus que 50 000 emplois, concentrés dans les régions conservatrices du Wyoming, de la Virginie occidentale et du Kentucky, il exerce une influence politique démesurée. […]

Si des grandes entreprises comme ExxonMobil ou General Electric s'opposaient à la sortie de l'accord, de nombreux groupes et lobbies industriels poussaient Donald Trump à annuler l'héritage Obama. La puissante US Chamber of Commerce, plus grande fédération patronale du monde, arguait que la mise en place de l'accord coûterait plus de 3 000 milliards de dollars à l'économie américaine d'ici à 2040.

AFP et *L'Express*, 1er juin 2017.

DOCUMENT 2

Lettre ouverte des représentants aux États-Unis de villes, d'États fédérés et d'entreprises à l'intention de la communauté internationale et des signataires de l'Accord de Paris

Parmi les signataires on peut citer les plus grandes FTN comme Walmart, Ford, DuPont, Johnson & Johnson, PepsiCo, Nike, Unilever, les multinationales de la technologie (Tesla, IBM, Intel, Hewlett-Packard), les GAFAM et les autres « géants du Web » (Airbnb, eBay, Netflix, Twitter, Uber, Yahoo). Parmi les 10 États signataires, on trouve 5 États parmi les plus riches du pays (Californie, État de New York, Caroline du Nord, État de Washington, Virginie).

Nous unissons nos forces en déclarant que nous continuerons à soutenir l'action en faveur du climat prévue par l'accord de Paris. [...]

L'annonce de l'administration Trump fragilise un pilier essentiel de la lutte contre le changement climatique et nuit à la capacité du monde à éviter les effets les plus dangereux et les plus coûteux du changement climatique. Elle est également en complet décalage avec ce qui se passe aux États-Unis.

Dans notre pays, ce sont les gouvernements locaux et les États fédérés, ainsi que les entreprises, qui sont les principaux responsables de la diminution spectaculaire des émissions de GES ces dernières années. Les actions de chaque groupe vont se multiplier et s'accélérer dans les années à venir, quelles que soient les politiques adoptées par Washington, [...] de sorte que les États-Unis conservent un rôle majeur dans la réduction des émissions de CO_2.

WeAreStillIn.com, 5 juin 2017.

Travail préparatoire

Fiche cours 9

Fiches méthodes 3 4

2 heures

Le jour de l'épreuve, vous aurez 4 heures pour traiter la dissertation et l'étude critique de documents : ne consacrez pas plus de 2 heures au traitement de l'étude critique de documents.

Analyser le sujet

Analyser les documents

- Les documents permettent de réfléchir aux tensions et contrastes existant aux États-Unis en matière de gouvernance environnementale.

- Les clivages sont, bien sûr, politiques mais aussi économiques, sociaux et culturels : entre Démocrates et Républicains, entre grandes multinationales et petites et moyennes entreprises, entre États bénéficiant de l'exploitation des combustibles fossiles et États soucieux de réduire leurs émissions de GES, etc.

Les pièges à éviter

Il convient donc de ne pas avoir une vision caricaturale de la situation, par exemple en imaginant que toute l'Amérique est opposée à la décision de Trump de retirer le pays des accords de Paris.

Les attentes du correcteur

On attend du candidat de montrer que les deux documents se complètent pour comprendre les différentes positions des grands acteurs économiques et politiques du pays et la difficile gouvernance en matière environnementale.

Mobiliser ses connaissances

- Il faut bien connaître les enjeux des accords de Paris et avoir à l'esprit que l'engagement des États-Unis dans la gouvernance climatique mondiale est marqué par une suspicion à l'égard des institutions multilatérales.
- Le retrait de l'État fédéral américain laisse un espace vacant dans le leadership en faveur de la lutte contre le changement climatique que cherchent à occuper d'autres pays et, aux États-Unis, d'autres forces politiques et économiques.

Problématiser le sujet

La problématique amène à se demander en quoi le retrait des accords de Paris met en relief les tensions et contrastes qui existent aux États-Unis concernant la question environnementale.

Plan du sujet

I. La décision de l'administration Trump et le soutien du Congrès
II. La division des États fédérés
III. La division des entreprises

Corrigé : plan détaillé

Les textes en bleu apparaissant dans ce corrigé ne doivent pas figurer dans votre devoir. Nous les avons insérés pour vous guider et vous aider à repérer les parties de l'étude critique des documents.

Les conseils du professeur

Introduction

« L'accord de Paris compromettrait notre économie, briserait nos travailleurs, affaiblirait notre souveraineté, imposerait des risques juridiques inacceptables et nous mettrait en situation de faiblesse permanente par rapport aux autres pays du monde », s'est justifié Donald Trump pour sortir de l'accord de Paris sur le climat.

accroche

Le premier document est un article de presse qui présente le soutien des Républicains au choix présidentiel de se retirer des accords de Paris. Le second document est un extrait de la déclaration faite par de puissants courants américains pour contester la décision de l'administration Trump.

présentation des documents

En quoi le retrait des accords de Paris met-il en relief les tensions et contrastes qui existent aux États-Unis concernant la question environnementale ? Nous verrons, d'abord, quelle décision l'administration Trump a prise et qui a soutenu ce choix. Puis, nous nous intéresserons au cas des États fédérés, pour connaître leur réaction face à ce retrait. Enfin, nous verrons que les entreprises aussi ont été divisées quant à l'attitude à adopter face au choix de Donald Trump.

problématique et annonce du plan

I. La décision de l'administration Trump et le soutien du Congrès

[argument 1]

Dès son élection en janvier 2017, le président américain Donald Trump a annoncé son « *America First Energy Plan* » qui consistait à annuler « des réglementations environnementales de l'ère Obama » (première phrase du document 1), considérées comme des obstacles aux nouveaux forages de combustibles fossiles.

[argument 2]

Le 1er juin 2017, Donald Trump a déclaré qu'il souhaitait « retirer les États-Unis de l'accord de Paris », ce qui a réjoui « au Congrès, la majorité républicaine » et aussi l'administrateur de l'Agence de protection de l'environnement, Scott Pruitt, considéré comme climato-sceptique et nommé à ce poste par le Président en décembre 2016. Comme les termes de l'accord interdisent à tout pays de se retirer pendant les trois premières années, la décision de retrait ne peut devenir officielle que le 4 novembre 2020, au lendemain de l'élection présidentielle.

On peut rappeler qu'avant le retrait, les États-Unis s'étaient engagés à réduire d'ici 2025 les émissions de GES de 26 à 28 % par rapport aux niveaux de 2005 et à allouer 3 millions de dollars d'aide aux pays étrangers qui luttent contre le changement climatique.

[argument 3]

L'argument de l'administration Trump repose sur son « engagement à protéger les familles de la classe moyenne et les ouvriers du charbon » et, plus largement, comme le déclare le président dans son discours du 1er juin, à empêcher le « sacrifice » de « 2,7 millions d'emplois d'ici 2025 d'après l'Institut américain de recherche économique ».

[transition]

Comment les États ont-ils réagi face à cette décision ?

II. La division des États fédérés

[argument 1]

Dès le 6 juin, Hawaii, en première ligne du changement climatique, est devenu le premier État à adopter une loi l'engageant à respecter les objectifs initialement prévus par l'accord de Paris. Les gouverneurs des États de Californie, de New York et de Washington ont fondé l'Alliance climatique des États-Unis (USCA) pour continuer à faire avancer les objectifs de l'accord de Paris. L'Alliance compte désormais vingt-cinq États dont les gouverneurs, très majoritairement démocrates (hormis en Caroline du Nord, au Wisconsin, au Montana, au Michigan et en Pennsylvanie), s'engagent à respecter l'accord.

[argument 2]

C'est Michael Bloomberg, ancien maire de New York, qui coordonne ce groupe d'hommes politiques, d'universitaires et d'entreprises, formé à peine 5 jours après la décision du président, unis dans l'*America's Pledge on Climate Change* (APCC), qui représente « 120 millions d'Américains et contribue à hauteur de 6200 milliards de dollars à l'économie américaine », et qui s'engage en faveur de l'accord de Paris sur le climat autour du slogan « *We are still in* ». Cet engagement « parallèle » indiquerait, selon la lettre ouverte, que le leadership dans la lutte contre le changement climatique aux États-Unis est passé du gouvernement fédéral à des niveaux inférieurs de gouvernement, aux universités et à l'industrie.

On peut rappeler que, dès le 6 juin, le gouverneur de Californie, Jerry Brown, a rencontré à Pékin le président chinois Xi Jinping et a signé un accord visant à se conformer aux décisions de la COP21. L'accord, bien que non contraignant, vise à étendre la coopération entre la Chine et la Californie sur les énergies renouvelables, les véhicules à zéro émission et le développement urbain à faible émission de carbone.

[argument 3]

Les États peuvent réduire leurs émissions de nombreuses façons, notamment en négociant des contrats avec les services publics locaux pour fournir de plus grandes quantités d'énergie renouvelable, en mettant en place des programmes de transport rapide et d'autres projets d'infrastructures comme l'amélioration du traitement des eaux usées. L'État de Washington, par exemple, a adopté un plafond sur la pollution par le carbone, a investi dans la création d'emplois dans le domaine des énergies propres et subventionne l'achat de véhicules électriques et les stations de recharge.

[transition]

Les entreprises ont-elles, elles aussi, été divisées face à la décision de Donald Trump ?

III. La division des entreprises

[argument 1]

La majorité des grands chefs d'entreprises dans les secteurs de l'énergie, de l'informatique, de l'automobile, de l'agroalimentaire ou des loisirs (document 2) ont déclaré que le retrait allait finalement nuire à l'économie en cédant les emplois de l'avenir dans le domaine des énergies et des technologies propres à des concurrents étrangers. C'est aussi le cas des géants du Web, notamment les GAFAM (Google, Apple, Facebook, Amazon et Microsoft).

[argument 2]

Les entreprises peuvent prendre des mesures comme l'achat d'énergie renouvelable pour leurs bureaux et leurs usines, ou s'assurer que leurs chaînes d'approvisionnement sont respectueuses du climat. Le chocolatier Mars, par exemple, a annoncé vouloir supprimer complètement les émissions de gaz à effet de serre de ses usines et bureaux d'ici 2040.

[argument 3]

Les petites et moyennes entreprises, en revanche, ont salué la position défendue par le président. Pour elles, les accords de Paris allaient imposer de nouvelles normes, augmenter les coûts de production. La « puissante US Chamber of Commerce », qui affirme regrouper plus de trois millions de PME, se réjouit aussi de cette étape dans la déréglementation climatique.

On peut rappeler que les associations écologistes dénoncent un *greenwashing*, pratique commerciale qui consiste à utiliser des arguments environnementaux parfois trompeurs pour vendre des produits. Est aussi visée la pratique de *dumping* environnemental, visant à tirer avantage de la faiblesse des normes et des taxes environnementales dans certains pays en développement.

Conclusion

Le retrait des accords de Paris met en relief les tensions et contrastes qui existent aux États-Unis concernant la question environnementale. Lorsqu'il s'agit de politique intérieure, les États-Unis ont l'habitude de rejeter toute forme de contrôle extérieur et préfèrent l'isolationnisme à l'ingérence d'institutions internationales. « *America first* » est le grand slogan de l'administration Trump. « J'ai été élu pour représenter les habitants de Pittsburgh, pas de Paris » avait déclaré Donald Trump dans son discours du 1er juin. Paradoxalement, le maire de Pittsburgh, Bill Peduto, avait, dans la foulée, assuré que la municipalité qu'il dirige « suivrait les directives de l'accord de Paris pour nos administrés, notre économie et notre avenir ». Il ne faut pas, pour autant, opposer l'État fédéral au reste du pays. Les soutiens de Trump existent aussi à tous les niveaux. Le fait que des démocrates progressistes se soient attaqués très tôt au changement climatique et

bilan

que les solutions proposées soient liées à des mesures étatiques (taxe carbone, économies d'énergie) n'a fait que politiser un peu plus le sujet. Le clivage est fort entre Républicains et Démocrates à ce niveau et la décision de Trump est davantage politique qu'économique. Mais ces tensions internes ne doivent pas faire oublier que, pour beaucoup d'Américains, c'est le leadership de leur nation qui se joue dans ce retrait.

Certes, l'État fédéral montre ainsi à toute la communauté internationale sa force et son indépendance, mais ne va-t-il pas à contre-courant de l'opinion mondiale et ne perd-il pas, ainsi, une bataille de plus contre la Chine et son nouveau *soft power* ?

ouverture

Thème 6

L'enjeu de la connaissance

SUJET 25

Produire et diffuser des connaissances

DISSERTATION

Quelles sont les mesures prises dans le monde pour donner aux femmes un accès à la connaissance depuis le XVIe siècle ?

Travail préparatoire

Fiche cours 10

Fiches méthodes 1 2

2 heures *Le jour de l'épreuve, vous aurez 4 heures pour traiter la dissertation et l'étude critique de documents : ne consacrez pas plus de 2 heures au traitement de la dissertation.*

Analyser le sujet

Définir les mots du sujet

Il faut attendre le XIXe siècle pour que l'alphabétisation des femmes devienne une réalité dans les pays occidentaux. Dans le reste du monde, la situation ne commence réellement à s'améliorer qu'après la Seconde Guerre mondiale.

Les pièges à éviter

Il ne faut pas, ici, privilégier un plan thématique, bien qu'il soit difficile de faire suivre une même périodisation pour les pays industrialisés et pour les pays en développement.

Les attentes du correcteur

Il faut bien maîtriser les grandes étapes de l'alphabétisation dans le monde et montrer le lien entre accès au savoir, inégalités de genre et inégalités de développement.

Problématiser le sujet

Le sujet invite à se demander comment a progressé l'accès des femmes à la connaissance et à repérer les grandes phases de cette progression, dans les pays industrialisés et dans les pays en développement.

Plan du sujet

I. La difficile alphabétisation des femmes du XVIe au milieu du XIXe siècle
II. Des avancées inégales de 1850 à 1950
III. Un rattrapage rapide des pays en voie de développement depuis 1950

Corrigé : plan détaillé

Les textes en bleu apparaissant dans ce corrigé ne doivent pas figurer dans votre devoir. Nous les avons insérés pour vous guider et vous aider à repérer les parties de la dissertation.

Les conseils du professeur

Introduction

Dans la plupart des sociétés humaines anciennes, les femmes sont vues comme « inférieures », particulièrement dans celles imprégnées des religions monothéistes héritières de la Bible. « À partir du mythe fondateur d'Adam et Ève », écrit l'historienne Yannick Ripa, « s'est dessinée la figure de la femme, être inférieur voire incomplet, né de et après l'homme ». Jusqu'à la fin du Moyen Âge, en Europe, la société considérait que l'éducation des femmes ne passait pas nécessairement par leur alphabétisation puisqu'elles étaient destinées au mariage et à la maternité.

accroche

Au XVIe siècle, l'alphabétisation féminine est bien inférieure à celle des garçons car les institutions scolaires ne leur sont pas destinées. L'éducation des filles, différente selon leur statut social, se limite à un enseignement religieux. Plusieurs avancées voient le jour au XIXe siècle.

analyse du sujet

Comment l'alphabétisation des femmes devient-elle progressivement un enjeu social et politique majeur à partir de l'époque moderne ? Nous verrons, d'abord, les premiers changements de mentalité survenus aux XVIe et XVIIIe siècles. Puis, nous étudierons les progrès de l'alphabétisation féminine entre 1850 et 1950. Enfin, nous montrerons que, dans les pays en développement, ces progrès sont plus tardifs et pas encore généralisés.

problématique et annonce du plan

I. La difficile alphabétisation des femmes du XVIe au milieu du XIXe siècle

[argument 1]

La réflexion humaniste ne s'inscrit pas dans la représentation biblique de l'infériorité féminine et revendique une nouvelle pédagogie reposant sur la réflexion autonome des enfants. Mais, en voulant se dégager de la morale religieuse des siècles passés qu'ils jugent obscurantiste, les humanistes ne font que déplacer les causes de l'infériorité féminine. Elle est d'abord physique (le « sexe faible ») et mentale (la difficulté « à percevoir l'abstraction, à inventer »).

[argument 2]

L'alphabétisation s'accélère à partir du XVIe siècle en Europe occidentale. La multiplication des écoles paroissiales et des congrégations religieuses, comme celles de Mary Ward et ou de François de Sales, soutiennent ce mouvement. L'alphabétisation des filles préoccupe également les élites politiques et religieuses, avec le rôle de femmes influentes comme Jeanne de Chantal ou encore Madame de Maintenon. Cependant, l'alphabétisation à domicile reste la norme et l'écart entre les hommes et les femmes demeure important.

[argument 3]

« Il n'est pas bien honnête, et pour beaucoup de causes/Qu'une femme étudie et sache tant de choses. » Dans *Les Femmes savantes*, Molière perpétue indirectement cette vision. La femme peut donc être alphabétisée mais ses études doivent se limiter à certains domaines, extérieurs aux sciences, à la philosophie et aux arts. Excepté Condorcet, le siècle des Lumières accentue cette image de la femme. *L'Encyclopédie* considère nécessaire l'alphabétisation féminine, mais ne réclame en rien une éducation postérieure similaire pour les deux sexes.

[transition]

En quoi le XIXe siècle constitue-t-il une rupture dans l'alphabétisation féminine ?

II. Des avancées inégales de 1850 à 1950

[argument 1]

Dans les pays occidentaux, l'alphabétisation de masse apparaît nécessaire dès le milieu du XIXe siècle, et un gigantesque effort est entrepris. Presque partout, la législation impose l'école primaire obligatoire et gratuite pour les deux sexes : loi impériale autrichienne (1869), loi Coppino en Italie (1877), lois Mundella (1880) et Salisbury (1891) en Grande-Bretagne, lois Ferry en France (1881-82), lois dans 36 des États américains sur 46 en 1911. Peu à peu, les programmes scolaires dédiés aux filles et aux garçons s'harmonisent. Mais la persistance des idées des Lumières sur les « limitations » des capacités cognitives des femmes est tenace. Peu d'entre elles accèdent à l'enseignement secondaire. En France, en 1939, il n'y a qu'un peu moins de 8 000 jeunes filles bachelières, soit environ 2 % d'une classe d'âge.

[argument 2]

En 1939, dans les empires coloniaux européens qui représentent plus du tiers de la population mondiale, la situation est beaucoup plus défavorable. Malgré les discours officiels, il y a moins de 10 % des populations locales qui sont scolarisées de manière équivalente aux

On peut évoquer le cas de Louis Maggiolo (1811-1895), recteur honoraire de l'académie de Nancy, qui, entre 1877 et 1880, étudie les progrès de l'alphabétisation en France grâce à l'analyse des signatures des contrats de mariage. Cette enquête, qui a pourtant de nombreuses limites, permet toutefois d'avoir une représentation approximative de l'état de l'alphabétisation de la France à la fin du XVIIIe siècle.

métropoles. Et, parmi elles, très peu de filles, faute d'institutrices formées localement, particulièrement dans l'Empire français. Ainsi, en 1938, l'école normale féminine de Kabylie ne compte aucune jeune femme algérienne.

[argument 3]

Dans le cas chinois, pays représentant plus du quart de la population mondiale en 1910, le taux d'alphabétisation est globalement de 30 % et il est surtout masculin. Selon les estimations d'Evelyn Rawski, celui des femmes se situe entre 2 et 10 %. En 1945, il ne dépasse pas les 15 %. L'arrivée au pouvoir de Mao Zedong fait évoluer la situation. Entre 1949 et le début des années 1970, le taux d'alphabétisation passe de 15 à 80 % et aucune différence n'est faite entre les sexes. Dans les pays communistes, une attention a été portée à l'alphabétisation de tous.

On peut rappeler qu'en France la législation au XIXe siècle intègre progressivement les filles dans l'enseignement primaire (loi Guizot de 1833, loi Falloux de 1850, loi Duruy de 1867, lois scolaires de 1881-1882). Ces lois permettent de faire quasiment disparaître l'illettrisme chez les Français et, en particulier, chez les jeunes femmes.

[transition]

Si les femmes sont globalement alphabétisées dans les pays industrialisés en 1950, c'est loin d'être le cas dans les pays en voie de développement.

III. Un rattrapage rapide des pays en voie de développement depuis 1950

[argument 1]

En 1959, par la Déclaration des droits de l'enfant, l'ONU proclame que « l'enfant a droit à une éducation qui doit être gratuite et obligatoire au moins aux niveaux élémentaires ». Cette déclaration est globalement suivie d'effet. Entre 1960 et 2019, le taux d'alphabétisation mondial des 15-24 ans passe de 40 à 90 % et celui des femmes de 20 à 80 %. On assiste donc à un rattrapage rapide des pays en voie de développement.

[argument 2]

Des discriminations importantes liées à la pauvreté perdurent néanmoins, surtout dans les pays les moins avancés (PMA). En Afrique subsaharienne, à peine une femme adulte sur deux sait lire et écrire. Pour 100 garçons non scolarisés au primaire, 123 filles se voient

On peut rappeler l'exemple de la Pakistanaise Malala Yousafzai. Dès l'âge de douze ans, elle écrit un blog où elle relate la difficulté pour les filles de pouvoir suivre une scolarité normale et paisible. Le 9 octobre 2012, elle est victime d'une tentative d'assassinat par un taliban.

refuser le droit à l'éducation. Le taux d'alphabétisation féminin n'est que de 40 % en Éthiopie. Au Sénégal, 54 % des citoyens sont analphabètes, dont 62 % de femmes.

[argument 3]

Les inégalités entre hommes et femmes en matière d'alphabétisation restent grandes dans les pays arabes, en Asie du Sud et de l'Ouest et en Afrique subsaharienne. Les femmes qui souffrent de l'analphabétisme sont cantonnées aux tâches domestiques et traditionnelles. Elles sont condamnées à l'ignorance et leur participation au développement de leur pays est très limitée. Elles manquent d'informations pour préserver leur santé, protéger leurs enfants contre les maladies, jouir pleinement de leurs droits ou décrocher un emploi.

Conclusion

Depuis la Seconde Guerre mondiale, la quasi-totalité des populations occidentales sont alphabétisées. Mais en 2020, près de 500 millions de femmes ne savent toujours pas lire, ni écrire, et elles représentent les deux tiers des 775 millions d'analphabètes. L'enseignement primaire universel n'est toujours pas mis en place et l'alphabétisation des femmes reste encore inférieure à celle des hommes. La pauvreté empêche certains pays d'avoir des écoles et de former correctement des professeurs. Les stéréotypes (idée que les femmes doivent seulement assumer leur rôle d'épouse et de mère), les longues distances à parcourir ou l'opposition de certains groupes religieux (islamistes radicaux) jouent également. Pourtant, l'alphabétisation des hommes comme des femmes est un facteur indispensable du développement et de la croissance économique. bilan

Pour favoriser le développement, les objectifs du développement durable adoptés en 2015 par 193 États prévoient, en 2030, l'alphabétisation fonctionnelle complète du monde, c'est-à-dire la capacité à réaliser des activités dans lesquelles l'alphabétisation est nécessaire (à titre personnel et pour le développement de sa communauté). Comment atteindre de tels objectifs ? ouverture

SUJET 26

Produire et diffuser des connaissances

ÉTUDE CRITIQUE DE DOCUMENTS

Analysez les documents pour montrer, à travers l'exemple des attaques contre Marie Curie en 1911, que la place des femmes dans la production de la connaissance scientifique est encore contestée en France au début du XXe siècle.

DOCUMENT 1

Allocution de Jacques Chirac, président de la République, lors de la cérémonie « sur la découverte et les applications de la radioactivité et sur ses propositions pour réconcilier le progrès scientifique et le progrès humain par l'expertise et la réflexion éthique et contribuer à la solidarité avec les pays en développement », Paris, le 30 septembre 1998

Paradoxalement, l'histoire en ne parlant que de science oublie les coups qui furent assénés à Marie Curie. En cette année 1911 où elle recevra son second Prix Nobel, les sombres courants d'antisémitisme et de xénophobie, les préjugés anti-féminins et les attitudes antiscience qui, souterrains, existent dans la société française de l'époque remontent à la surface. À deux reprises, l'*Action Française* de Léon Daudet se déchaîne contre Marie Curie. En janvier, parce qu'elle est candidate à l'Académie des sciences. Et elle sera finalement rejetée, battue de deux voix par Édouard Branly, homme de qualité qui fut aussi affecté par son succès qu'elle fut meurtrie par son échec. En novembre, cette fois sur sa vie privée et ses relations avec son collègue Paul Langevin. N'oublions pas qu'alors des journaux réclamèrent bruyamment qu'elle démissionne de sa chaire à la Sorbonne, et que quelques-uns de ses « chers collègues » projetèrent de lui demander de quitter la France. Comme le dira plus tard Jean Perrin, Prix Nobel de physique en 1926 : « Si cinq d'entre nous ne s'étaient pas levés à ses côtés quand le torrent de boue menaçait de l'engloutir, Marie serait repartie en Pologne et nous aurions tous été marqués d'une honte éternelle ».

DOCUMENT 2

Caricature de l'intérêt des femmes pour les hautes sphères de la Culture

Abel Faivre, *Le Figaro*, 1er décembre 1910.

Travail préparatoire

Fiche cours 10
Fiches méthodes 3 4

2 heures

Le jour de l'épreuve, vous aurez 4 heures pour traiter la dissertation et l'étude critique de documents : ne consacrez pas plus de 2 heures au traitement de l'étude critique de documents.

Analyser le sujet

Analyser les documents

- Le premier document est un discours prononcé à la Sorbonne (Paris) à l'occasion du centenaire de la découverte en 1898 du polonium et du radium par Marie et Pierre Curie après la découverte par Henri Becquerel de la radioactivité. Le texte souligne la

défiance d'une partie de l'opinion publique française à l'encontre de Marie Curie.
- La caricature du journal *Le Figaro* souligne l'antiféminisme encore latent à cette époque.

Les pièges à éviter

Il faut privilégier les faits historiques : le sujet ne vous invite pas à donner votre opinion sur la place que les femmes devraient tenir dans la production scientifique.

Les attentes du correcteur

On attend du candidat de montrer que les deux documents se complètent pour montrer l'intolérance dont est victime Marie Curie. Même si la scientifique polonaise naturalisée française est déjà à cette époque un personnage renommé ayant largement servi l'image de la France, elle doit pourtant faire face à un grand nombre de préjugés de l'opinion française sur les femmes, les scientifiques et les immigrés.

Mobiliser ses connaissances

- Il faut bien connaître le contexte antisémite du début du XXe siècle, avec l'impact de l'Affaire Dreyfus sur la société française.
- Il faut aussi bien rappeler les grandes étapes de la vie de Marie Curie et son rôle dans la découverte de la radioactivité. Née Maria Skłodowska à Varsovie en 1867, elle vient étudier la physique à la Sorbonne en 1891 où elle obtient en 1893 une licence de sciences physiques et, l'année suivante, de mathématiques. Un an après son mariage avec Pierre Curie en 1895, Marie Curie est reçue première à l'agrégation de physique. En 1897, elle commence ses recherches sur les rayons uraniques découverts par Henri Becquerel et présente sa thèse sur les substances radioactives en 1903. Pierre et Marie Curie découvrent deux nouveaux éléments radioactifs, le polonium et le radium, et sont récompensés par un prix Nobel de physique en 1903. Reprenant le cours de Pierre Curie, mort en 1906, Marie Curie est la première femme à enseigner à la Sorbonne.

Problématiser le sujet

La problématique amène à montrer, à travers l'exemple des attaques contre Marie Curie en 1911, que la place des femmes dans la production de la connaissance scientifique est encore contestée en France au début du XXe siècle. Marie Curie se heurte aux préjugés de l'opinion française sur les immigrés, sur les scientifiques et sur les femmes.

Plan du sujet

I. Une immigrée peut-elle devenir une gloire nationale ?
II. Une femme peut-elle surpasser les hommes dans le domaine des sciences ?
III. Une femme célèbre ne doit-elle pas avoir une vie privée irréprochable ?

Corrigé : plan détaillé

Les textes en bleu apparaissant dans ce corrigé ne doivent pas figurer dans votre devoir. Nous les avons insérés pour vous guider et vous aider à repérer les parties de l'étude critique des documents.

Les conseils du professeur

Introduction

Le 20 novembre 1910, le journal *Le Temps* annonce que Marie Curie vient de se porter « candidate à l'Académie des sciences », l'équivalent de l'Académie française pour les scientifiques. Cette information fait aussitôt le tour des journaux. C'est le début d'une grande et longue campagne de presse pour savoir si une femme, aussi brillante soit-elle, a sa place dans l'Institut de France, qui regroupe les cénacles culturels les plus prestigieux du pays.

accroche

Le premier document est une forme de repentance du président français face aux attaques dont a été victime Marie Curie en 1911. Le second document témoigne de l'antiféminisme présent dans une partie de la presse de l'époque.

présentation des documents

Pourquoi peut-on dire que Marie Curie se heurte aux préjugés de l'opinion française sur les femmes, les scientifiques et les immigrés ? Nous verrons, d'abord, les reproches de nature xénophobes qui lui sont faits. Puis, nous étudierons les stéréotypes sur la place des femmes dans les sciences. Enfin, nous nous demanderons pourquoi Marie Curie est attaquée au sujet de sa vie privée.

problématique et annonce du plan

I. Une immigrée peut-elle devenir une gloire nationale ?

[argument 1]

Le texte nous apprend que c'est « en janvier » 1911 que la presse attaque Marie Curie. Elle est en compétition avec « Édouard Branly », qui découvrit le principe de la télégraphie sans fil. La presse d'extrême-droite se déchaîne. Jacques Chirac dénonce l'attitude de « l'*Action Française* de Léon Daudet ». Ce dernier écrit, d'ailleurs, que cette compétition souligne « le bizarre combat de Dreyfus contre Branly, cette lutte épique du génie national contre le démon de l'étranger ».

[argument 2]

Le texte évoque « les sombres courants d'antisémitisme et de xénophobie ». Face à ces attaques, « Mme Curie fait savoir qu'elle est née en Pologne russe, qu'elle appartient à une ancienne famille polonaise qui a toujours été catholique, que son père était professeur dans un lycée de Varsovie » (*Le Temps*, 23 janvier).

[argument 3]

Une nouvelle vague d'attaques ont lieu « en novembre, cette fois sur sa vie privée et ses relations avec son collègue Paul Langevin ». L'*Action Française* se lance à nouveau dans la bataille. Le quotidien s'acharne sur « l'Étrangère qui a poussé savamment et méthodiquement un père de famille hésitant à détruire son foyer ». Léon Daudet ajoute : « Marie Curie et tous ses alliés sont de surcroît des dreyfusards. Ils sont donc à mettre dans le même sac que les Juifs ».

On peut rappeler que Marie Curie est bien devenue finalement une gloire nationale puisque, en 1995, ses cendres et celles de son mari ont été transférées au Panthéon.

[transition]

Après les attaques xénophobes, Marie Curie est confrontée aux attaques sexistes.

II. Une femme peut-elle surpasser les hommes dans le domaine des sciences ?

[argument 1]

Certaines attaques portent sur la valeur scientifique de Marie. Le journal catholique *La Croix* présente ainsi Marie : « Mme Pierre Curie, dont les principaux titres, outre certaines recherches scientifiques, sont d'être la veuve d'un grand savant ». Mais comme le montre la caricature, c'est surtout son sexe qui pose problème pour sa candidature à l'Institut. Le 24 novembre 1910, un article du *Figaro* souhaite le rejet pur et simple de toute candidature de femme, espérant ainsi que « des milliers de jeunes personnes vont être heureusement ramenées à des occupations plus en rapport avec leurs véritables aptitudes ». La femme doit donc rester éloignée de la recherche.

On peut rappeler que le 4 janvier, une assemblée exceptionnelle de toutes les Académies se tient pour décider de l'acceptation ou non des femmes au sein de l'Institut de France. Elle se termine par un rejet de principe par 88 voix sur 140 : « sur cette question, il y a une tradition immuable qu'il lui paraît tout à fait sage de respecter ».

[argument 2]

Le dessin du *Figaro* du 1er décembre est sans équivoque : la coupole de l'Institut n'est vue que comme une belle coiffe, le statut d'Immortelle comme une récompense flatteuse. Le journal *La Presse* va même jusqu'à écrire que « les femmes ne seront pas admises à l'Institut mais elles auront une ressource : celle d'entrer dans des Instituts de Beauté... » Le même journal ajoute : « Cela, d'ailleurs, leur sera peut-être aussi difficile, car le plus souvent les femmes de science ne brillent pas par l'éclat féminin ».

[argument 3]

Cette défiance se retrouve même chez « quelques-uns de ses "chers collègues" », craignant de rompre la tradition et l'usage en acceptant une candidature féminine. Le 23 janvier a lieu l'élection. La candidature de Marie Curie est « finalement rejetée, battue de deux voix par Édouard Branly ». Marie Curie, très blessée de ces résultats et des agressions dont elle a été victime dans la presse, ne représentera pas sa candidature à l'Académie après cette élection.

[transition]

Une troisième vague d'attaques porte sur ce que devrait être la vertu d'une veuve.

III. Une femme célèbre ne doit-elle pas avoir une vie privée irréprochable ?

[argument 1]

On le voit dans le texte, la troisième vague d'attaques que subit Marie Curie porte « cette fois sur sa vie privée et ses relations avec son collègue Paul Langevin », physicien connu notamment pour sa théorie du magnétisme et l'organisation des Congrès Solvay, un grand colloque bruxellois de physiciens et de chimistes.

On peut rappeler que la vie de Marie Curie est traversée de drames et de douleurs : à 9 ans, elle perd sa sœur victime du typhus, à 11 ans sa mère atteinte de la tuberculose.
Le 19 avril 1906, Pierre Curie, qui l'a épousée 11 ans plus tôt, meurt accidentellement en traversant la rue. Marie a alors 39 ans ; elle vit loin de sa famille polonaise et doit s'occuper seule de ses deux filles, alors âgées de 9 ans et de 2 ans. Marie trouve la force de reprendre le poste de professeur à la Sorbonne de son mari.

[argument 2]

Une relation amoureuse avait vu le jour entre eux en 1909. Mais Pierre Langevin est un homme marié. Il quitte en août 1911 le domicile conjugal. La liaison est découverte et le 4 novembre 1911, le « scandale » éclate dans la presse. Une partie des lettres d'amour de Paul et de Marie sont même volées et publiées. Le journal nationaliste *La Libre Parole* s'interroge pour savoir si Marie peut encore rester professeur à la Sorbonne. Le Ministre de l'instruction publique et le doyen de la faculté des sciences en viennent à souhaiter que Marie retourne à Varsovie, « pour son bien ».

[argument 3]

Le 8 novembre 1911, Marie reçoit pourtant son deuxième Prix Nobel, pour ses travaux sur le polonium et le radium. C'est la première fois qu'une personne reçoit deux prix Nobel. Mais ce grand moment est pourtant passé sous silence : il ne donne lieu qu'à quelques lignes dans les journaux. Pire, un membre éminent de l'Académie suédoise, Svante Arhennius, suggère à Marie de reporter son voyage pour la remise du prix en attendant que son nom soit lavé de tout soupçon. Courageusement, Marie lui répond : « Je ne puis accepter de poser en principe que l'appréciation de la valeur d'un travail scientifique puisse être influencée par des diffamations et des calomnies concernant la vie privée ». Mais lorsque Marie ira recevoir son prix à Stockholm, la presse française donnera encore bien peu d'écho à l'événement.

Conclusion

Durant cette année 1911, Marie Curie a bien failli « quitter la France » pour repartir en Pologne. On assiste à une remise en cause de sa valeur en tant que scientifique, de sa vie privée et même de son droit de vivre en France. Qu'y avait-il finalement de si scandaleux dans la relation entre Marie et Paul ? Pourquoi l'attaque porta-t-elle surtout sur la veuve et pas sur le mari infidèle ? On voit, à travers cette histoire, que les femmes du début du XXe siècle, même les plus exceptionnelles, étaient traitées avec infériorité et que leurs droits étaient bien moindres que ceux des hommes, surtout si elles n'étaient pas nées en France.

bilan

Pendant la Première Guerre mondiale, Marie Curie et sa fille Irène s'engagent pour la cause des soldats blessés au front. Marie Curie développe la radiologie ambulante grâce aux voitures radiologiques, les « petites curies ». Plusieurs dizaines de milliers de blessés sont ainsi radiographiés et mieux diagnostiqués. Cette expérience les incite à appliquer les découvertes scientifiques au champ médical. Dès 1917, Marie Curie souhaite créer un centre de « radiumthérapie ».

ouverture

SUJET 27

La connaissance, enjeu politique et géopolitique

DISSERTATION

Comment le renseignement s'impose-t-il comme l'un des piliers de la puissance des deux Grands durant la guerre froide ?

Travail préparatoire

Fiche cours 11

Fiches méthodes 1 2

2 heures *Le jour de l'épreuve, vous aurez 4 heures pour traiter la dissertation et l'étude critique de documents : ne consacrez pas plus de 2 heures au traitement de la dissertation.*

Analyser le sujet

Définir les mots du sujet

Les services secrets ou services de renseignement sont l'ensemble des organisations d'un État qui ont pour but, par des moyens variés (espionnage, surveillance, interception des communications), d'opérer la collecte d'informations sur les activités d'un autre État ou d'un groupe.

Les pièges à éviter

Il ne faut pas ici traiter de la récupération du potentiel scientifique nazi, qui débute bien avant 1947.

Les attentes du correcteur

La guerre froide (1947-1991) a accéléré le phénomène du renseignement, avec la création de services secrets pouvant agir sur le terrain, à l'extérieur du pays. Tout affrontement direct étant impossible entre Américains et Soviétiques, le combat s'est déplacé vers la maîtrise de l'information, la déstabilisation de l'autre et une politique « d'intoxication » qui a annulé en partie, d'un côté comme de l'autre, l'efficacité des services de renseignement.

Mobiliser ses connaissances

Il faut ici apporter des éléments précis sur le fonctionnement de la CIA et du KGB et expliquer les formes de leur affrontement.

Problématiser le sujet

Il faut préciser, dans un premier temps, comment se sont constitués les services secrets dans chacun des deux camps, puis s'interroger sur l'équilibre des forces qui se met progressivement en place.

Plan du sujet

I. La CIA et les services secrets américains sur la scène internationale
II. Le KGB, police d'État, fer de lance du système soviétique
III. Une compétition sans vainqueurs

Corrigé : plan détaillé

Les textes en bleu apparaissant dans ce corrigé ne doivent pas figurer dans votre devoir. Nous les avons insérés pour vous guider et vous aider à repérer les parties de la dissertation.

Les conseils du professeur

Introduction

Un musée du KGB a été inauguré le 25 janvier 2019 à Manhattan, à New York. Il présente des objets originaux utilisés par les services de renseignement soviétiques, comme le matériel d'écoute des agents secrets ou le célèbre parapluie « bulgare ».

accroche

Si l'espionnage existe depuis la Haute Antiquité, son développement réel, institutionnalisé et budgétisé par les États – les services secrets – ne date que du XXe siècle,

analyse du sujet

plus particulièrement des deux guerres mondiales. La possibilité de recueillir des informations inédites sur l'ennemi devint une priorité car elles pouvaient donner un avantage décisif et décider de l'issue du conflit. Mais c'est durant la guerre froide que l'URSS et les États-Unis mettent en œuvre un espionnage international de masse, dans une confrontation parfois spectaculaire.

Comment le renseignement s'impose-t-il comme l'un des piliers de la puissance des deux Grands durant la guerre froide ? Nous verrons, d'abord, le cas de la CIA et des autres services de renseignement américains. Puis, nous étudierons le KGB, successeur des polices politiques mises en place depuis l'époque tsariste. Enfin, nous montrerons que la compétition entre les deux systèmes de services secrets ne voit pas véritablement de vainqueur.

problématique et annonce du plan

I. La CIA et les services secrets américains sur la scène internationale

[argument 1]

Voté en 1947, le *National Security Act* entérine la création de la CIA (*Central Intelligence Agency*) dont les principaux objectifs sont l'espionnage et le contre-espionnage. Sa mission est, à la fois, d'expérimenter de nouvelles techniques de manipulation des esprits (projet MK-Ultra sur le contrôle mental et les modifications de comportement, mené des années 1950 à 1970) et de s'opposer, par tous les moyens, à la progression communiste dans le monde. Elle mène également des missions sur le territoire américain pour traquer les espions soviétiques (époux Rosenberg exécutés en 1953). Le but principal était, au départ, de prédire quand, comment et à quel endroit l'URSS allait attaquer les États-Unis.

[argument 2]

Chargée de soutenir la politique américaine globale d'endiguement, la CIA ne dépend d'aucun ministère mais directement du président des États-Unis. Elle multiplie les opérations clandestines et les interventions plus ou moins secrètes face à l'idéologie communiste.

Elle aide ainsi à faire renverser Salvador Allende au Chili en 1973 mais échoue à éliminer Fidel Castro à Cuba. Elle s'appuie, depuis 1960, sur un accord secret passé avec la principale société de chiffrement au monde, l'entreprise suisse Crypto-AG.

On peut rappeler, qu'entre 1968 et 1974, le projet Azorian (aussi appelé Jennifer) a consisté à tenter de récupérer un sous-marin soviétique coulé à plus de 5 km de profondeur au large d'Hawaii.

[argument 3]

La CIA n'est pas la seule agence de renseignement américaine : pendant la guerre froide, il en existe plus d'une quinzaine, qui dépendent chacune d'un ministère. Ainsi, la NSA (*National Security Agency*), créée en 1952 et chargée de la surveillance et de la sécurité des communications publiques et privées, dépend du ministère de la Défense. Durant la guerre froide, elle est à la tête d'un des plus grands projets de surveillance mondial, le réseau Échelon, qui associe les services de renseignement américains, britanniques, canadiens, australiens et néo-zélandais. Le réseau n'est dévoilé par un journaliste qu'en 1988.

[transition]

Comment s'organisent les services secrets soviétiques ?

II. Le KGB, police d'État, fer de lance du système soviétique

[argument 1]

Dépendant directement du pouvoir (le Politburo), le KGB (Comité pour la sécurité de l'État) créé en 1954, est, avant tout, une police politique chargée de surveiller et de traquer les opposants à l'intérieur de l'URSS et dans les pays « amis ». La guerre froide amplifie et modifie les missions du KGB, qui s'élargissent aux opérations de propagande, d'ingérence dans la politique des Occidentaux et à la recherche systématique de renseignements militaires, économiques et scientifiques.

On peut rappeler que le KGB était divisé en plusieurs services de renseignement indépendants. Il s'appuyait sur un réseau développé d'espions, mais aussi de surveillances par le biais, par exemple, de chalutiers soviétiques présents dans toutes les mers du globe.

[argument 2]

Au plus fort de la guerre froide, on estime que le KGB a « employé » près de 6 millions de personnes. Il peut compter sur environ 1 million d'espions légaux (avec des couvertures officielles dans les ambassades) et illégaux (membres des services secrets appelés « taupes », introduits dans les pays étrangers sans être reconnus), auxquels il faut ajouter plus de 5 millions d'informateurs occasionnels.

[argument 3]

L'industrie américaine, surtout à partir des années 1970, devint l'une des cibles privilégiées du renseignement soviétique. Ne pouvant acheter librement les technologies occidentales, l'URSS avait à cette époque un sérieux retard en la matière. Un effort considérable fut donc fait afin de recruter des agents travaillant dans le secteur industriel occidental, et les agents soviétiques furent à pied d'œuvre afin de recueillir des informations technologiques.

[transition]

Comment se déroule l'affrontement entre les deux grands services secrets ?

III. Une compétition sans vainqueurs

[argument 1]

Les échanges de prisonniers américains et soviétiques sur le « pont des espions » (Glienicke) entre Berlin-Ouest et la RDA, ainsi que quelques affaires de taupes célèbres, toutes au profit du KGB (exemple de Kim Philby et des célèbres agents doubles britanniques baptisés les « Cinq de Cambridge »), ont largement contribué à médiatiser l'action des services secrets durant la guerre froide.

On peut rappeler que cette compétition inspire la littérature (John Le Carré, Tom Clancy) et le cinéma (en 1963, sortie de *L'Espion qui venait du froid* et de *Bons Baisers de Russie*). En 2015, Steven Spielberg tourne *Le Pont des espions*, un film basé sur l'échange du pilote Francis Powers et de l'espion soviétique William Fischer.

[argument 2]

Berlin s'affirme durant la guerre froide comme un carrefour du renseignement. Berlin-Ouest est un îlot occidental en plein cœur du camp soviétique, alors que Berlin-Est appartient à la RDA. C'est la raison pour laquelle c'est un véritable repaire d'espions occidentaux et soviétiques qui utilisent cette proximité pour chercher à obtenir ou échanger des renseignements. Dès 1954, les États-Unis avaient lancé l'opération Gold, le creusement d'un tunnel depuis Berlin-Ouest pour atteindre des câbles souterrains de communications militaires soviétiques sous Berlin-Est et les mettre sur écoute. Opérationnel entre mai 1955 et avril 1956, ce tunnel a permis d'enregistrer 443 000 conversations vocales et 6,2 millions d'heures d'écoute.

[argument 3]

Les informations récoltées ont pu se révéler importantes. Dans les années 1960, celles collectées sur les forces stratégiques de l'URSS ont permis, notamment, de corriger le mythe du « *Bomber gap* », selon lequel l'URSS aurait largement dépassé les États-Unis en termes de charges nucléaires. La CIA parvint également à se procurer une copie du rapport secret de Khrouchtchev dénonçant les crimes de Staline en 1956. Elle a recruté des « taupes » au sein des services de l'URSS, comme Pyotr Popov, qui donna des informations sur les sous-marins nucléaires soviétiques et sur le système des missiles guidés.

Conclusion

Lors de la guerre froide, les services de renseignement américains et soviétiques utilisent différents moyens pour déstabiliser l'adversaire : diffusion de fausses informations, programmes d'espionnage et de contre-espionnage, mais aussi opérations spéciales menées sur le terrain. Mais cette confrontation ne donna réellement l'avantage à aucun des deux camps. La CIA ne réussit ni à prévoir le tir de la première bombe atomique soviétique en 1949 ni le succès de Spoutnik en 1957. De même, le KGB ne parvint pas à rattraper son retard informatique malgré ses « taupes » parmi les services de recherche occidentaux ni à prévenir le printemps de Prague en 1968. bilan

L'espionnage industriel développé par le Japon dans les années 1960, puis poursuivi par la Chine dans les années 1980, a été, paradoxalement, beaucoup plus payant. ouverture

SUJET 28

La connaissance, enjeu politique et géopolitique

DISSERTATION

Comment l'enseignement universitaire et les transferts de technologie sont-ils devenus l'un des piliers de la puissance économique de l'Inde ?

Travail préparatoire

Fiche cours 11
Fiches méthodes 1 2

2 heures

Le jour de l'épreuve, vous aurez 4 heures pour traiter la dissertation et l'étude critique de documents : ne consacrez pas plus de 2 heures au traitement de la dissertation.

Analyser le sujet

Définir les mots du sujet

Un transfert de technologie est un transfert à l'industrie de découvertes issues de la recherche dans le but de les commercialiser sous la forme de produits ou de services.

Les pièges à éviter

Il ne faut pas ici traiter de la puissance économique indienne en tant que telle mais se focaliser sur les étudiants et les échanges de connaissances scientifiques.

Les attentes du correcteur

En 2019, l'Inde est devenue la 5e puissance économique mondiale, selon le PIB nominal, devançant le Royaume-Uni et la France. Cette hégémonie repose, entre autres, sur la formation de ses étudiants mais aussi sur des transferts de technologie, c'est-à-dire sur l'acquisition de savoir-faire techniques.

Problématiser le sujet

Le sujet invite à se demander comment l'enseignement universitaire et les transferts de technologie sont devenus l'un des piliers de la puissance économique de l'Inde. Il faut d'abord expliquer pourquoi l'Inde possède aujourd'hui, en nombre d'institutions, le plus grand système d'enseignement secondaire et supérieur au monde et, ensuite, pourquoi une partie importante des ingénieurs de la Silicon Valley, en Californie, sont indiens. Enfin, il convient de se demander pourquoi beaucoup de firmes occidentales ont fait bénéficier le pays de nombreux transferts de technologie.

Plan du sujet

I. La formation des étudiants : l'Inde « des cerveaux »
II. La circulation des étudiants : une « diaspora de la connaissance », du « *brain drain* » au « *brain gain* »
III. Les transferts de technologie

Corrigé : plan détaillé

Les textes en bleu apparaissant dans ce corrigé ne doivent pas figurer dans votre devoir. Nous les avons insérés pour vous guider et vous aider à repérer les parties de la dissertation.

Les conseils du professeur

Introduction

accroche

La tradition brahmanique d'étude des textes sacrés s'est ouverte à l'Occident au cours de l'époque moderne et contemporaine grâce aux missions chrétiennes et aux établissements créés par l'administration anglaise comme l'université de Calcutta, en 1857. Fondée dans cette même ville en 1876, l'Association indienne pour la culture de la science (IACS) a encouragé la formation de scientifiques de haut niveau dès le début du XXe siècle. En 1930, l'un de ses membres, Chandrashekhara Venkata Raman, reçoit le prix Nobel de physique.

Cette politique universitaire et technologique a été accentuée dans les années suivant l'indépendance. L'Inde mise sur la connaissance pour asseoir sa puissance internationale, notamment, depuis les années 2000, face à son voisin chinois.

analyse du sujet

Comment l'enseignement universitaire et les transferts de technologie deviennent-ils l'un des piliers de la puissance économique de l'Inde ? Nous verrons, d'abord, le système indien de formation des étudiants. Puis, nous étudierons le réseau mondialisé des étudiants indiens. Enfin, nous montrerons que l'Inde s'appuie aussi sur un système de transferts de technologie.

problématique et annonce du plan

I. La formation des étudiants : l'Inde « des cerveaux »

[argument 1]

Après l'indépendance de 1947, le Premier ministre Nehru engage une politique de promotion de la culture scientifique. L'enseignement supérieur est réorganisé par l'État qui crée des instituts indiens de technologie (IIT) sur le modèle du *Massachusetts Institute of Technology* (MIT) de Boston.

On peut rappeler que l'IIT de Kharagpur (Bengale occidental), créé en 1951 par le gouvernement indien, fut le premier à être construit pour former des ingénieurs et des scientifiques. Il est considéré comme l'une des meilleures écoles en Inde.

[argument 2]

Le nombre d'étudiants indiens est passé de 300 000 en 1949 à 35 millions aujourd'hui, soit près de 20 % des jeunes actuels ayant entre 20 et 24 ans. C'est surtout à partir des années 2000 que l'augmentation a été la plus spectaculaire. Le gouvernement, sous l'impulsion du conseiller spécial à l'innovation Sam Pitroda, mais aussi des fonds privés, ont beaucoup investi dans ce secteur. Depuis 2010, le droit à l'éducation est inscrit dans la Constitution. L'Inde représente aujourd'hui la 3e population étudiante du monde, derrière les États-Unis et la Chine. Elle possède, en nombre d'institutions, le plus grand système d'enseignement secondaire et supérieur au monde, avec plus de 730 universités et 45 000 collèges.

[argument 3]

Plus de 2 millions de diplômés annuels sortent chaque année des établissements universitaires indiens. Parmi eux, une minorité, très hautement qualifiée, est issue des très sélectifs « instituts indiens de technologie » (IIT). Ainsi, plus de 1,3 million de candidats se présentent chaque année au concours d'entrée de celui de Delhi qui n'en sélectionne, au final, qu'un petit millier.

[transition]

Le passage à une « économie de la connaissance » requiert de nombreux ingénieurs et informaticiens. L'Inde en produit beaucoup et ils sont anglophones. Ils sont donc recherchés dans de nombreux pays.

II. La circulation des étudiants : une « diaspora de la connaissance », du « *brain drain* » au « *brain gain* »

[argument 1]

Les étudiants indiens sont nombreux à étudier à l'étranger. Chaque année, ils sont près de 300 000 à partir, en priorité vers les pays anglophones (100 000 aux États-Unis, 25 000 en Australie, 20 000 au Royaume-Uni, 15 000 au Canada environ). La pratique de l'anglais et la présence d'une diaspora indienne facilitent leur installation de même que la similarité des systèmes d'enseignement supérieur.

[argument 2]

Aux États-Unis, avec des effectifs frôlant les 200 000, les étudiants indiens sont la deuxième communauté étudiante après les Chinois. Beaucoup viennent pour y préparer un doctorat en sciences ou un *Master of Business Administration* (MBA). La plupart ont, ensuite, une expérience professionnelle sur place. Des milliers d'étudiants indiens vivent dans la Silicon Valley où ils contribuent à la bonne image de la communauté indienne et à son intégration parmi l'*upper middle class*. Aujourd'hui, un tiers des ingénieurs d'Apple sont indiens. Google (Sundar Pichai) et Microsoft (Satya Nadella) sont dirigés par des personnes originaires du sous-continent.

On peut rappeler le parcours de Sundar Pichai, symbole de la réussite des étudiants indiens aux États-Unis. Né en 1972 à Madras dans un milieu modeste, il fait ses études à l'IIT de Kharagpur et part ensuite à l'université de Stanford, qui accorde une bourse au jeune homme. Il entre en 2004 chez Google comme chef de produit mais il devient 10 ans plus tard son directeur général.

[argument 3]

La vision qu'a l'Inde de ses expatriés a changé depuis les années 2000. Autrefois mal considérés, ils sont désormais valorisés. Les transferts financiers des émigrés sont importants (30 milliards de dollars par an) et vitaux pour les familles restées sur place. Les gouvernements nationalistes et ultranationalistes ont intégré les « desi » (ceux du pays) dans leur conception ethnique de la nation, tandis que les associations de la diaspora financent en grande partie leurs mouvements.

[transition]

Cette diaspora est aussi à l'origine de l'essor des hautes technologies en Inde.

III. Les transferts de technologie

[argument 1]

La diaspora est un agent majeur de l'internationalisation de l'Inde. Elle entretient des liens étroits avec la mère patrie. Les cadres d'origine indienne qui travaillent dans les sociétés américaines high-tech soutiennent volontiers l'essor des hautes technologies en Inde, en subventionnant, par exemple, les instituts qui les ont formés ou en y revenant pour fonder des entreprises innovantes.

[argument 2]

L'externalisation correspond au transfert d'une partie des activités d'une entreprise (et des risques qui y sont associés) vers un sous-traitant. Des milliers de firmes transnationales (FTN) occidentales font appel à des sous-traitants indiens hautement qualifiés, induisant un transfert de connaissances, de technologies et de capitaux, particulièrement dans les domaines des services aux entreprises, de la recherche et développement et de l'ingénierie. Dans ces secteurs, l'Inde dispose d'un atout comparatif décisif : ses diplômés sont rémunérés quatre fois moins que leurs homologues occidentaux.

On peut rappeler que des accords ont été conclus entre la France et l'Inde en 2015 et 2016, comprenant la livraison de 36 avions Rafale et six sous-marins du type Scorpène. Ces contrats comportent aussi des *offsets* (investissements compensatoires). Certaines pièces et certains équipements ont, ainsi, été fabriqués en Inde (notamment par le géant de la pétrochimie Reliance Industries).

[argument 3]

Bangalore/Bengaluru (parc de haute technologie de Bagmane), Madras/Chennai, Bombay/Mumbai, Hyderabad, Delhi et Calcutta/Kolkata sont les gagnantes mondiales de l'externalisation d'activités dans des domaines comme les applications informatiques, l'analyse de marchés, les centre d'appels (anglais), les services d'ingénierie ou de tests. L'Inde doit son surnom de « bureau du monde » aux activités informatiques qui s'y sont développées. Pourtant, elle peine encore à faire de ses activités de pointe un facteur de puissance.

Conclusion

Les progrès techniques sont l'un des moteurs de la mondialisation. Leur développement continu, accéléré depuis une trentaine d'années, s'est fait dans son cadre. Des pays comme l'Inde ont su en tirer profit en envoyant leurs étudiants dans des universités étrangères, notamment anglo-saxonnes, et en formant des chercheurs de haut niveau dans certains secteurs comme la médecine, l'informatique ou la pharmaceutique. En retour, de nombreuses firmes transnationales (FTN) occidentales y ont externalisé une partie de leur production, faisant bénéficier le pays de nombreux transferts de technologie : industries pharmaceutiques ou biotechnologies depuis les États-Unis, technologies aéronautiques depuis la France.

bilan

Malgré les rivalités politiques et économiques entre la Chine et l'Inde, les deux puissances émergentes coopèrent pour faciliter les transferts de technologie. Comment s'effectue ce partenariat ?

ouverture

Le cyberespace : conflictualité et coopération entre les acteurs

ÉTUDE CRITIQUE DE DOCUMENTS

Analysez le document pour montrer que la géographie des infrastructures matérielles du cyberespace révèle l'inégalité des flux et du développement d'Internet dans le monde.

DOCUMENT

Réseaux de câbles sous-marins et data centers

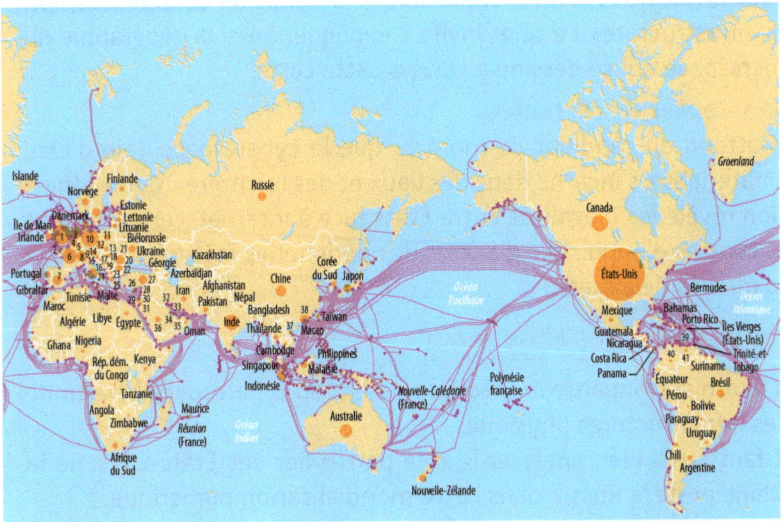

1 Royaume-Uni
2 Îles Anglo-Normandes
3 Pays-Bas
4 Belgique
5 Luxembourg
6 France
7 Espagne
8 Suisse
9 Liechtenstein
10 Allemagne
11 Pologne
12 Rép. tchèque
13 Slovaquie
14 Autriche
15 Slovénie
16 Bosnie-Herzégovine
17 Croatie
18 Hongrie
19 Serbie
20 Roumanie
21 Moldavie
22 Bulgarie
23 Macédoine
24 Italie
25 Grèce
26 Chypre
27 Turquie
28 Liban
29 Israël
30 Territoires Palestiniens
31 Jordanie
32 Koweït
33 Bahreïn
34 Qatar
35 EAU
36 Arabie Saoudite
37 Vietnam
38 Hong Kong
39 Antilles néerlandaises
40 Colombie
41 Venezuela

Source : *Carto*, n° 52, mars - avril 2019.

Réseaux de câbles sous-marins

Câbles sous-marins, par lesquels transitent la plupart des télécommunications mondiales

Point d'entrée/sortie

Nombre de *data centers* par pays en janvier 2019

États-Unis 1 874

100
50
10
1

Fiche cours 12

Fiches méthodes 3 4

Travail préparatoire

2 heures *Le jour de l'épreuve, vous aurez 4 heures pour traiter la dissertation et l'étude critique de documents : ne consacrez pas plus de 2 heures au traitement de l'étude critique de documents.*

Analyser le sujet

Analyser le document

- Le cyberespace, souvent assimilé à Internet, est l'espace de communication créé par l'interconnexion mondiale des ordinateurs et des serveurs par Internet.
- La géographie des câbles sous-marins et des *data centers* rend visibles les réseaux et territoires du cyberespace.

Les pièges à éviter

Il faut éviter de se limiter à une simple description de la répartition des infrastructures. Le sujet invite à expliquer aussi la géographie du cyberespace qui se dessine à travers cette carte.

Les attentes du correcteur

On attend du candidat de montrer que le cyberespace, loin d'être dématérialisé, s'incarne dans des lieux et des territoires. Cette répartition révèle les inégalités entre États face à Internet, certains étant des centres d'impulsion, d'autres des périphéries intégrées, d'autres des marges délaissées.

Mobiliser ses connaissances

- Il faut bien connaître le fonctionnement du cyberespace à partir de ses infrastructures physiques.
- Il faut aussi bien analyser le rôle particulier des États-Unis, de la Chine et de la Russie dans cette mondialisation numérique.

Problématiser le sujet

Il faut d'abord s'interroger sur le mode de fonctionnement physique du cyberespace, notamment en ce qui concerne l'hébergement des données et les réseaux d'échanges sous-marins. Ensuite, il convient d'étudier la géographie de chacune de ces infrastructures pour montrer les inégalités qui peuvent exister dans leur répartition mondiale.

Plan du sujet

I. Le fonctionnement matériel du cyberespace
II. La géographie de l'hébergement des données informatiques
III. La géographie des réseaux d'échanges sous-marins

Corrigé : plan détaillé

Les textes en bleu apparaissant dans ce corrigé ne doivent pas figurer dans votre devoir. Nous les avons insérés pour vous guider et vous aider à repérer les parties de l'étude critique des documents.

Les conseils du professeur

Introduction

En 1982, dans sa nouvelle intitulée *Burning Chrome*, l'auteur de science-fiction William Gibson définit le cyberespace comme « une représentation abstraite des relations entre les systèmes de données ». Le cyberespace favorise la diffusion planétaire et instantanée d'une quantité exponentielle d'informations. Un nombre croissant de personnes, y compris dans des régions reculées, accède à un volume de connaissances et de données en perpétuelle expansion. — accroche

On peut, cependant, matérialiser le réseau d'informations et de communication. La carte localise ainsi les grands centres d'hébergement des données (on parle aujourd'hui de *Big data*) et les câbles qui passent sous les mers et océans. — présentation du document

En quoi la géographie de ces infrastructures révèle-t-elle l'inégalité des flux et du développement d'Internet dans le monde ? Nous verrons, d'abord, en quoi consistent ces infrastructures. Puis, nous étudierons la géographie des *data centers*. Enfin, nous nous intéresserons à la répartition des câbles sous-marins. — problématique et annonce du plan

I. Le fonctionnement matériel du cyberespace

[argument 1]

Les *data centers* sont les lieux de stockage des données numériques qui regroupent des ordinateurs centraux, des serveurs, et toutes sortes d'équipements nécessaires à la distribution des flux numériques. L'Institut français des relations internationales (IFRI) dénombre plus de 4 400 centres en colocation répartis entre 122 pays en 2017.

On peut rappeler que l'expression « *data centers* » recouvre des réalités différentes, désignant autant des salles informatiques d'une dizaine de mètres carrés que des sites gigantesques, tel que le centre de China Telecom, qui s'étend sur 994 000 mètres carrés à Hohhot (Mongolie intérieure).

[argument 2]

De plus, pour diminuer les temps de latence, les hébergeurs cherchent à localiser leurs centres à proximité des stations d'atterrage et des points de raccordement aux câbles constituant la dorsale mondiale du Net, lesquels se trouvent majoritairement dans les grandes agglomérations. Ces usines exigent également une main-d'œuvre qualifiée dans la gestion des réseaux informatiques et la maintenance des systèmes électriques. L'Inde apparaît ainsi bien placée.

[argument 3]

Les satellites ne représentent que 1 % des flux numériques. La quasi-totalité transite donc par des câbles sous-marins. Aujourd'hui, près de 450 câbles sous-marins couvrent la planète. Ces câbles à fibre optique s'étirent sur 1,3 million de km, soit 32 fois le tour de la Terre. On voit bien sur la carte l'importance des détroits (Malacca, Gibraltar, Bab-el-Mandeb, Ormuz, Pas-de-Calais), des caps (Bonne Espérance) et des isthmes (Suez et Panama).

[transition]

Que révèle la géographie de ces infrastructures ?

II. La géographie de l'hébergement des données informatiques

[argument 1]

Près de 40 % des *data centers* se trouvent aux États-Unis, contre seulement 6 % au Royaume-Uni, 4 % en Allemagne et 3,5 % en France. Le plus gros prestataire est le californien Digital Realty Trust qui, opérant 205 centres dans 12 pays, contrôlait 20,5 % du marché en 2017.

[argument 2]

Comme le laisse penser la carte, les besoins en énergie ont orienté les *data centers* vers des régions froides, à l'image de Facebook, qui a ouvert en 2013 un centre à Luleå (Suède), ainsi que vers des pays où le coût de l'électricité est faible.

[argument 3]

Les politiques suivies par les États pour conserver le contrôle sur les données de leurs ressortissants sont diverses. Chine et Russie obligent les plateformes numériques étrangères à héberger sur leur sol les données des citoyens. Malheur aux contrevenants : bloqué pour non-respect de la législation, le très populaire réseau professionnel LinkedIn reste, à ce jour, inaccessible en Russie. Et Apple a dû ouvrir en 2018 un *data center*, opéré par le gouvernement de la province du Guizhou, afin de continuer à exercer dans le pays qui représente 21 % de son chiffre d'affaires.

[transition]

La carte des câbles sous-marins révèle-t-elle les mêmes contrastes ?

On peut rappeler que la première concentration de *data centers* en Europe se trouve en Seine-Saint-Denis, dans la communauté d'agglomération de la Plaine Commune. Des associations de riverains critiquent les nuisances sonores et les risques d'explosion du carburant des groupes électrogènes de secours.

III. La géographie des réseaux d'échanges sous-marins

[argument 1]

Les GAFAM réalisent 50 % des investissements en matière de pose de câble sous-marin. Un câble peut coûter jusqu'à 700 millions d'euros. En 2018, Orange et Google ont décidé de collaborer pour mettre en place un câble sous-marin entre les États-Unis et la France, long de 6 600 km, baptisé « Dunant » et qui devrait être opérationnel en 2020.

[argument 2]

Les câbles sont très vulnérables en cas de séisme, d'acte de malveillance ou de piratage. Comme il existe de nombreux câbles à travers l'Atlantique et le Pacifique, le risque diminue dans cette zone. Par contre, la carte montre bien que les liaisons à travers l'océan Indien ou le Pacifique sud sont plus exposées. En revanche, le risque est grand qu'un sous-marin fasse des branchements secrets sur les câbles immergés.

[argument 3]

La prise de conscience qu'une surveillance était réalisée par la NSA en captant les données en transit a amené certains pays ces dernières années à développer des routes alternatives comme le câble Alba 1 reliant Cuba au Venezuela. D'autres projets sont en cours, comme le South Atlantic Interlink qui devrait relier l'Amérique latine à l'Afrique, en s'affranchissant du passage par les nœuds américains. La Chine cherche aussi à éviter les câbles sous-marins passant par les États-Unis en développant, par exemple, des câbles terrestres vers l'Europe.

On peut rappeler que les routeurs définissent automatiquement les trajectoires des flux de données en fonction des délais les plus courts. Comme la qualité et le haut niveau de technicité des infrastructures américaines permettent un transfert des données souvent plus rapide que par un trajet direct, les routeurs orientent les flux vers leur territoire. À titre d'exemple, seuls 3 % des échanges de données entre l'Europe et l'Asie font le trajet directement, sans passer par les États-Unis.

Conclusion

bilan

Le cyberespace a bien une dimension territoriale. Les infrastructures physiques (câbles sous-marins, serveurs, points d'échanges Internet, terminaux, routeurs, etc.), dont dépend l'interconnexion des réseaux, sont le fruit de politiques nationales d'aménagement. Au niveau de ces infrastructures matérielles, les États-Unis occupent une place dominante : ils abritent 40 % des *data centers* mondiaux et la distribution des câbles sous-marins leur confère une position centrale : 97 % des données échangées par flux numériques entre l'Europe et l'Asie transitent par les États-Unis. Ainsi, pour les États, le cyberespace est bien un territoire à maîtriser sur lequel ils tentent d'exercer leur souveraineté. Les câbles sous-marins peuvent faire l'objet de coupures par sabotage (exemple : Crimée en 2014). Les États-Unis envisagent, d'ailleurs, une sécurisation de leurs câbles par barrières soniques.

ouverture

Comment se met en place une politique de cyberdéfense ?

SUJET 30

Le cyberespace : conflictualité et coopération entre les acteurs

ÉTUDE CRITIQUE DE DOCUMENTS

Analysez le document pour montrer que l'organisation de la cyberdéfense française vise à un équilibre entre souveraineté nationale et coopération internationale.

DOCUMENT

L'organisation de la cyberdéfense française

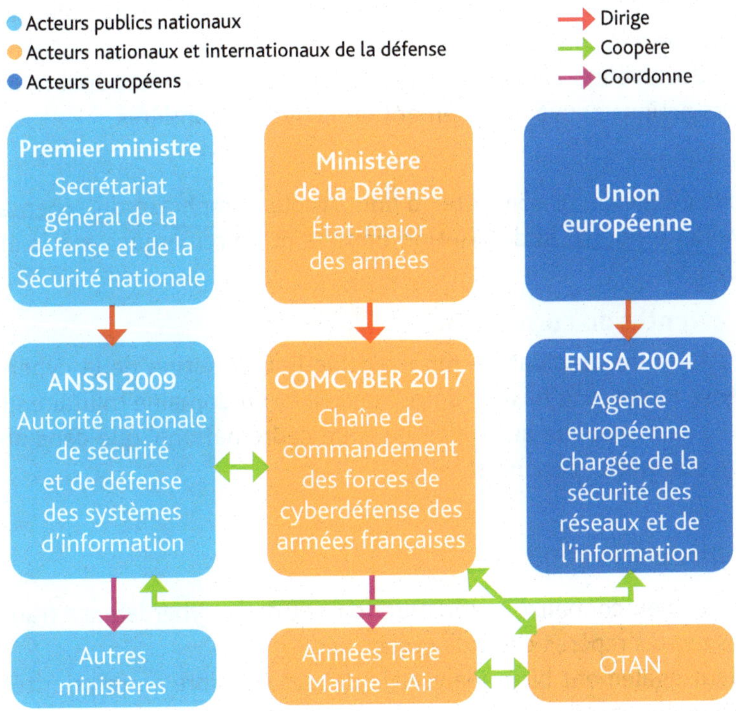

www.defense.gouv.fr, ANSSI, 2019.

Travail préparatoire

Fiche cours 12
Fiches méthodes 3 4

2 heures *Le jour de l'épreuve, vous aurez 4 heures pour traiter la dissertation et l'étude critique de documents : ne consacrez pas plus de 2 heures au traitement de l'étude critique de documents.*

Analyser le sujet

Analyser le document

- La cyberdéfense désigne l'ensemble des moyens physiques et virtuels mis en place par un pays dans le cadre de la guerre informatique menée dans le cyberespace.
- Cela passe notamment par la création d'une branche spécifique dans l'armée (ici l'armée française, mais aussi l'OTAN).
- À côté de ce secteur militaire, il y a aussi un secteur civil public qui participe à la cyberdéfense.
- Ces deux volets agissent prioritairement au niveau national mais leurs actions peuvent également dépasser les frontières.

Les pièges à éviter

Il faut éviter de se contenter d'une simple paraphrase du schéma et veiller à nourrir la description de faits et de remarques précis et actualisés.

Les attentes du correcteur

On attend du candidat de montrer que l'organisation de la cyberdéfense relève, à la fois, du domaine civil et du domaine militaire et qu'elle se développe aussi bien dans un cadre national que dans un cadre européen et mondial.

Mobiliser ses connaissances

- Il faut bien connaître le fonctionnement de la cyberdéfense française et les repères chronologiques liés.
- Il faut également bien analyser le délicat équilibre entre priorités nationales et partenariats européens et atlantistes.

Problématiser le sujet

La problématique amène à montrer que l'organisation de la cyberdéfense française vise à un équilibre entre souveraineté nationale et coopération internationale. Il faut bien séparer ici les deux aspects, en s'interrogeant d'abord sur les acteurs français de la cyberdéfense, puis sur les acteurs européens et internationaux.

Plan du sujet

I. Les acteurs nationaux de la défense
II. Une coopération avec l'Union européenne
III. Vers une coopération internationale

Corrigé : plan détaillé

Les textes en bleu apparaissant dans ce corrigé ne doivent pas figurer dans votre devoir. Nous les avons insérés pour vous guider et vous aider à repérer les parties de l'étude critique des documents.

Les conseils du professeur

Introduction

Puissance mondiale de premier ordre, la France est, chaque jour, victime d'attaques de ses systèmes d'information numériques à des fins d'espionnage ou de déstabilisation de ses capacités d'action.

accroche

Ces cyberattaques ont nécessité la mise en œuvre progressive d'une stratégie de cyberdéfense à partir de 2006. Consciente de sa vulnérabilité face aux cybermenaces, la France a renforcé sa vigilance et sa coopération. C'est dans ce contexte que Paris a développé les coopérations avec ses partenaires, notamment à travers sa participation aux politiques mises en œuvre par l'OTAN et l'Union européenne.

présentation du document

En quoi l'organisation de la cyberdéfense française vise-t-elle à un équilibre entre souveraineté nationale et coopération internationale ? Nous verrons, d'abord, qui sont les acteurs nationaux de la cyberdéfense. Puis, nous étudierons la coopération de la France avec l'Union européenne. Enfin, nous nous intéresserons à la mise en place d'une coopération internationale où la France entend jouer un rôle important.

problématique et annonce du plan

I. Les acteurs nationaux de la défense

[argument 1]

Dès 2006, un premier rapport parlementaire évoque les risques de cyberattaques, notamment contre les aéroports, les gares et les centrales nucléaires. En 2009 est créée l'Agence nationale de la sécurité des systèmes d'information (ANSSI) qui assiste le Premier ministre dans ses fonctions de défense des institutions sensibles et de sécurité nationale.

[argument 2]

La cyberdéfense a été érigée en priorité nationale par le Livre blanc pour la défense et la sécurité nationale de 2013. En avril 2015, alors que la France est engagée dans la lutte contre le terrorisme en France et au Mali, la chaîne de télévision française TV5 Monde fait l'objet d'une attaque entraînant la destruction de son serveur de messagerie, l'arrêt des programmes et la publication de messages de soutien à Daech sur ses réseaux sociaux. Les soupçons se tournent, aujourd'hui, vers un groupe de hackers russes, en lien avec la crise ukrainienne et la dégradation des relations entre Paris et Moscou.

[argument 3]

En 2017 est créé le Commandement de la cyberdéfense (COMCYBER) placé sous la tutelle du ministère des Armées. Il assure également le développement et l'animation de la réserve citoyenne de cyberdéfense (créée en 2012). L'armée française s'appuie sur près de 3 500 cybersoldats, dont le nombre va augmenter en

On peut rappeler que le Forum international de la cybersécurité de Lille réunit chaque année 400 acteurs publics et privés (entreprises, universités et centres de vertu de la loi de programmation militaire (LPM) 2019-2025. Depuis 2019, le ministère des Armées développe une doctrine cyberoffensive.

[transition]

Comment ces acteurs nationaux collaborent-ils avec leurs homologues européens ?

recherche, etc.), essentiellement européens, afin de favoriser la réflexion et les échanges sur la cybersécurité.

II. Une coopération avec l'Union européenne

[argument 1]

Dès 2004, l'UE se dote d'une agence chargée de la sécurité des réseaux et de l'information (ENISA), basée à Héraklion, en Grèce. Elle est chargée de la prévention des risques et de la réalisation d'exercices réguliers de cybersécurité. Une nouvelle Agence lui succède en 2020, avec des missions assez proches.

[argument 2]

En novembre 2010, un premier accord de coopération bilatérale unit la France à un autre État européen, l'Estonie (premier pays frappé par une cyberattaque au printemps 2007). L'ANSSI et le Centre informatique estonien (EIC), son homologue, ont signé un accord de coopération dans le domaine de la cyberdéfense et de la sécurité des systèmes d'information.

[argument 3]

En 2016 est adoptée la directive SRI (Sécurité des réseaux et de l'information) qui impose aux opérateurs et prestataires de services numériques de prendre des mesures de sécurité et de signaler tout dysfonctionnement ou incident. En mai 2019, le Conseil européen adopte un règlement sur la cybersécurité, permettant pour la première fois à l'UE d'imposer des sanctions à des personnes ou des entités qui sont responsables de cyberattaques ou de tentatives de cyberattaques.

[transition]

Ces tentatives de coopération s'étendent-elles à un niveau mondial ?

On peut rappeler que le challenge européen de cybersécurité oppose chaque année une vingtaine d'équipes nationales composées de jeunes hackers éthiques, c'est-à-dire qui agissent de façon bienveillante. Il s'agit de recruter les meilleurs talents en matière de cybersécurité.

III. Vers une coopération internationale

[argument 1]

En 2014 un Comité de cyberdéfense est créé au sein de l'OTAN. L'organisation a adopté, en 2016, lors du sommet de Varsovie, une stratégie ambitieuse de cybersécurité qui vise, outre la reconnaissance du cyberespace comme domaine d'opération et la protection de ses propres réseaux, à renforcer la coopération avec l'UE et la formation à la cyberdéfense dans les États membres, dont la France.

On peut rappeler que l'OTAN est précurseur dans la cybercoopération. Dès 2008 est créé à Tallinn (après l'attaque contre l'Estonie) le Centre d'excellence pour la cyberdéfense en coopération (CCDCOE). En 2013 la rédaction du manuel de Tallinn propose une transposition du droit international au cyberespace.

[argument 2]

L'Appel de Paris, lancé par la France en novembre 2018, fait la promotion de la coopération internationale dans la lutte contre les cybermenaces. Il rassemble des engagements sur la cybersécurité et la protection des droits fondamentaux des citoyens de signataires du monde entier (notamment 67 États dont l'ensemble des pays européens et des entreprises comme Microsoft, Facebook ou Airbus). Toutefois, les États-Unis, la Russie et la Chine ont refusé de prendre part à cet accord.

[argument 3]

Une cyberdéfense efficace reste à inventer car le droit international est limité. En effet, les formes classiques de sécurité (dissuasion, riposte ou anticipation) ne sont pas transposables. La Cour internationale de justice ou le Conseil de sécurité de l'ONU reconnaissent aux États victimes de cyberattaques le droit de prendre des contre-mesures de légitime défense, uniquement dans les cas où la cyberattaque est considérée comme une agression armée. Or, la vaste majorité des cyberopérations n'atteint pas ce seuil. Il est de plus en plus difficile d'établir précisément l'identité et les motivations d'un cyberagresseur, de même que les liens entre un donneur d'ordres étatique et les exécutants privés.

Conclusion

La France est exposée à de nombreuses menaces : cybercriminalité (virus, vers informatiques, *ransomwares*, sabotages), espionnage. Afin de répondre à ces défis, l'Agence nationale de la sécurité des systèmes d'information a été créée en 2009. La cyberdéfense est devenue une priorité nationale et un enjeu de souveraineté majeur, comme en témoigne la mise en place d'un commandement spécial en 2017 (COMCYBER). Mais le caractère transnational des menaces a rendu nécessaire la coopération à l'échelle régionale (UE, OTAN), voire mondiale. | bilan

La coopération avec les acteurs privés est également un enjeu majeur. | ouverture

Fiches de cours

1 La dimension politique de la guerre

Le modèle de Clausewitz peut-il s'appliquer aussi bien aux guerres du XVIIIe siècle qu'aux conflictualités de l'époque contemporaine ?

▶ De la guerre de Sept Ans aux guerres napoléoniennes

– La guerre de Sept Ans (1756-1763) est le premier conflit mondial. Par la mobilisation générale des forces et la masse des victimes, le conflit, comme ensuite les guerres révolutionnaires, prend des formes de guerre totale.

– Les guerres napoléoniennes montrent ensuite qu'un État, par une supériorité ponctuelle (hommes, ressources, génie militaire) peut mener une politique de conquête qui déstabilise la donne géopolitique. Ainsi, la Grande Armée napoléonienne de 650 000 hommes est une armée nationale qui émane d'une France de 30 millions d'habitants, et qui cherche à imposer ses valeurs et ses normes, inspirées par la Révolution française, sur tous les territoires conquis.

▶ Le modèle de Clausewitz

– Le stratège prussien Carl von Clausewitz (1780-1831) a défini la guerre comme « la prolongation de la politique par d'autres moyens ». Même vouée à la destruction de l'adversaire, elle s'inscrit toujours dans un objectif politique.

– Clausewitz souligne aussi que les campagnes napoléoniennes ont suscité un grand nombre de « petites guerres », d'insurrections dans les pays occupés (exemple : l'Espagne en 1808). Il insiste, dans ce contexte, sur la nécessité pour le plus faible de harceler les troupes étatiques pour les faire plier malgré la dissymétrie des forces. Cette lecture inspire, par la suite, les tenants des guérillas.

▶ Un cadre d'analyse des « guerres irrégulières » ?

– Avec la fin de la guerre froide, les « guerres clausewitziennes » (entre États, avec armistice et traité de paix) diminuent fortement. L'expression de « guerre irrégulière » s'est progressivement imposée pour caractériser les guerres contemporaines dans lesquelles les États ne sont pas les seuls acteurs engagés.

– Le terrorisme se mondialise et apparaît, désormais, comme une nouvelle forme de guerre en partie déterritorialisée avec Al-Qaïda, dans les années 2000, puis l'État islamique (Daech), dans les années 2010. Ce mode d'action dépasse le cadre traditionnel de la guerre : la négociation politique disparaît au profit de la multiplication à l'échelle planétaire d'attentats commis au nom d'idées religieuses.

2 Le défi de la construction de la paix

Comment faire la paix de façon durable ?

▶ Faire la paix par les traités : les traités de Westphalie (1648)

– Les deux traités de paix de Münster et Osnabrück, dits de « Westphalie », mettent fin à la guerre de Trente Ans qui a opposé la plupart des puissances européennes de l'époque. Les États signataires se reconnaissent mutuellement des frontières précises et inviolables, qui délimitent le champ de la souveraineté.

– Conçus pour apaiser une Europe ensanglantée par l'intolérance religieuse, les traités proposent un rééquilibrage de l'Europe. Son but principal est d'établir la paix en empêchant la domination de vastes empires comme celui du Saint-Empire : aucun pays ne doit être assez puissant pour s'imposer aux autres.

▶ Faire la paix par la sécurité collective : les actions de l'ONU sous les mandats de Kofi Annan

– L'ONU a été impuissante à surmonter la volonté des États durant la guerre froide et a vu son fonctionnement largement entravé par l'antagonisme Est-Ouest. À partir du milieu des années 1990, l'organisation voit son rôle renforcé à travers sa diplomatie, le déploiement de ses casques bleus et la mise en place d'une justice internationale.

– Kofi Annan, secrétaire général de 1997 à 2006, essaie en même temps de faire sortir l'ONU de son image d'instrument au service de l'ordre mondial occidental en insistant sur son rôle dans la « préservation de la dignité de l'homme » par-delà la souveraineté des États.

▶ Une paix illusoire ?

– Malgré les espoirs des promoteurs des traités de Westphalie, la stabilisation des frontières étatiques en Europe n'a pas du tout pacifié les relations internationales européennes. Les États westphaliens, transformés progressivement en États-nations par l'identification d'un peuple à un territoire et un souverain, sont guidés par un appétit de puissance territoriale. Dès 1661, Louis XIV entreprend de faire du territoire français, le plus grand d'Europe, dans une succession ininterrompue de guerres et de traités.

– Après les attentats du 11 septembre 2001 à New York, l'ONU fait de l'éradication du terrorisme international une priorité, qui se heurte à la politique unilatéraliste des États-Unis. En 2003, Kofi Annan critique ouvertement la décision des Américains de déclarer la guerre à l'Irak sans l'aval du Conseil de sécurité.

3 Conflits régionaux et tentatives de paix au Moyen-Orient

En quoi les enjeux internationaux au Moyen-Orient font-ils obstacle au règlement pacifique des conflits régionaux ?

▶ Du conflit israélo-arabe au conflit israélo-palestinien (1947-1993)

– De 1947 à 1973, on assiste à un conflit israélo-arabe sans résolution. Au lendemain de la proclamation de l'indépendance d'Israël, la guerre est déclenchée le 15 mai 1948 contre le nouvel État par les Syriens, les Égyptiens, les Libanais et les Irakiens. C'est une guerre classique, comme l'a également été la guerre du Kippour (octobre 1973). En juin 1967, Israël mène, en revanche, une guerre « préventive » victorieuse contre ses voisins arabes, qui bloque le détroit de Tiran.

– À partir de 1973, la situation se transforme en conflit israélo-palestinien sans solution définitive. Les accords de Camp David entre Israël et l'Égypte (septembre 1978) aboutissent à un traité de paix. En 1987, les Palestiniens déclenchent la première Intifada, une « guerre des pierres » asymétrique. En 1993, les accords d'Oslo prévoient la mise en place progressive d'un État palestinien.

▶ La guerre du Golfe de 1991, une guerre interétatique

– L'opération militaire américaine « Tempête du désert » se déroule du 17 janvier au 28 février 1991, sous couvert de l'ONU, et met facilement en déroute l'armée irakienne. Le Koweït est « libéré » après l'invasion de son voisin irakien.

– Les États-Unis ne vont, cependant, pas jusqu'à renverser Saddam Hussein, tant les craintes d'un éclatement de l'Irak sont fortes.

▶ La guerre du Golfe de 2003, un conflit asymétrique

– L'Irak est envahi en mars 2003 sans l'aval explicite de l'ONU. Face à la supériorité technologique américaine, le régime irakien s'effondre en quelques semaines. Saddam Hussein, capturé en décembre 2003, est jugé et exécuté.

– Une guerre civile commence alors entre sunnites et chiites, qui plonge le pays dans un véritable chaos. Le retrait américain de 2011 accélère la décomposition de l'Irak, dont un tiers du territoire est, en mai 2015, contrôlé par l'État islamique. Le pays devient, de fait, l'une des bases territoriales du terrorisme islamique (implantation du « califat » de l'organisation État islamique).

4 Usages sociaux et politiques du patrimoine

Comment les exemples de Versailles et des frises du Parthénon témoignent-ils des enjeux multiples liés à la protection du patrimoine ?

▶ Des monuments délaissés

– Considéré comme le symbole de l'absolutisme monarchique de l'Ancien Régime, le château de Versailles est, peu à peu, délaissé au début du XIXe siècle. Impossible à vendre (qui pourrait s'en porter acquéreur ?) ou à détruire (peut-on raser le plus célèbre symbole du Grand Siècle de Louis XIV quand la France dominait le monde ?), il se délabre inexorablement.

– Le Parthénon, temple dédié à la déesse Athéna et emblème de la puissance d'Athènes au Ve siècle av. J.-C., est très gravement endommagé en septembre 1687, par les canons vénitiens qui font exploser le temple qui servait de lieu de stockage de réserves de poudre.

▶ Un patrimoine récupéré

– Louis-Philippe décide d'utiliser Versailles comme un moyen de réconcilier la mémoire des Français en transformant en 1833 le château en musée de la monarchie. À la fin du XIXe siècle, l'historien Pierre de Nolhac, devenu conservateur du musée, décide de recréer les anciens appartements royaux.

– En 1802, Lord Elgin, ambassadeur britannique à Constantinople, parvient à faire expédier à Londres une grande partie des frises et des sculptures encore exploitables du Parthénon. Elles sont transférées au British Museum à partir de 1816.

▶ Des usages contestés

– Lors de la guerre de 1870, c'est dans la galerie des Glaces que Guillaume Ier se fait proclamer empereur d'Allemagne. Après la victoire française de 1918, Clémenceau veut effacer cette humiliation en faisant signer au même endroit le traité de paix.

– Depuis qu'elle a recouvré son indépendance, la Grèce n'a cessé de réclamer le retour des frises du Parthénon. Jusqu'à ce jour, le British Museum rétorque que ces objets ont été acquis régulièrement et que c'est à Londres qu'ils sont « le plus largement accessibles au public ».

5 Patrimoine, la préservation entre tensions et concurrences

Comment préserver le patrimoine face à la pression urbaine, la pression militaire et la pression touristique ?

▶ Patrimoine et enjeux urbains et économiques

– Le patrimoine parisien est confronté à la réalité des mutations urbaines : protégé, il doit aussi s'adapter aux enjeux contemporains (rénovation de l'habitat, prégnance écologique pour un tourisme durable, etc.).

– Outre l'obligation d'un entretien constant pour éviter une dégradation progressive et irréversible, le patrimoine monumental est l'objet de restaurations régulières qui impliquent des dépenses importantes. L'État cherche à transférer certains monuments historiques aux collectivités territoriales et recherche de nouvelles voies pour valoriser le patrimoine et rentabiliser sa gestion.

▶ Patrimoine et enjeux militaires et géopolitiques

– De son passé prestigieux d'empire puissant dominant le cœur de l'Afrique, l'actuel Mali a conservé des monuments et des sites exceptionnels inscrits au patrimoine mondial de l'humanité. Délaissé par l'un des États les plus pauvres du monde qui peine à l'entretenir, ce patrimoine subit, de plus, les conséquences des violences intercommunautaires et l'insécurité permanente provenant des troubles djihadistes.

– En 2012, sur ordre de l'Aqmi (Al-Qaïda au Maghreb islamique), plusieurs mausolées de Tombouctou sont détruits sous le prétexte qu'ils seraient impies. Placés sur la liste du patrimoine mondial en péril, les monuments sont reconstruits à partir de 2013, avec l'aide de l'UNESCO et des populations locales.

▶ Patrimoine et enjeux touristiques

– Considérée comme l'une des plus belles cités du monde, Venise, autrefois puissante cité-État dotée d'un immense empire commercial, s'est progressivement transformée en un lieu touristique majeur. Depuis les années 1970, la dégradation accélérée de son patrimoine, menacé par les ravages du tourisme de masse et l'inexorable montée des eaux, fait craindre le pire.

– Les grands paquebots, autorisés pendant longtemps à naviguer au plus près de la place Saint-Marc, accélèrent la fragilisation des fondations des bâtiments. Devant l'incapacité des autorités nationales, régionales et locales à protéger efficacement Venise, l'UNESCO a menacé d'inscrire la ville sur la liste du patrimoine mondial en péril.

6 Valorisation et protection du patrimoine en France

Comment trouver un équilibre entre valorisation et conservation du patrimoine ?

▶ La gestion du patrimoine français

– À partir de la Révolution française s'imposent, peu à peu, les notions de monument historique et d'œuvre d'art, traduites dans le droit par les lois de 1887 et de 1913, qui organisent leur recensement et leur protection. Jusque dans les années 1950, ces deux notions correspondent globalement à celle de patrimoine.

– À partir des années 1960, cette dernière s'élargit considérablement, particulièrement sous l'impulsion d'André Malraux qui défend l'idée que le patrimoine ne se cantonne pas à « une sélection orientée par les valeurs connues », mais qu'il doit englober toutes les œuvres « qui aident les hommes à vivre ».

▶ La patrimonialisation, entre héritage culturel et reconversion

– Le Nord-Pas-de-Calais, qui fait désormais partie de la région des Hauts-de-France, a été l'un des foyers majeurs de la révolution industrielle en France. À partir des années 1980, il subit le démantèlement progressif de ses industries traditionnelles qui ferment les unes après les autres, laissant derrière elles des friches et des vestiges que beaucoup, dans un premier temps, souhaitent voir disparaître du paysage.

– Leur sauvegarde devient, petit à petit, un enjeu collectif. Mais elle se pose en des termes inédits : doit-on figer les empreintes industrielles comme de simples témoignages ou faut-il les réhabiliter ? Dans ce dernier cas, il s'agit de leur trouver une nouvelle affectation qui conserve, si possible, leur identité primitive.

▶ Le patrimoine au service du rayonnement culturel et de la diplomatie

– En 2010, la France obtient l'inscription du « repas gastronomique des Français » au patrimoine mondial de l'UNESCO. Le repas gastronomique signifie une forme particulière de convivialité : un accueil agréable, un environnement soigné, la qualité des produits cuisinés avec soin dans le cadre d'une tradition culinaire respectée ou réinventée.

– Cette inscription est mise en valeur par la diplomatie française pour promouvoir les lucratifs secteurs commerciaux de la restauration et de la gastronomie, mais aussi ceux de la viticulture et des produits du terroir. Plus largement, ces actions visent à accroître les revenus du tourisme.

7 Exploiter, préserver et protéger

Comment les sociétés peuvent-elles concilier exploitation et protection de leur environnement ?

▶ Qu'est-ce que l'environnement ?

– Le terme « environnement » commence à être utilisé dans le grand public dans les années 1970, où il devient synonyme des nouveaux problèmes qui touchent les sociétés des Trente Glorieuses (pollution, destruction de la nature et des paysages traditionnels, augmentation du risque industriel, etc.).

– Parallèlement, le terme est délaissé par les spécialistes qui lui reprochent son imprécision grandissante et sa politisation progressive (« agir pour l'environnement », « sauver l'environnement »).

▶ De l'exploitation à la surexploitation des ressources

– L'essor de l'agriculture et de l'élevage au Néolithique, la conquête de l'Amérique et les débuts de l'industrialisation accentuent l'emprise de l'homme sur son milieu. Du début de notre ère au XIXe siècle, la superficie de la forêt française se réduit continuellement.

– À partir de 1950 a lieu la « grande accélération » : la croissance démographique et urbaine, conjuguée aux révolutions technologiques qui se succèdent sans discontinuer, modifie irréversiblement les équilibres. L'humanité épuise les ressources naturelles.

▶ La protection de l'environnement

– Avant le XIXe siècle, les sociétés ne se préoccupent pas de protéger la nature et l'environnement. Les premières mesures de réglementation concernant la forêt française (Grande ordonnance de 1669) visent surtout à assurer l'approvisionnement en bois des chantiers de construction navale, indispensables à la politique économique et à la politique étrangère de la France. De même, la création de l'Office national des forêts, en 1966, doit accompagner le programme de sylviculture productiviste.

– La gestion de la forêt entre, progressivement, dans une politique de développement durable et de protection de la biodiversité (création du Parc national de forêts, en 2019).

8 Le changement climatique : approches historique et géopolitique

Comment les sociétés humaines font-elles face au changement climatique ?

▶ Des fluctuations médiévales au réchauffement contemporain

– Au Moyen Âge, le climat connaît une période de léger réchauffement entre 900 et 1300 (« petit optimum climatique ») à laquelle succède, jusqu'en 1860, une baisse globale des températures (« petit âge glaciaire »).

– À partir de 1860, la concentration des gaz à effet de serre, qui découle de l'usage des combustibles fossiles, modifie profondément le climat et les puissances économiques en sont les principales émettrices.

▶ Les effets des changements climatiques sur les sociétés

– Au Moyen Âge, dans des sociétés où l'essentiel des ressources et de la richesse provient de la terre, les hommes sont très dépendants du climat. Les famines et les événements politiques et socio-économiques qui les ont parfois accompagnées (révoltes, frondes, rébellions, insurrections) étaient souvent dus à la combinaison de guerres et de mauvaises récoltes, en lien avec le climat.

– À partir du XIXe siècle, le réchauffement climatique occasionne de nombreuses modifications des écosystèmes et d'importantes conséquences sur les sociétés humaines : élévation du niveau de la mer, acidification des océans, submersion des littoraux, perturbation du régime des précipitations.

▶ Des efforts internationaux pour lutter contre le réchauffement

– Il faut attendre les années 1970 et 1980 pour qu'aient lieu les premières conférences internationales sur le climat et les premières grandes évaluations des risques liés au changement climatique.

– À partir des années 1990, des décisions concrètes sont prises pour réduire les gaz à effet de serre (GES), mais beaucoup de ces mesures ne sont pas contraignantes. L'accord de Paris, en 2015, fixe des objectifs ambitieux mais se heurte aux intérêts économiques des États-Unis.

9 Les États-Unis et la question environnementale

Quels sont les débats aux États-Unis concernant la question environnementale ?

▶ Préserver ou conserver la « *wilderness* » ?

– C'est aux États-Unis, en Californie, qu'a été créé le premier parc national, à Yellowstone (1872). La création de ces aires protégées vise à préserver de manière radicale la « nature sauvage » (*wilderness*) de toute influence humaine.

– La conservation est plus modérée et prône l'usage avisé (*wise use*) des ressources naturelles. Il s'agit de protéger la nature en tant que réservoir de ressources pour l'homme.

▶ Exploiter les ressources sans dégrader les milieux ?

– La rapide dégradation des milieux naturels accompagne la progression des pionniers sur tout le territoire. Les forêts disparaissent et l'érosion des sols est intense dans certaines régions.

– Les actions du président Theodore Roosevelt, entre 1901 et 1909, et du président Franklin Delano Roosevelt, entre 1933 et 1942, aboutissent, notamment, à d'immenses reboisements. L'État fédéral commence à jouer un rôle essentiel dans la protection de l'environnement à l'échelle nationale. Si les États fédérés peuvent mettre en place des mesures de protection, l'exploitation des ressources est gérée par Washington.

▶ Ne pas signer les accords internationaux sur l'environnement ?

– À deux reprises, en 1997 (accords de Kyoto) et en 2017 (accord de Paris), les États-Unis refusent de s'aligner sur les décisions multilatérales visant à réduire les gaz à effet de serre.

– Les tensions entre Républicains et Démocrates restent fortes sur la question environnementale. Néanmoins, des voix s'élèvent aux États-Unis pour refuser la mise à l'écart du pays des initiatives mondiales contre le dérèglement climatique. C'est le cas de l'association « *We are still in* », qui regroupe plusieurs États fédérés, des maires de grandes villes et, surtout, la plupart des poids lourds de l'économie américaine.

10 Produire et diffuser des connaissances

Quelles ont été les étapes dans la production de la connaissance scientifique et dans l'accès universel à la connaissance ?

▶ Un accès limité des femmes à la connaissance du XVIe au XIXe siècle

– Au XVIe siècle, l'alphabétisation féminine est bien inférieure à celle des garçons car les institutions scolaires ne leur sont pas destinées. La société considère que l'éducation des femmes ne passe pas nécessairement par leur alphabétisation puisqu'elles sont vouées au mariage et à la maternité.
– Il faut attendre le XIXe siècle pour que l'alphabétisation des femmes devienne une réalité dans les États occidentaux. Dans ces pays industrialisés, la législation impose l'école primaire obligatoire et gratuite pour les deux sexes. Peu à peu, les programmes scolaires dédiés aux filles et aux garçons s'harmonisent.

▶ Le rôle de la recherche et des échanges au XIXe et au XXe siècles

– À partir de la fin du XIXe siècle et jusqu'au milieu du XXe siècle, le rythme des découvertes scientifiques fondamentales va croissant, à tel point que l'on a pu parler d'une véritable « révolution ». Elle touche tous les domaines, particulièrement les sciences naturelles, la médecine, les mathématiques et la chimie. Mais c'est en physique que les recherches les plus importantes sont menées à cette époque, particulièrement dans le domaine des radiations.
– En 1896, Henri Becquerel découvre ce phénomène, qui est ensuite étudié par Pierre et Marie Curie, puis par d'autres savants européens et américains. Cette découverte connaît de nombreuses applications et devient un enjeu majeur durant la Seconde Guerre mondiale. En juillet 1945, la première bombe du projet Manhattan explose dans le désert du Nouveau-Mexique.

▶ Les progrès de l'alphabétisation depuis 1950

– Entre 1960 et 2019, le taux d'alphabétisation mondial des 15-24 ans passe de 40 à 90 % et celui des femmes de 20 à 80 %. On assiste donc à un rattrapage rapide des pays en voie de développement.
– Des discriminations importantes liées à la pauvreté perdurent néanmoins, surtout dans les pays les moins avancés (PMA). En Afrique subsaharienne, à peine une femme adulte sur deux sait lire et écrire. Pourtant, l'alphabétisation des hommes comme des femmes est un facteur indispensable au développement et à la croissance économique.

11 La connaissance, enjeu politique et géopolitique

Comment la connaissance est-elle devenue l'un des piliers de la puissance des États ?

▶ L'essor du renseignement et de l'enseignement

– La guerre froide (1947-1991) a accéléré le phénomène du renseignement, avec la création de services d'espionnage (CIA, KGB). Des opérations militaires ont même pu être menées sur le terrain.

– Le passage à une « économie de la connaissance » requiert de nombreux chercheurs et ingénieurs. L'Inde possède, aujourd'hui, en nombre d'institutions, le plus grand système d'enseignement secondaire et supérieur au monde, notamment dans les secteurs de la médecine, de l'informatique ou de la pharmaceutique.

▶ Une compétition mondiale et une circulation internationale des personnes

– Lors de la guerre froide, la confrontation entre les services de renseignement américains et soviétiques ne donna réellement l'avantage à aucun des deux camps. Le KGB ne parvint pas à rattraper son retard informatique malgré ses « taupes » parmi les services de recherche occidentaux.

– Les étudiants indiens à l'étranger sont, chaque année, près de 300 000 à partir, en priorité vers les pays anglophones. Aujourd'hui, une partie importante des ingénieurs de la Silicon Valley, en Californie, sont indiens.

▶ Vers une coopération et des partenariats technologiques

– Les cadres d'origine indienne qui travaillent dans les sociétés américaines high-tech soutiennent, volontiers, l'essor des hautes technologies en Inde, en subventionnant, par exemple, les instituts qui les ont formés ou en revenant dans leur pays pour fonder des entreprises innovantes.

– De nombreuses firmes transnationales (FTN) occidentales ont externalisé une partie de leur production en Inde, faisant bénéficier le pays de nombreux transferts de technologie.

12 Le cyberespace : conflictualité et coopération

En quoi le cyberespace est-il traversé par des contrastes, des tensions et des tentatives de régulation ?

▶ Une géographie inégale des réseaux et des territoires

– Le cyberespace repose, de manière structurelle, sur des *data centers* et des câbles sous-marins.

– Près de 40 % des *data centers* se trouvent aux États-Unis, contre seulement 6 % au Royaume-Uni, 4 % en Allemagne et 3,5 % en France. Le plus gros prestataire dans le domaine de l'hébergement de données est le californien Digital Realty Trust.

– La distribution des câbles sous-marins confère aussi une position centrale : 97 % des données échangées par flux numériques entre l'Europe et l'Asie transitent par les États-Unis, la qualité et le haut niveau de technicité de leurs infrastructures leur permettant d'offrir les délais les plus courts aux flux de données.

▶ Un espace marqué par des conflits et des attaques

– En réaction, la Chine et la Russie obligent les plateformes numériques américaines à héberger sur leurs sols les données de leurs ressortissants et préfèrent développer les câbles terrestres que les câbles sous-marins.

– En avril 2015, alors que la France est engagée dans la lutte contre le terrorisme en France et au Mali, la chaîne de télévision française TV5 Monde fait l'objet d'une attaque entraînant la destruction de son serveur de messagerie, l'arrêt des programmes et la publication de messages de soutien à Daech sur ses réseaux sociaux. Les soupçons se tournent, aujourd'hui, vers un groupe de hackers russes, en lien avec la crise ukrainienne et la dégradation des relations entre Paris et Moscou.

▶ Les progrès d'une cyberdéfense internationale

– Afin de répondre aux nouveaux défis liés à la cybersécurité, l'Agence nationale de la sécurité des systèmes d'information (ANSSI) a été créée en France en 2009. La cyberdéfense est devenue une priorité nationale et un enjeu de souveraineté majeur, comme en témoigne la mise en place d'un commandement spécial (COMCYBER), en 2017.

– Consciente de sa vulnérabilité face aux cybermenaces, la France a développé les coopérations avec ses partenaires, notamment à travers sa participation aux politiques mises en œuvre par l'OTAN et l'Union européenne.

Fiches de méthode

1 La dissertation

▸ Étape 1 – Analyser le sujet et trouver une problématique (10 minutes)

Le sujet n'est pas problématisé : **c'est à vous de le problématiser.**

1. Identifier les notions-clés du sujet.

2. Délimiter les bornes spatiales et chronologiques du sujet :
– quelle échelle (monde/continent/État/ville, etc.) ?
– Quel type d'espace (urbain/rural/maritime/désert, etc.) ?
– Quelle période ? Pourquoi ce bornage chronologique ?

3. Comprendre les enjeux de la problématique : que faut-il démontrer pour traiter ce sujet ?

▸ Étape 2 – Préparer la dissertation

4. Organiser ses idées (15 minutes) :
– en les plaçant dans les grandes parties d'un plan (en 2 ou 3 parties). Organisez votre plan au brouillon sous forme visuelle : carte mentale, tableau, etc. ;
– en les hiérarchisant : idée générale, argument, exemple.

▸ Étape 3 – Rédiger la dissertation

5. Rédiger l'introduction (5 minutes) :
– amorcer la dissertation avec une phrase d'accroche en partant d'un événement, d'un fait d'actualité, d'un chiffre-clé ou d'une citation ;
– définir le sujet et en dégager les enjeux ;
– formuler la problématique qui doit couvrir l'ensemble du sujet ;
– annoncer le plan suivi.

6. Rédiger les grandes parties de la dissertation (1 h 15) :
– rédiger en suivant l'organisation mise en place à l'étape 2 ;
– utiliser des connaissances et des exemples précis ;
– soigner les liaisons entre les grandes parties ;
– la réalisation d'une illustration (non obligatoire) en appui du propos (croquis, schéma, etc.) apportera une valorisation de la note.

7. Rédiger la conclusion (5 minutes) :
– rappeler l'apport de chaque partie à la réponse à la problématique ;
– formuler une réponse finale à la problématique ;
– proposer une ouverture en lien avec le sujet, à travers un thème proche, une autre période ou un autre espace.

8. Relire attentivement pour éviter les fautes d'orthographe (10 minutes).

2 Intégrer un schéma dans une dissertation

Le schéma permet d'illustrer un paragraphe ou une notion. Il est intégré au **fil** de la rédaction. Il doit être simple par sa forme, par le nombre d'informations qu'il présente (à limiter à 4-6 informations) et par sa légende, qui peut être organisée en parties ou non.

Le schéma est valorisé dans une dissertation mais il n'est pas obligatoire. Des fonds de schéma ne sont donc pas fournis lors de l'examen. Par conséquent, le schéma ne doit être utilisé que s'il s'intègre parfaitement au sujet. Vous pouvez réaliser plusieurs schémas dans votre copie, mais ceux-ci ne remplacent en aucun cas l'essentiel du travail, qui doit être rédigé.

Il existe plusieurs types de schémas :

– le **schéma d'étape** ou schéma intermédiaire illustre une partie, une sous-partie ou une notion. Il est intégré au fil de la rédaction. Le **schéma de synthèse** reprend, quant à lui, les points les plus importants de la réponse au sujet. Il apparaît en conclusion ;

– le **schéma spatial** traite d'un élément de géographie ou de géohistoire. Le **schéma explicatif** (carte heuristique, schéma fonctionnel, schéma fléché ou sagittal, etc.) éclaire le cheminement de votre pensée et tout ou partie de votre raisonnement pour parvenir à répondre au sujet.

▸ Étape 1 – Mobiliser les connaissances

Il s'agit ici de ne retenir que les informations nécessaires au traitement du sujet pour éviter de surcharger le schéma et le rendre illisible. Le schéma doit être simple par sa forme et par le nombre d'informations qu'il présente. On peut par exemple attendre 3 à 6 informations pour un schéma d'étape.

▸ Étape 2 – Construire la légende

– **Structuration et hiérarchisation :** un schéma d'étape peut être organisé en parties ou non. Un schéma de synthèse doit être organisé en parties (deux ou trois, en général), qui portent un titre court et qui doivent révéler la cohérence de l'argumentation. Les informations figurées dans la légende doivent bien correspondre aux titres proposés.

– **Choix des figurés et des couleurs** : c'est une étape essentielle dans la réalisation d'un schéma spatial. À chaque information doit correspondre un figuré pertinent. Les figurés choisis doivent pouvoir se superposer et être hiérarchisés, en respectant les conventions du langage graphique. Il existe **trois types de figurés** : de surface, ponctuels et linéaires, dont on fait varier la taille, la couleur (gradation ou contrastes), l'épaisseur et l'orientation (pour les hachures).

▸ Étape 3 – Réaliser le schéma

– La légende doit pouvoir être lue en même temps que le schéma, donc elle apparaît soit en dessous, soit à côté sur une autre feuille. Il faut être attentif à l'exactitude des localisations, au soin et à la lisibilité du schéma. Il faut aussi penser à encadrer le schéma.
– **Reporter les informations** : dans le cas d'un schéma spatial, il faut commencer par adopter des formes géométriques faciles à reproduire, tout en conservant l'allure générale du territoire représenté. Il faut ensuite dessiner les figurés de surface (plages de couleur, puis hachures), puis les figurés ponctuels et linéaires (au feutre fin). Attention, chaque information de la légende doit se retrouver représentée de la même façon sur le schéma.
– **Indiquer la nomenclature** : attention à ne pas oublier de faire figurer (horizontalement) sur le schéma les noms en relation avec le sujet.
– Il ne faut pas oublier de donner un titre et, dans le cas d'un schéma spatial, d'orienter l'encadré en plaçant le nord et de faire figurer l'échelle. Votre copie doit aussi faire explicitement référence à votre schéma (« voir le schéma... » ou, mieux, « comme nous pouvons le voir sur le schéma... »). Ce schéma se place soit à l'intérieur de vos paragraphes, soit sur une feuille à part.
– Pensez bien à vous équiper de crayons de couleurs et n'hésitez pas à investir dans une règle trace-formes ou un normographe.

Exemple de schéma : voir le schéma explicatif sur l'organisation de la cyberdéfense française dans le sujet 30, p. 219.

3 L'étude critique de document(s)

▸ Étape 1 – Préparer l'étude critique de document(s), en travaillant d'abord au brouillon (1/3 du temps consacré à l'exercice)

1. Lire et comprendre le sujet et la consigne : lire attentivement le sujet et la consigne et repérer les mots-clés qui y figurent. Ces mots-clés sont à questionner pour permettre l'étude critique des documents fournis.

2. Prendre connaissance du ou des documents :
– identifier chaque document de manière précise : nature, auteur, date, source, cadre spatial ou contexte historique, idée principale développée ;
– lire attentivement et plusieurs fois les documents.

3. Prélever les informations des documents et les confronter à ses connaissances personnelles sur le sujet :
– surligner les notions-clés, les arguments principaux, les exemples importants et définir l'idée principale de chaque document ;
– lister au brouillon les idées principales évoquées, avec les notions, dates, lieux principaux, personnages, etc. Ne noter que quelques mots à chaque fois, il ne faut pas rédiger au brouillon pour maîtriser son temps ;
– mentionner les limites du document proposé : aspects non évoqués ou passés rapidement, parti pris de l'auteur, etc.

▸ Étape 2 – Rédiger l'étude critique de document(s) (2/3 du temps consacré à l'exercice)

4. Rédiger l'introduction : l'introduction doit présenter le ou les documents de manière précise et poser la problématique sous-entendue par le sujet.

5. Rédiger le développement en plusieurs paragraphes :
– penser à s'appuyer sur le texte proposé en citant entre guillemets le passage commenté ou à bien décrire le document iconographique ;
– s'appuyer sur son cours et sur les pages des Annales consacrées au thème étudié pour argumenter, justifier, voire critiquer chaque document.

6. Rédiger la conclusion : la conclusion doit répondre à la problématique et dresser un bilan.

7. Soigner la présentation :
– il est essentiel de faire attention à l'orthographe, à la grammaire, au niveau de langue utilisé, et donc de toujours relire sa copie avant de la rendre ;
– il faut également prendre soin de la mise en forme, en commençant un nouveau paragraphe pour chaque idée. Signalez le début de chaque paragraphe par un saut de ligne et un alinéa.

4 Identifier et exploiter les documents

Chaque document doit être au cœur de votre étude. Il faut donc l'identifier, le présenter, le décrire et l'interpréter de manière précise.
Pour cela, vous devez définir la nature, la source, la date, le thème et la localisation de chaque document. Vous devez aussi porter un regard critique sur les documents, en mettant en avant leurs limites.

Type de document	Identifier et décrire	Analyser et interpréter
Texte	Identifier la source, la date, l'auteur du texte et sa nature : article de presse, article d'une revue scientifique, texte de loi, extrait d'ouvrage, etc.	• Relevez les mots-clés, les idées et arguments de l'auteur. • Montrez l'intérêt et les limites du texte.
Carte	• Définir le thème de la carte. Quel est l'espace concerné ? • Exploiter la légende et définir les termes employés. • Repérer la source des données cartographiées.	• Mettez en avant des contrastes, des concentrations, des flux, etc. • Évoquez les facteurs économiques, historiques, naturels. • Relevez les éventuels manques.
Données statistiques (graphique, tableau, etc.)	• Déterminer les thèmes sur lesquels portent les données, les indicateurs et unités de mesure. • Repérer la source des données et leur date.	• Relevez les données les plus fortes et les plus faibles. • Présentez les grandes évolutions, comparez par période, etc. • Expliquez les évolutions observées et montrez l'intérêt, mais aussi les limites, de ces statistiques.
Image	• Identifier la nature de l'image (photographie, peinture, dessin de presse) et le thème. • Décrire le paysage, les personnages, les lieux. • Identifier l'auteur et la date.	• Analysez les différents plans, les détails, etc. • Portez un regard critique : quels sont les enjeux historiques, géographiques ou géopolitiques ? Quel est le contexte de production de cette image ?

Le Grand oral

Définition de l'épreuve

Organisation de l'épreuve

Le Grand oral se passe au mois de juin.

Durée de l'épreuve	20 minutes	**Notation**	Sur 20 points
Temps de préparation	20 minutes	**Coefficient**	10

Le programme sur lequel porte l'épreuve

Durant votre année de Terminale, vous **formulez** et **préparez deux questions** qui portent sur vos **enseignements de spécialité**. Chaque question peut se rapporter à un seul enseignement de spécialité ou associer les deux.

Le jury

Vous êtes évalué(e) par un jury constitué de **deux professeurs de disciplines différentes dont au moins un enseigne un de vos enseignements de spécialité de Terminale.**

Étapes de l'épreuve

Choix de la question par le jury

Le jury vous interroge sur **une seule question** qu'il choisit parmi les deux que vous lui avez proposées.

Préparation : 20 minutes

- Vous utilisez ce temps pour **rassembler vos idées**. On vous fournit des feuilles de brouillon mais vous ne les prendrez pas quand vous parlerez.
- Vous pouvez, si vous le souhaitez, préparer sur une feuille qui vous est fournie un support que vous remettrez au jury au début de votre exposé. **Ce support ne fera pas l'objet d'une évaluation.**

Le Grand oral se déroule sans document et sans notes.

Première partie de l'épreuve : un exposé de 5 minutes

- **Vous vous tenez debout**, sauf aménagement pour raisons médicales.
- Vous expliquez pourquoi vous avez choisi cette question et vous poursuivez en présentant une réponse argumentée à cette question.

Deuxième partie de l'épreuve : un échange de 10 minutes avec le jury

- **Vous vous tenez debout ou assis**, selon votre choix.
- Le jury revient sur votre exposé, vous questionne pour obtenir des **précisions**, des **justifications** et vous demande d'**approfondir votre pensée**.

Troisième partie de l'épreuve : un échange de 5 minutes sur votre projet d'orientation

- **Vous vous tenez debout ou assis(e)**, selon votre choix.
- Vous expliquez le **choix de votre question** en lien avec votre **projet d'études**, voire votre **projet professionnel**. Vous présentez les **différentes étapes de votre réflexion**.

Les compétences évaluées

Vos connaissances

Pendant l'exposé

Durant l'exposé, vous serez amené(e) à **mobiliser les connaissances et les compétences spécifiques** acquises dans une ou plusieurs **disciplines**.

Vous avez passé en mars les écrits de spécialités mais vous devez continuer à réviser ces disciplines pour être à l'aise durant le Grand oral.

Pendant la première partie de l'échange

Cette partie de l'échange prolonge l'exposé. Par ses questions, le jury vérifie la **solidité de vos connaissances liées au programme des enseignements de spécialité**, votre capacité à argumenter et votre aisance à l'oral.

Votre capacité à argumenter

La qualité et l'intérêt des questions

Le jury attend de vous que vous ayez choisi des questions qui méritent une réflexion approfondie et peuvent parfois faire débat.

Cette épreuve vous donne l'occasion de vous exprimer sur des sujets que vous avez choisis.

Un travail construit

- Vous devez montrer que vous dominez les **enjeux de la question** et que vous avez su dégager les **grandes perspectives** qui y répondent.
- Le jury attend des **arguments fondés sur des connaissances** et étayés par des **exemples pertinents**.

Un travail personnel

- Le jury appréciera particulièrement votre **implication personnelle** dans la réflexion.
- Lors de la deuxième partie de l'échange qui porte sur vos choix d'orientation, le jury n'évaluera pas votre choix lui-même mais **votre capacité à l'analyser**.

Votre maîtrise de l'oral

Vos qualités d'orateur

- Élocution claire, voix posée, rythme et niveau sonore adaptés sont attendus.
- Correction de la langue et pertinence du lexique employé, maîtrise de la rhétorique (procédés de style) au service de la persuasion.
- Maîtrise de la gestuelle, du regard, des codes de l'examen oral.

> Votre stress est inévitable. Voyez-le comme un stimulant.

Vos capacités d'interaction avec le jury

- Privilégiez :
– une qualité d'écoute et une attitude respectueuse ;
– une implication personnelle et une spontanéité contrôlée ;
– de la réactivité aux questions ;
– une facilité à développer les réponses en argumentant ;
– la capacité à rebondir sur les questions pour maintenir une position ou la nuancer.

Conseils et méthodes

Choisir ses questions

Dès le début de l'année

• **Un calendrier spécifique** : l'oral de Terminale ne se déroule qu'après les épreuves écrites du printemps, mais vous avez intérêt à **rechercher vos thèmes dès le début de l'année** et à arrêter assez tôt (mais avec discernement !) vos questions.

• **Un travail sur la durée** : vous disposerez ainsi de temps pour effectuer les **recherches** nécessaires, préparer et composer votre **exposé**, vous **entraîner** efficacement.

Les critères de choix

• **Des critères liés au programme** : chacune de vos questions se rattache à l'une de vos deux **spécialités de Terminale** ou bien aux deux, de manière transversale. Dans ce dernier cas, votre ou vos questions doivent croiser les deux spécialités de façon à ce qu'aucune d'elles ne soit négligée.

> Pour éveiller la curiosité de votre jury, votre sujet doit commencer par vous intéresser vous-même.

• **Des critères liés à vos projets d'orientation** : chacune de vos questions éclaire un des enjeux des programmes de Terminale en s'inscrivant dans une réflexion liée à votre projet d'orientation puisque, durant la seconde partie de l'entretien, vous serez amené à justifier le choix de votre question dans le cadre de ce projet.

La démarche

• **Une approche croisée entre vos centres d'intérêt et les impératifs du programme**

> Demandez aussi conseil à vos professeurs, à vos amis, à votre famille.

– Quel aspect de chaque spécialité vous intéresse le plus ?
– Quelles études envisagez-vous de poursuivre après le Bac ?
– Quel métier pensez-vous exercer ?
– Quels sont vos centres d'intérêt ?
– À quelles causes, à quels engagements êtes-vous sensible ?

• **Effectuer des recherches** : sans vous perdre dans une documentation trop ample ou trop complexe, effectuez vos recherches avec **méthode et rigueur. Diversifiez les supports** (revues, ouvrages, sites, spécialistes...) et veillez à la **fiabilité de vos sources.**

Formuler les deux questions

Les types de questions

• **Interrogation totale ou partielle**

– Une **interrogation totale** vous permettra de bâtir un plan dialectique et d'adopter différents points de vue durant votre exposé.

Exemple : Les recherches sur l'embryon sont-elles l'avenir de la médecine ?

> Assurez-vous de la correction de votre formulation : ordre des mots, accord sujet-verbe, etc.

– À l'aide d'un mot interrogatif (en quoi, dans quelle mesure, etc.), vous pouvez proposer une **interrogation partielle**.

Exemple : Dans quelle mesure devons-nous investir dans la recherche spatiale ?

• **Deux questions qui vous concernent**

– Durant l'entretien, vous devrez expliquer en quoi la question vous intéresse et justifier son choix en fonction de votre projet d'orientation. Vos questions doivent donc vous **concerner personnellement**.

– Formulez vos questions en les inscrivant dans une **réflexion en lien avec le monde d'aujourd'hui** et la place que vous pensez y occuper.

Exemple : La question « Comment fonctionne un panneau photovoltaïque ? » ne convient pas. Sur ce thème, préférez : « Quel avenir pour les panneaux photovoltaïques ? »

La question, support de l'épreuve

• **Une question en accord avec le plan choisi**

– Comme votre plan proposera une réponse à la question que vous aurez posée, réfléchissez à la **progression de votre exposé** pour formuler de façon pertinente votre question. Évitez les questions qui, appelant une démarche trop descriptive, ne vous permettront pas de bâtir une progression dynamique.

> Présentez vos questions à vos professeurs pour vous assurer qu'elles sont comprises et cohérentes avec votre plan.

– Attendez d'avoir effectué vos recherches et bâti les grandes lignes de votre plan pour **fixer définitivement la formulation de votre question**.

• **Une question qui facilite l'entretien**

– Privilégiez les **questions larges** qui offrent des perspectives que l'entretien pourra approfondir.

– Écartez les formulations trop ambitieuses ; elles risqueraient de vous mettre en danger lors de l'échange avec le jury.

Exemples de questions présentées au Grand oral du Bac

QUESTION 1

Pourquoi le conflit israélo-arabe dure-t-il depuis 1948 ?

PREMIÈRE PARTIE Votre exposé 5 min

Les raisons de mon choix 1 min

- C'est le conflit le plus long du XXe siècle. Il concerne une région voisine de l'Europe et a des impacts importants en France.
- Il m'interroge sur l'incapacité des grandes puissances à faire régner la paix sur la planète et à s'entendre pour proposer des solutions réelles aux belligérants.

Mon développement 3 min

- Entre 1948 et 1967 tout d'abord, il s'agit vraiment d'un conflit qui oppose Israël et les pays arabes, opposés à la création d'un nouvel État.
- Entre 1967 et 1988 ensuite, le conflit se recentre sur la question palestinienne.
- Depuis le début des années 1990, le processus de paix est en panne.

Ma réponse à la question 1 min

- Si le conflit israélo-arabe ne trouve pas d'issue pacifique, c'est parce que les enjeux dépassent largement le cadre régional.

DEUXIÈME PARTIE Échange avec le jury 10 min

Questions possibles du jury

- Pourquoi les États-Unis soutiennent-ils Israël dans ce conflit ?
- Qui est Yasser Arafat et quelle a été son action ?
- Pourquoi l'ONU est-elle impuissante face à ce conflit ?

TROISIÈME PARTIE Échange avec le jury sur votre orientation 5 min

Questions possibles du jury

- Quelle poursuite d'études envisagez-vous ?
- Quel est votre projet professionnel ?

QUESTION 2

Dans quelle mesure la valorisation du patrimoine est-elle devenue aujourd'hui un enjeu pour les États ?

PREMIÈRE PARTIE Votre exposé 5 min

Les raisons de mon choix 1 min

- Chaque année, on peut observer le succès des Journées du patrimoine en France, notamment, mais aussi dans toute l'Europe.
- L'incendie de la cathédrale Notre-Dame-de-Paris m'a aussi fait prendre conscience des enjeux de la protection de notre patrimoine.

Mon développement 3 min

- Valoriser son patrimoine, c'est d'abord développer économiquement une région ou une ville.
- Valoriser son patrimoine, c'est aussi conserver les traces de son passé et défendre son identité.
- Valoriser son patrimoine, c'est enfin, pour un pays, un moyen de renforcer son poids international.

Ma réponse à la question 1 min

Valoriser le patrimoine est aujourd'hui devenu indispensable pour les États, à la fois pour garder des traces de leur passé et donc renforcer le sentiment d'appartenance à la nation, mais aussi pour assurer ou promouvoir le développement économique.

DEUXIÈME PARTIE Échange avec le jury 10 min

Questions possibles du jury

- Pourquoi des groupes terroristes s'en sont-ils pris aux mausolées de Tombouctou ou aux vestiges de Palmyre ?
- Pourquoi certains habitants combattent-ils la tendance à faire de Paris une « ville-musée » ?
- Pourquoi l'UNESCO ne parvient-elle pas à faire interdire la navigation des immenses bateaux de croisière dans la lagune de Venise ?

TROISIÈME PARTIE Échange avec le jury sur votre orientation 5 min

Questions possibles du jury

- À quelles études post-Bac vous préparez-vous ?
- En quoi la question traitée a-t-elle participé à la maturation de votre projet de poursuite d'études ?

Une gouvernance est-elle possible face aux défis environnementaux planétaires ?

PREMIÈRE PARTIE Votre exposé 5 min

Les raisons de mon choix 1 min

- Écologie, environnement et développement durable sont des thèmes très souvent abordés en histoire-géographie.
- On étudie beaucoup d'aspects de ce thème mais quasiment jamais ce qui intéresse le plus les gens, c'est-à-dire la concrétisation de la protection de notre environnement. J'ai le sentiment qu'il n'y a pas de politique globale de l'environnement dans le monde.

Mon développement 3 min

- La prise de conscience de la nécessité d'une gouvernance planétaire face aux enjeux environnementaux est déjà ancienne.
- La gouvernance environnementale est portée par des acteurs multiples.
- Il existe encore des freins nombreux à une mise en place efficace de solutions aux problèmes environnementaux.

Ma réponse à la question 1 min

Les essais de gouvernance mondiale concernant les enjeux environnementaux se multiplient ces dernières années mais ils se heurtent aux priorités économiques et à la volonté de beaucoup d'États de conserver leur mode de développement et de croissance.

DEUXIÈME PARTIE Échange avec le jury 10 min

Questions possibles du jury

- Face au retrait américain, quels pays ou régions du monde pourraient prendre le leadership dans la mise en place d'une gouvernance planétaire environnementale ?
- Quels ont été les résultats de la dernière COP (Conférence sur le climat) ?
- Présentez rapidement le GIEC.

TROISIÈME PARTIE Échange avec le jury sur votre orientation 5 min

Questions possibles du jury

- Quel métier vous attire ?
- Avez-vous fait des recherches pour vous documenter sur ce métier ?
- Quelle formation post-Bac vous conviendrait le mieux ?

QUESTION 4

Pourquoi la maîtrise de la connaissance est-elle devenue un enjeu dans le cadre de la guerre froide ?

PREMIÈRE PARTIE Votre exposé 5 min

Les raisons de mon choix 1 min

- Beaucoup d'idées reçues circulent autour des services de renseignement et de leur rôle réel dans les relations internationales. J'avais envie de découvrir les techniques d'espionnage de la CIA et du KGB durant la guerre froide.
- La connaissance, ce sont aussi les recherches scientifiques menées dans les espaces atmosphériques, sous-marins et spatiaux.

Mon développement 3 min

- Maîtriser la connaissance, c'est d'abord développer de nouvelles armes pour maintenir le rapport de force en sa faveur.
- Maîtriser la connaissance, c'est aussi espionner l'adversaire pour copier ses techniques et ses avancées scientifiques.
- Maîtriser la connaissance, c'est enfin espionner le camp adverse pour connaître ses projets et pouvoir ainsi les contrer.

Ma réponse à la question 1 min

La course aux armements et à la domination planétaire est tellement effrénée entre 1947 et 1991 que la maîtrise de la connaissance devient un enjeu central de la lutte entre les États-Unis et l'URSS.

DEUXIÈME PARTIE Échange avec le jury 10 min

Questions possibles du jury

- En quoi la crise de Cuba de 1962 découle-t-elle d'une bonne connaissance du projet soviétique par les Américains ?
- Comment s'informait-on de l'autre côté du « rideau de fer » ?
- Connaissez-vous des figures célèbres d'agents doubles ?

TROISIÈME PARTIE Échange avec le jury sur votre orientation 5 min

Questions possibles du jury

- Quelles ont été les étapes de la maturation de votre projet professionnel (rencontres, engagements, stages, mobilité internationale, intérêt pour les enseignements communs, choix des spécialités, etc.) ?
- Quelles sont les principales formations qui vous permettront d'accéder au métier de votre choix ?

Achevé d'imprimer en France en janvier 2023 par Dupli-Print à Domont (95) - N° d'impression : 2022123407
Dépôt légal : août 2022 - Édition 02 - **28/0754/8**